首届曹雪芹华语文学大奖
【获奖作品集】

仙境

辽宁省作家协会
《小说选刊》杂志社 主编

作家出版社

目录

序：为读者选择更优秀的文学作品

孟繁华

“曹雪芹华语文学大奖”，是由辽宁省作家协会主办的一项面向整个华语文坛的文学大奖。由《小说选刊》杂志社作为学术支持单位负责奖项的评选工作。以中国古代文学经典作家曹雪芹命名的文学大奖，隐含了组织者没有言说的诉求。曹雪芹的《红楼梦》规模宏大、结构严谨、情节复杂、语言生动，塑造了众多具有典型性格的艺术形象，代表了中国古代长篇小说的最高成就，在世界文学史上也占有重要地位。曹雪芹为中华民族和整个世界留下了宝贵的文化遗产和精神财富，对后世作家的创作产生了深远影响。不仅在文学领域，而且在绘画、影视、动漫、网游等领域衍生了大量优秀作品，学术界围绕《红楼梦》作者、版本、文本、本事等方面的研究与谈论甚至形成了一种专门的学问。以曹雪芹命名这一大奖，不只因为曹雪芹的祖籍在辽宁铁岭，重要的是主办者希望广大作家，能够学习和继承曹雪芹“批阅十载，增删五次”的严谨创作精神，创作出不负时代，能够传之久远的优秀文学作品。

一个时期以来，关于当代文学创作的价值评估，一直争论不休各执一词。我的看法是，评价一个时代的文学创作，一定要着眼于高端文学成就，只有高端文学成就，才能代表一个时代的创作水准。即便是批评，也要批评高端文学。只有这样，才能构成与这个时代文学的对话关系。文学评奖，就是选择一个时期文学高端成就的方式之一，也是文学经典化的方式之一。因此，评奖就是为读者选择更优秀的作品。经过评委会认真负责的评选，本届“曹雪芹华语文学大奖”评选出了长篇小说张平的《生死守护》；中篇小说马晓丽的《手臂上的蓝玫瑰》、刘建东的《甘草之味》；短篇小说班宇的《夜莺湖》、张惠雯的《飞鸟和池鱼》、哲贵的《仙境》等不同体裁的小说六部。这六部作品，在 2018 至 2020 年间，是当之无愧的上乘之作。其特点可以做如下概括：

一、直面现实。张平多年来一直坚持“反腐题材”的小说创作，其成就有目共睹。他的《国家干部》曾获第五届茅盾文学奖，《抉择》深受文学界和广大读者的好评，《重新生活》则以全新的角度，发现了“反腐”题材边缘处的另一种生活。而《生死守护》则写了一位临危受命的干部，面对来自或上或下、或明或暗的各种利益群体和地方势力的掣肘、冲击、诱惑、构陷和挤压，如何披荆斩棘、生死阻击，铺就一条通往希望的通天大道，誓死守护人民利益和未来的故事。这个题材是有难度的题材，同时又是与时代生活息息相关的题材。一个作家能够在同一题材中不断发现新的人物、新的故事，不断地走向新的文学高度，凭借的不仅仅是才华，更有他的使命意识和家国情怀；张惠雯的《飞鸟和池鱼》，面对沉重的现实问题，敢与正面直视。“飞鸟”和“池鱼”显然是一种意象，是母子关系的隐喻或类比。老龄化已经成为一个普遍的社会问题，是更多的年轻人不能回避的问题。“飞鸟”们还是要变回池鱼。飞鸟和池鱼的位置发生了互换，是因为没有什么比亲人更重要。这是一篇情感真挚极富文学性的作品。

二、发现边缘。刘建东是“河北四侠”之一，在文学界大名鼎鼎。

刘建东尤其擅长中篇小说。他的《阅读与欣赏》《丹麦奶糖》《卡斯特罗》《完美的焊缝》等，在评论界有很高的评价。这次获奖的《甘草之味》，写一个当过兵，“自称是共和国的儿子”的小姨父，二十年前结扎失去了男人的能力，百无一用。二十年后咸鱼翻身，然后以“报复性”的方式夺回失去的时间，包二奶生二胎，“斗鸡走狗挥金如土”以致癌症加身苟延残喘。人生与命运的无常与恒定，在时间的轮回里自带悲悯和嘲讽。《甘草之味》“隐喻似甘草，实则狼毒花”。但是，这样一个边缘性的人物，恰恰有可能成为文学的典型。哲贵《仙境》里的白蛇余展飞，是信河街越剧团的业余刀马旦，也是皮鞋厂老板余展飞，他演绎了《盗仙草》，也在《盗仙草》之外演绎了另外一场人间大戏，于无声处摄人心魄。哲贵敢于在他人止步处作为起点，梨园即人间，人生亦如戏。不被关注的日常生活恰恰隐含了人性最隐秘的情感和故事。班宇的成长得益于辽宁作协实行的“师徒互助”制度，突飞猛进势不可当，他坚持书写“东方鲁尔”沈阳的生活，而且风生水起，成为辽宁最有希望的青年作家。《夜莺湖》“故事发生在北方夏天的傍晚，到处是水，溅到岸上，很快蒸发，没有痕迹。若有夕阳照亮，那么它便如同记忆，折射着愉悦或痛苦的光芒，璀璨或黯淡，永不消逝”。责任编辑提示说，《夜莺湖》中的人与事，确如黄昏时分一颗石子激起的水花，喧哗之后转瞬即逝。班宇却试图以文字光照这些水珠逝去的痕迹，捕捉那些无声无息消失之人的踪影，探寻遥远岁月中的幽微闪现。人们固然崇敬且经受着命运的无常与磨难，但又都怀有僭越之心，试图超越自身局囿，追求幸福步履不停，也都曾渴盼在人生的龙舟之赛中，拥有如金色大鱼般跃起的一刹那。这是一篇有先锋文学遗风流韵的小说。

三、重写底层。马晓丽的小说创作一直受到批评界的密切关注，她的《楚河汉界》曾获过曹雪芹长篇小说奖;中篇小说《白楼》《云端》好评如潮；短篇小说《俄罗斯陆军腰带》获过鲁迅文学奖，在长、中、短篇小说领域都取得了杰出的成就，她几乎就是中国的“女奈保尔”。这次获奖的中篇小说《手臂上的蓝玫瑰》，离开了她熟悉的军营生活，一个叫大华的钟点工。生活在无爱的黑暗家庭，面对下岗困境和不能生育的痛苦以及完全失败的人生经历，竟然以一己之力帮助着身边所有的亲人。这不可思议的行为方式和情感方式，就发生在那样一个无爱的环境中。马晓丽就是在这不可思议处将人物拔地而起。关于底层的书写，我们见过了太多的泪水和苦难，那些如“非虚构”一般的小说，将严酷的现实生活雪上加霜，绝望的气息弥漫四方。我们为什么要这样的文学？但是,《手臂上的蓝玫瑰》让我们看到了底层写作的另一种方式。显然，这与作家的文学观、价值观以及对生活的理解密切相关。

我们知道，任何评奖都有它明确的目的性，有它要弘扬的包括价值理念在内的意识形态。它要通过评奖号召和影响作家的思想、情怀和专业精神，在创作上树立良好的文风，继承和发扬优良的文学传统，使良好的文风和创造精神代代相传，薪火永继。本届获奖作品，显示了新时代作家新的面貌和气象。希望通过这些获奖作品，激励更多的作家有宏大的文学抱负，远大的文学理想，成为无愧于新时代的作家、有创新精神的新一代作家。

2020 年 10 月 1 日于北京

（作者系北京文艺评论家协会主席、辽宁省作协副主席）

生死守护

【节选】

【授奖词】

张平是这个时代独具一格的作家。他坚持“反腐题材”的创作多年，取得了同类题材不可替代的成就。《生死守护》的情节在新一轮市政建设中展开，这是一个漩涡，也是一个战场。主人公辛一飞临危受命，在各种矛盾、掣肘、诱惑和冲突中临危不惧，成就了一个正义凛然的文学形象，诠释了“生死守护”人民利益的最高正义。小说情节波澜起伏大开大阖，张弛有致引人入胜。真实性、人民性，是小说最值得称道的坚守，敢于直面现实中的问题，不仅接续了社会问题小说的传统，也生动地表达了现实主义无限的生命活力。有鉴于此，特授予张平的《生死守护》首届曹雪芹华语文学大奖·长篇小说奖。

作者简介

张平，男，汉族，祖籍山西省新绛县，1954年11月生于西安，毕业于山西师范大学。2001年被授予“人民作家”称号。历任山西省作协主席、山西电影家协会主席、中国作协副主席。现任中国文联副主席。主要作品有《祭妻》《姐姐》《凶犯》《孤儿泪》《红雪》《法撼汾西》《天网》《抉择》《十面埋伏》《国家干部》《重新生活》等。先后获全国优秀短篇小说奖、赵树理文学奖、庄重文文学奖、金盾文学奖、中国图书奖、国家图书奖、中宣部“五个一工程”奖、茅盾文学奖等数十种重要文学奖项。主要作品均被改编为电影电视剧。由《凶犯》改编的电影《天狗》，先后获金鸡奖、百花奖、华表奖、上海国际电影节金奖。《孤儿泪》《红雪》《法撼汾西》《天网》《抉择》《十面埋伏》《国家干部》等作品以及改编的影视剧，先后八次获中宣部颁发的五个一工程奖。由《抉择》改编的电影《生死抉择》获中宣部“五个一工程”奖特别奖。《抉择》被评为新中国成立五十周年献礼作品，并获第五届茅盾文学奖。

第一章

1

市委市政府决定修建一条路。

通往市郊龙泉机场的一条路。

严格意义上讲，是要打通一条路。

要打通的这条路其实并不很长，从市委市政府所在地飞云大街到龙泉机场，大约四十公里。但现在的路，七十多公里，几乎要多绕一倍的路程。为打通这条路，历任政府设想筹划了好多年，但一直没能实施。

这条路叫龙飞大道。

龙兴市是个地级市，全市四区八县，人口八百多万，市区人口四百七十多万。四百七十多万人口的一个城市，市区面积却不到三百平方公里。整个市区被两座大山紧紧箍在一条狭长的地带里，再也无法拓展。改革开放几十年来，不管人口如何增长，城区如何扩大，就这么一直在这个山窝里打转，城市建设已经到了山穷水尽的地步。

在城市化进程越来越快的今天，市委市政府明白，龙兴市要发展，只有一条路——必须下决心打开这条通往龙泉机场的路。

龙泉机场也只是图纸上的机场。由于龙飞大道工程没有付诸实施，机场的兴建始终只停留在谋划阶段，征地规划都还没有开始。其实，钱早就筹集到手了，方案也早就定下来了，就是还没找到干事的人。

龙泉机场附近十五公里处有一个龙泉宾馆，是龙兴市唯一的园林式五星级宾馆。龙泉宾馆近旁的龙泉寺，是一座具有上千年历史的国家一级保护寺院。过了龙泉宾馆，就是一马平川的六百里龙兴平原，三条高速公路在这里会合。龙飞大道的另一端，则是龙兴市五所高校新校区的建设工地，高校新区的建设也是刚刚起步。所以，打通龙飞大道成了龙兴市市政建设、经济建设、文化建设的关键所在。

尤其是龙兴市的城市改造，必须打通这条路，才有可能快速推进并向外拓展。这条路打通了，就把整个龙兴市的城市建设全部打活了、打开了，制约龙兴市发展的交通问题、规划问题、环保问题等，都可迎刃而解，市区面貌将得到极大改善，一切均可重新布局、重新规划，城建会快速发展。这座千年古城，随着这条路的修通，很快就会展现出勃勃生机和发展前景。

这是龙兴市迫在眉睫的头等大事，市委市政府研究了整整一个星期，最终由市委常委会决定，省委批准，破格提拔，抽调吴浙县县长辛一飞任龙兴市委常委、副市长，主管城建。换句话说，就是直接点将，让辛一飞负责打通这条龙飞大道。

2

辛一飞听到这个消息时，有点儿难以置信。

辛一飞今年五十三岁，按他这个岁数，还待在县长这个位置上，也就意味着他已经过了提拔的年龄，升职的事他早已不想了。

基层干部提拔起来本来就不容易，层层考察，层层推荐，前前后后还得经过六方面共十七八项调查，才能初步过关。提拔一个干部，差不多得折腾你几个月。但这次却一反常态，辛一飞竟然连跳三级，由县长越过县委书记，直接提拔为副市长，而且还进了市委常委。这在龙兴市甚至全省近年来干部提拔的历史上，几乎是前所未有的事情。

午前接到通知，一百多公里的路，下午刚过两点，辛一飞就到了龙兴市委书记田震的办公室。

田震在学校时是体育健将，中学大学都是篮球队队长，人高马大，嗓门粗壮，行事果断。见到辛一飞，开门见山，不拐弯也没客套："老辛啊，这次任命，市委考虑再三，还是觉得你合适。"田震比辛一飞小四岁，所以就叫辛一飞"老辛"。"你也清楚，临阵点将，是有硬仗要打，这个提拔对你来说，肯定是苦差事。"

辛一飞有点儿踌躇不安地说："田书记，吴浙县我手头还有几个工程没干完，再给我半年时间就差不多了……"

田震摆摆手："县里的事情就不要考虑了，现在你马上得考虑市里的事。龙兴市的市政建设，不能再拖了。这么急着把你调过来，就是时间太紧迫。省里已经定了，明年国庆节，要在龙兴市召开首届国际矿业博览会，满打满算也不到一年五个月，我们没时间患得患失了。"

"就是要打通那条路？"

"以这个为主，其他的也不能误了。"

"我干不了。"辛一飞没看田震，嗓音不高，语气却像石头。

田震愣了一下，死死地盯着辛一飞："你别想跟我讲什么条件。干得了得干，干不了也得干！"

"再没人选了吗？明年换届，我去人大、政协干个闲职就可以了。现在的工作不好干，我真不想干。"

"你想得美！"田震的语气不容置疑，"先打通这条路，还有机场和高校新区，都得接着干。人选多的是，但现在你是最合适的人选。”

辛一飞好像早就知道会有这么个结果，低着头想了想，说：“那也得有个交接，有个熟悉过程吧，怎么着不得十天半月的？”

“没有那么多时间，一天报到，两天交接，过几天人大常委会正式表决通过。明天你就以市委常委名义介入工作，我已经跟你们书记说了，县里的事暂时由他代理。”说到这儿，田震站起身，“你现在就到李市长那里去，具体怎么办，李市长都会告诉你。我再跟你强调一下，没时间了，这条路要是不能按时打通，唯你是问！”

3

市长李任华不是本地人，原本是中央某机关挂职下来的，刚一年多，就由副书记当上了市长。之所以提拔得这么快，是因为原市长出了问题，严重违纪违法，先是“双规”，很快就移交司法处理。于是临危受命，李任华被任命为代市长。一个月后，又被市人代会选举为市长。市委市政府的干部私下里都认为李任华是个“飞鸽牌”，下来无非是历练历练镀镀金，迟早是要回到中央机关的。不过也有人说，李任华是中央派下来的眼线，就是专门为中央在下面摸底了解情况的。此次破格提拔，也是为他的下一步提前铺垫。因此，即使像强势的市委书记田震，对他也是礼让三分。

李任华个头不高，戴着厚厚的近视镜，一副文质彬彬的样子。别人说了，李任华市长和田震书记两个人的角色正好反了，按两个人的脾气，李任华当书记、田震当市长也许更合适。

秘书把辛一飞领了进来，李任华一边让座，一边让秘书沏茶。辛一飞也真有点儿渴了，坐下来，端起杯子也不顾烫不烫，也不管茶泡好了没有，一边吹一边哧溜哧溜地喝了起来。李任华也在沙发上坐下："见过书记了？"

"见过了。"

"这么快？"

"该说的都说了。"

"是吗？"李任华有些吃惊，"我从书记办公室离开还不到二十分钟，这么快就说完了？"

"意思清楚就行了，明年国庆节前打通龙飞大道，硬任务，不能打折扣，不能讲条件。"辛一飞淡淡地说。

"那你也没谈条件？"

"书记说让我找你谈。要说条件也就一个，我当副市长，主管城建，别的一概不管。除了城建的事，尽量别让我参加常委会，市政府的常务会也尽量别让我参加。"

"那怎么行？"李任华扶了扶眼镜。他清楚辛一飞的性格，但没想到他提出的要求这么离谱。"田书记没有跟你说？你是市委常委，下一步还可能要让你担任常务副市长。"

辛一飞像是被烫了一下："那更干不了了，能干也没法儿干。李市长，你知道的，这条路十几年了一直打不通，并不是历任领导不想打通，实实在在是打不通。五年前，田书记还是市长时就找我谈过，我说你就没那实力，那得用钱打。后来他当书记了，又找我，我说你现在有钱了，可别的势力也有实力了。过去一亩地十万二十万就拿下来了，现在二百万三百万也拿不下来。政府的那点儿钱，能算几个钱？

道高一尺，魔高一丈。过去打不通，现在你一样打不通。”

“市委市政府已经下决心了，这个你不用担心。”听辛一飞这么说，李任华的脸色变得郑重起来，“老辛啊，你看田书记，他还年轻，能看着这条非修不可的路不修吗？你再看我，老百姓都说我是中央派下来的，我当市长，这条路能不修吗？要是老百姓说，中央下来的都修不了，市委市政府还有什么公信力？”

“拖了这么多年，在龙兴市的老百姓眼里，政府哪儿还有什么公信力？”

辛一飞看似随意的一句，噎得李任华半晌说不出话。过了好一阵子，李任华才开口：“是啊，任何时候，要让老百姓相信政府，都不容易。好了老辛，不说干得了干不了，这个没得商量，你就只说你的条件。”

“还是那句话，即便让我担任常务，我也是只管城建，别的一概不管。”

李任华不住摇头：“常务副市长，该管的都得管，包括公安和财政。搞市政工程，公安保驾护航很重要。”

“不管。”辛一飞态度坚决，“一手搞拆迁，一手带公安，在老百姓眼里，我成什么了？”

“那财政和发改委呢？常务副市长总不能不管财政不管经济吧？”

“我主管城建，又主管财政，万一在节骨眼儿上有人到上面告我，你说这路还修不修了？”

“这个你放心，市委市政府会全力支持你。”

“人家要是连书记市长一块儿告呢，你们还怎么支持我？”

“未雨绸缪当然应该，但也不必把事情想得那么复杂。”

“我就怕想得还不够复杂。这条路连着五个商场、六家国企、十几座宾馆、五十多家饭店、上百个商铺、十几个加油站、十五六家工厂和作坊，还有一万多家农舍、两个棚户区，涉及几万人的就业问题，还不包括龙泉机场和高校新区两个大工程。如果不复杂，怎么会等到今天才下决心打通这条路？过去最难的是打天下，现在最难的是修路、是拆迁。既然让我干，我就只管修路，其他一概不管。”

辛一飞的话句句戗人，李任华倒并不气恼：“呵呵，我说呢，难怪上上下下那么多人反对，就书记一个人坚持不松口，看来书记选人还真选对了。实话告诉你，我当时都动摇了，你的阻力不小啊。知道吗，田书记对你的事，可是立了军令状的。所以呢，你这个条件我一个人答应了不算，还要书记点头。不过没关系，还有什么其他条件，你先都说出来。”

辛一飞想了想：“也不算是条件，但我得提前先给市长打个招呼，将来工程干起来，我需要什么样的人，市长就给我配什么样的人。这是实打实的工程，得找能干事的人，那些只会说套话空话、摆空架子的人，一概都不能用。”

“还有吗？”

“我用的人，如果有人告状有人找事，我一个人顶着，市委市政府唯我是问，千万别动不动就把我的人给弄走了，不然整天人心惶惶的，谁还干事？这不是条件，只是个约定，你看行不行？”

“还有吗？”

“没了。”

第二章

1

离市委不到五公里远的一个不大起眼的小楼里，云翔集团董事长靳如海把整个身子都深深地陷在沙发里，默默听着自己的副手、云翔集团下属龙江宾馆总经理霍怡帆和市城建局一个科员的对话。

“已经定了？”霍怡帆问。

“定了，千真万确。”科员格外恭敬地说，“上午的常委会，下午找他谈话，可能现在就在市委，消息绝对可靠。”

“这个叫辛一飞的，以前是干什么的？”

“龙兴市阳郴县人，八五届省工业大学毕业，在阳郴县城建局工作，当过城建局局长。后来在阳郴西堡镇当镇党委书记，又被提拔为吴浙县副县长，一直分管城建，七年前当上了吴浙县县长。”

“哦，他呀！”霍怡帆好像一下子想起来了，“那个‘辛镢头’是不是就是说他？”

“对对，就是他。”

霍怡帆皱了皱眉头：“我听说他在阳郴县和吴浙县都干了不少工程，他搞的吴浙新区，还有正在施工的吴浙老城堡工程，省里还在那里开过现场会。还有他搞的吴浙龚山景区，现在也火得很。”

科员不住点头：“每个工程确实都很漂亮，连专家也承认是大手笔。”

“既然这样，怎么就一直提不起来，县长干了七年，连个书记也混不上？”

“肯定是不懂官场规矩呗，谁的话也不听，谁的面子也不给。他当县长，书记没法干；他当书记，县长没法干。说他好的人，能把他夸死；说他赖的人，能把他咒死。这样的人领导不喜欢，但在老百姓中比较有威望。”

陷在沙发里的靳如海突然挺直了腰板：“怡帆啊，我看你们这次要认真想想对策了。”

霍怡帆笑道：“靳董，你每次都担心这担心那的，可哪一次咱们失过手？现在是市场经济，市场经济就是资本说了算。”

“我看这次不一样。”靳如海站起身来回踱步，“你想想，龙兴市那么多干部，适合提拔的处级干部上百个，怎么偏偏就选了个辛一飞？而且是破格提拔。要是没有硬功夫，谁敢这么提拔？看似一级，其实是连升三级。万一这样的人出了什么事，市长书记的，哪个没有责任？既然不怕担责任，那说明这个人真的是过得硬。”

“这年头哪还有什么刀枪不入的？”

“你也不看看现在是什么时候。这一拨一拨的，抓走多少人了？这个时候用干部，首先就是看干部干净不干净。再用老眼光老办法看问题解决问题，非出大事不可。万一这回真的来了一个刀枪不入的，你怎么办？”

“那我马上让人去查查，看他究竟能不能刀枪不入。五十多岁了，父母应该都还在吧，年龄一定都不小了，有老人就有办法。上有老下有小，老婆孩子的事情也一定少不了，孩子的上学呀，工作呀，房子呀，车子呀，对象呀……还有，他个人就没个什么爱好？收藏呀，字画呀……不爱钱，也不好色？不好色，也不抽烟不喝酒？人有七情六欲，只要有爱好，咱就能黏住他。”

“万一呢？”

“万一……”霍怡帆语塞，她好像真的没有想过，如果有“万一”该怎么应付，因为她根本不相信有这号人。

靳如海的语气凝重起来：“真的碰上个‘万一’，就什么也来不及了。你俩都给我听着，这一次非同小可，我们得双管齐下，否则老本都得贴进去。你们也不是不知道，我们沿路的那些宾馆饭店，百分之八十以上都算违章建筑，都在必须拆迁的范围。一旦实施，不是损失惨重，而是血本无归！”

城建局的科员附和：“靳董说得对，这个辛一飞不可小视。在阳郴和吴浙，他是出了名的六亲不认。分管城建这么多年，他要是收钱，恐怕早就收了。”

靳如海点点头，目光转到霍怡帆身上：“怡帆啊，你刚才说的那些办法都没问题，该做的还要照常做。但这一次，以前的办法肯定远远不够了。为什么？从外地破格提拔调来一个人，没背景，没后台，也没利益，没牵扯……一来就主管城建，为的就是打通这条路。这说明政府下决心了，修路成了政府目前最重要的任务，是政府的大局。钱财物任凭调遣，全力以赴，不惜血本。这一招太狠了，让上上下下都没了退路，只能背水一战。如果打不通，或者按时完不了工，他们这一届领导的功名前程也就土崩瓦解。所以，为了这条路，他们肯定会不惜一切代价，谁也不准挡，谁也别想挡，谁挡就会让谁粉身碎骨。”

霍怡帆终于意识到事态的严重：“那咱们就只有等死了？”

“你又错了，这次咱们小输即大赢，他们小赢即大输。他们拉开这么大一个架势，可能已经犯了大错，那就是把时间定得太死了。明年国庆节以前全线竣工，等于把自己逼进了死胡同。求功心切，也成了他们的软肋。我们可以拖延时间，拖住工程进展，只要拖过了他们定死的那个时间，他们就满盘皆输。”

“可是，咱们有这个能力和政府拖下去吗？”

“既然是政府行为，咱们就可以找上一级政府，上上一级政府。官大一级压死人，再强势的下级还敢不听上级的话？咱们七家宾馆饭店，每家只要能从上面搬来一个差不多的上级领导，每个领导只要能拖上十天八天，加起来就是好几个月。那这个工程还怎么按期完成？所以，只要能拖延时间，我们就有了讨价还价的本钱，到时候他们为了保进度，你想要多少补偿，就会得到多少补偿。”

“万一这个辛镢头连上级的话也不听呢？”

“真把咱们逼急了，那也只能拼死一搏。现在的领导，最怕的不就是上访、告状、请愿、闹事吗？咱就给他来个集体上访，组织点儿人到市委省委门口静坐，然后媒体一宣传，闹得满城风雨，国内外关注。中央急了，省里还能不急？省里急了，市里还能不当回事？到那时，这个工程怕是就黄了……”

2

龙兴市古绛文物市场九十三号柜台的经理崔铭化，死死地盯着横贯市区的龙飞大道的规划图。这是三儿子崔晓剑下了大功夫从市规划局复印出来的。

崔铭化名义上是个普普通通的文物商贩，经营的店铺只有几十平方米，然而私下里还有另一重身份——古墓大盗，而且是盗墓世家，十二岁起，他就跟着父亲干这一行了。

崔家人丁兴旺，崔铭化有两个闺女三个儿子。几个孩子天分都极好，最终，他选中了老三作为自己的继承人。至于老大老二和两个闺女，在各自的领域里都是能人，但对家族盗墓之事却一无所知。他们几个做梦都想不到，自己的父亲，这个不苟言笑、看上去老实巴交的小古董贩子，其实早已腰缠万贯，富甲天下。

如今的老三崔晓剑早已驾轻就熟，黑白通吃，成了文物界的江洋大盗。近些年来，他还广交朋友，办了一家武馆，在龙兴市小有名气。二十年来，父子俩极少失手。他们勘测古墓的水平和精准度，比国家级的专业机构毫不逊色。他们的胃口很大，一般的墓穴不会入他们的法眼，但凡看中了的，则必有斩获，极少落空。这些年，文物价格的猛涨，一夜暴富的欲望，催生了大批土生土长、勇而无谋的盗墓团伙，这些团伙自生自灭，再生再灭，极难长久。而他们父子则不露声色，稳扎稳打。

但今天的消息，让父子俩再也稳不住了。他们投资近三个亿，耗时近两年的计划，极有可能彻底泡汤。

他们先是投资了一座毫无开发价值的废铁矿，还投资了一座小煤窑。在小煤窑周边建起了一座砖厂、一座铁厂，并在市郊近旁投资了一处狭长而又价格不菲的小区，承租了附近的近千亩土地，承建了三十多个蔬菜大棚、九处花卉种植园、两百亩中药材种植基地，这几项投资超过两个亿。当然，如果他们的计划顺利，事成之后的回报也是不可限量。

只有他们自己清楚，这一切所谓的投资不过是障眼法。在这片狭长区域的地下，在砖厂、铁矿、花卉种植园、蔬菜大棚和中药材种植基地相连之处，秘密挖掘了一条地下通道。这条地下通道高不到两米，宽不过三米，在一年多的时间里，已经掘进了七公里有余。

这条地下通道是他们的核心秘密，只有极少的几个成员知道内情。雇来的挖掘工均不是本地人，他们告诉这些雇工，挖掘地道的意图一是秘密找矿，二是挖土烧砖。这都是违法行为，决不能走漏风声，至于能不能找到矿，并不要他们操心，反正大家的报酬比一般的矿工要高出一倍。这些雇工自然明白，在别的地方打工，比这儿更累更苦，工资还少得可怜。于是大家都拼命干活，因为老板说了，进度越快，工资越高。

房地产项目也一样是掩人耳目，目的就是同时在所在小区的地面上凿开几个地下通道的施工口，变单口单向施工为多口双向施工，这样可以加快掘进速度。唯一的问题是，地下通道太狭窄，施工正面只能容纳一个人，三个人轮换，三班倒，九个人值守，日夜不息，连挖带运，每天十几米已到极限。何况有的地段地质复杂，特别是有水有沙有巨石拦路时，进展更要大打折扣。进展虽然缓慢，好在也没发生什么事端，平平安安已属十分不易。目前地下通道已经进入市区，挖掘时更须小心谨慎，白天只能挖掘五到六个小时，晚上几乎完全停止，机械挖掘根本不用考虑，只能靠人工，否则一旦被上面的人发觉，那就前功尽弃了。

这些天来，他们虽然想尽办法，仍然无法加快进度。进入市区后，地质情况更加复杂，比如下水道、燃气管道，以及高层楼房、商场的地下结构，需要提前预测并准确绕过。多口双向的掘进方式也无法采用了，只能碰运气，挖一步看一步。

以他们的测算，再有一公里左右，就可以到达目的地，这段距离估计需要三个月的时间，再把意外情况算进去，四五个月也差不多了。二十多年来，他们都是采用这种方式，屡试不爽。

崔铭化当然也清楚，这个时代留给他的空隙已经越来越窄，时间和机会也已经无多，像他这样的致富之路，再这么走下去，只能是一条死路。他需要最后干一票大的，然后金盆洗手，此生此世再不踏入这个行当。

他看中的目标，是一座湮没数百年之久的通天古寺，就在龙兴市中心区域近旁的一片居民区地下，这个居民区恰恰就在龙兴市委市政府决定打通的那条龙飞大道的东侧。这个东侧，对崔铭化父子来说则是致命的一侧，他们花了近两年时间、投资近三个亿的那条地下通道，将会被龙飞大道彻底切断！

龙飞大道即将开工。崔铭化父子即使再快，也必须再有三个多月的时间。何况地下通道已经挖到了居民区，任何一个疏漏，都可能让他们的行动功亏一篑。如果龙飞大道提前进行全线地下勘探，包括地下文物探测，同样会发现他们这几年来朝思暮想、牵肠挂肚的那个地下大目标。这还不是最糟糕的，崔铭化父子斥巨资开挖的这条地下通道的必经路线，恰恰要沿着龙飞大道的地下，蜿蜒曲折同行四百多米，想躲都躲不开。这意味着，地道必将暴露在光天化日之下。

龙飞大道的扩建改建工程，最先进行的必定是探测工程，工程规划也必定是在探测工程结束之后，这就是说，留给他们的只有两三个月时间，甚至更短。龙飞大道不仅会切断他们的巨富之路，一旦被发现，公安部门会立即介入，还将危及他们的身家性命！

看着沉默不语的老爸，崔晓剑憋了好久，终于忍不住开口了：“爸，我们没有退路了。这会儿撤，损失太大。撤也是死，不撤也是死。反正都是死，不如拼力一搏，说不定还有生路。”

“如果不撤，我们该怎么办？”

“想尽一切办法加快进度，争取在两个月内打通。到时候我们拥有稀世国宝，或可一搏。”

崔铭化摇摇头：“两个月……我们毫无把握。要确保万无一失，而不是靠一点儿把握也没有的指望和想象。没有十拿十稳的事情，我们绝不做。”

“我们还有其他办法，拖延龙飞大道的修建进度。”

“说说看。”儿子的这个想法，让崔铭化有点儿意外。

“第一，阻止辛一飞的市长任命。”

“这个不可能。”崔铭化立刻否了这一条。

“第二，让城建局、规划局、交通局、电信局、电力局、自来水公司阻止龙飞大道的建设。既然是在城区施工，这些部门随时都会给他的工程制造各种各样的难题。”

“辛一飞已经是市委常委了，这些部门哪个敢不听他的？”崔铭化又否了第二条。

“阻止不了他修路，但拖延时间应该有可能。我们投资的房地产项目里，有一个近万矿工的棚户区，就在龙飞大道的必经之路上。这些人完全可以利用，我们乘势推波助澜……”

“这个能有把握？”这次，崔铭化没有马上否定。

“能。重赏之下，必有勇夫。再说，如果政府拿不出让他们满意的方案，扩建工程就不可能拿出整体规划，整体规划拿不出来，工程就无法进展。我们花几个钱做点儿工作，棚户区里的矿工都会成为钉子户。一个两个钉子户好办，成百上千的钉子户合在一起，什么样的政府、什么样的市长也没办法。”

3

市文物局文物安全督察科副科长史文祥，既是文物盗窃案方面的研究专家，也是文物鉴宝行当里的顶级专家。

史文祥五十三岁，毕业于龙兴市师范学院历史系，分配到市文物局，一干就是近三十年。龙兴市是一个文物大市，每年发生的大小文物案件数百起。特别是进入二十一世纪以来，文物市场在龙兴市急剧膨胀，文物黑市屡禁不止。这些天，史文祥正在为一个文物倒卖案件伤脑筋。

线索是从市公安局那里得到的。市公安局治安支队为了确认一件文物的价值，特意找到他进行鉴定。看到文物，他大吃一惊，一枚长度不到五厘米的青白玉佩，竟然是明代的物品，这种物品只可能在上千里之外的皇室陵寝出现，帝王之家和皇亲国戚才可能拥有。

倒卖者的出价是五万元。一般来说，这样的小件在文物市场上卖不到这么高的价格，除非遇到真正的行家。而这个文物倒卖者是个民工，也是一个文物盲，根本不知道这件文物的价值所在，更不知道它的来龙去脉。这样一个东西能卖五万元，他自己也吓了一跳。

据这个民工说，工地上的一个工友欠他五万元，那个工友没钱还债，又有腿伤，就拿这个东西作抵押。他不识货，还以为工友想糊弄他。那个工友说，你到市场上去试试，如果值不了这么多钱，把东西原样还我就是，如果卖多了，咱们就对半分。我这会儿腿上有伤不能走路，又不是本地人，否则我就自己去卖了，还会让你占这么大便宜？

这个民工半信半疑，没想到在文物市场上一亮出来，就有两个人紧追不放，开口就给三万。见他犹豫，立刻加价到五万。后来警察找到这个民工，他说当时那样子，就是再多要五万也能成交。而以史文祥的估算，类似这样的珍稀物件，如果在拍卖场上，三十万元也打不住。

这个民工说，他的工友是个赌徒，玩得挺大，动不动就是十万八万的输赢。这个物件也是他赌博赢来的，人家以五万元抵押给他，说过几天就赎回来。不料第二天，那个赌友就死于工地上的一场事故。据说这个死去的赌友是个小工头，平时出手阔绰，人也讲义气，把这个物件抵押给那个民工的工友时，工友毫不怀疑——其实这工友同样是一个文物盲，对这个东西的真正来路更是一无所知。

让史文祥惊讶的是，不久之后，那个工友也死于一场交通事故。线索到这儿就断了，警方只知道这个亡故的工头不是本地人，已婚，家在农村，有老婆有孩子，每年挣钱不少，但花钱大手大脚，又嗜赌如命，他家的日子过得并不如意。工头出事后，家里只来了一个弟弟。从他弟弟的嘴里，警方了解到，原来工头的老婆五年前就已改嫁他人，女儿一直跟着他老婆，事实上，这个工头这些年是一个人独自生活。家里有个老母亲，剩下的亲人就只有这个弟弟了。

工头的弟弟初中都没毕业，常年在外打工，对文物一窍不通，平时与哥哥也很少联系，并不了解哥哥的情况。哥哥的遗体就地火化，他拿了一笔二十万元的赔偿金走了。

让史文祥感到费解的还有这个工头所在的公司——华臻投资管理公司。感觉上，这个公司的实力并不雄厚。按常理，一般公司对类似事故的处理，都是要经过反反复复的商洽和谈判的，但这个华臻公司基本上是对方提什么条件就答应什么条件，甚至连工头的一笔十二万的赌债也全部承担了，整个公司，包括工头的弟弟对此都感到意外，当然还有千恩万谢。

这个公司为什么会这么做呢？连赌债都帮着还，是不是有些太夸张了？

史文祥大致了解了一下这个华臻投资管理公司的基本情况。两年前公司投资的一个铁矿，基本上没有什么回报——这个铁矿原本就是一个贫矿。他问过铁矿的负责人，得到的回答是，投资这个铁矿，主要是想在这个矿里采掘石材。但究竟是什么样的石材，对方也没有说出个一二三。当然，史文祥对石材领域的事情也一窍不通。还有就是投资了一个铁厂和一个砖厂，铁厂的规模很小，几乎没有什么项目和技术方面的投入，平时倒是也鼓捣一些铁制品，但鼓捣这些东西做什么用，史文祥看不懂。这些铁制品大都是采掘方面的工具，生产不具规模，产品也没什么销路。至于砖厂，规模的确不小，平时的销路也还可以，但这种投资有多大利润空间很难说。公司还投资了一个小煤矿，产量不高，好在足够平时的开销还略有盈余。这个煤矿对环保很负责，每天都运来大量的渣土回填巷道。

这个公司最大的投资项目是房地产，但他们投资的地段太偏太远，而且地带狭长，房价肯定上不来，就算能赚钱，也不会像城里的黄金地段那样有巨额回报。还有几十个蔬菜大棚和花卉种植园，看上去经营得很一般，填土很多，却很少施肥，产量不高，不亏钱就不错了。

总的看来，这个公司老总的经营思路莫名其妙，说难听点儿，就是胡来。这是史文祥了解公司情况后的第一印象。好几个亿的投资项目，竟然这么糟蹋，这是在干什么？

就在史文祥专注这个案子的时候，突然接到了一纸红头文件。文件是文物局局长宁为善亲自批示过来的，局长在上面写了好长一段话，主要内容是落实市委常委会会议精神，配合龙飞大道的工程建设，要求文物局文物安全督察科和文物保护考古科严格遵照市委市政府的决策部署，全面认真地做好龙飞大道沿途地上地下的文物探测、搜寻、抢救、发掘、维护、管理和保卫工作，确保重要文物无毁坏、无遗漏、无流失、无盗窃。局长还特别强调，凡涉及国家文物保护的有关事项，一定要不折不扣、不讲条件，坚决彻底地落实，决不允许丢失一件文物、毁坏一件文物、遗漏一件文物。谁在这个工程项目上玩忽职守、失职渎职，将予以严厉查处，决不姑息。

这么多年来，史文祥还从来没有见过局长有过这样的长篇批示。让史文祥感到诧异的是，局长的批示，看似要坚决贯彻市委市政府的决策部署，实则是严厉要求文物局有关部门，要把发掘和保护文物的工作放在第一位，至于工程能不能按时完成，那是党委和政府的事。一句话，要把文物保护放在第一，而修路工程只能放在其次。

局长这是怎么了？

当然，保护文物是没错的。龙兴市地理位置独特，山势雄奇，易守难攻，自唐代以来，历经近一千五百年，并无大的战乱，城内城外和两山周边留下了大量的文物古迹，尤其是众多的佛教寺院，成为龙兴最壮观的一道奇景，诸如龙兴寺、龙泉寺、龙山寺、报恩寺、卧佛寺等，寺院之多，堪比南朝四百八十寺。其中最知名的一座寺院，当属已经湮没了数百年之久的通天寺。

通天寺在唐代就已经名满天下，武则天当政时，曾多次来到寺院。武则天病危时，还委派宠臣专程到通天寺拜谒祷告，以求佛祖护佑平安。至今，民间还有一个广为人知的传说。唐代义净高僧西天取经回来，不仅取回了佛学真经四百部，还带回了佛祖释迦牟尼的真身舍利三百粒和九尊金刚座众佛祖坐像。这些无价之宝，成为武则天笼络地方势力、树立皇家权威的文化至宝。当时天下分为十五道三百州，武则天将佛陀舍利颁诏分赐给各道所辖的佛教寺院，龙兴市的通天寺正是其中之一，据说武则天还赐给通天寺金刚座佛像一尊。为了供奉佛陀舍利，通天寺聘请了八位能工巧匠，用了九个月的时间，精心打造了一副庄重华美的金棺银椁。

传说通天寺内还藏有一尊驰名中外的真身佛，乃是武则天极为尊崇的一位高僧，以包骨真身的方式圆寂于通天寺。为使自己的肉身经千载不腐，受万世敬仰，一些高僧在身体尚处康健之时，便不再进食，每日只饮松柏汁液，直至全身透亮，清癯如玉，身内再无俗物可泄。而后盘腿端坐于瓷瓮内，瓮中以炭灰垫底，干草围身，使躯体快速脱水，逐步枯瘁，直至溘然圆寂。气绝数日之后，以特制的泥浆包裹全身，再用青灰将瓮内充实，以玉盘盖顶将瓷瓮密封。待躯体腑脏彻底枯化，方可打开玉盖，将包骨真身抬出，供人世代膜拜。

通天寺究竟拥有多少镇寺国宝，不得而知，因为通天寺已经在地下掩埋了数百年。龙兴市处于中国北方中强地震带，历史上有记载的强震有十余次。名震华夏的龙兴通天寺，于元代中期毁于地震，重建后又毁于兵火，明代中期再度兴建，清初再次毁于地震。这些稀世珍宝，是否随大地震一并埋入地下，至今仍然是个巨大的谜团。

这些年，史文祥与宁为善局长为如何启动通天寺的挖掘开发工作，多次发生争执。局长主张全面尽快开发，而史文祥则建议逐项逐步开发，不可贸然全面铺开，避免给地下文物带来人为的损害。自去年以来，局长的态度突然发生了一百八十度的大转弯，由以前的积极从快全面挖掘开发，转变为暂不开发，甚至一再表示，在现阶段科技保护手段还不够完善的情况下，坚决不能随意开发。局长还说，省文物局和国家文物局也是这个态度。

其实，史文祥也找过省文物局和国家文物局，根本不是宁为善说的那样。省文物局局长甚至说，现在龙兴市正面临城市改造，这对文物挖掘保护工作有一个很大的促进作用，如果这个时候再不对一些重要遗址进行开发，有些宝贵的文物就永远也不可能重见天日了。

宁为善局长的批示，让史文祥摸不着头脑。不过，好消息是，负责工程建设的主管领导是辛一飞。多年前他们曾一同在省委党校学习，同一个班，同一个组。三个月的党校学习，让他们俩成了莫逆之交，因为他们对文物有着同样的痴迷。这些年，他们一直保持着联系。辛一飞在吴浙县当县长时，因工程建设涉及文物挖掘和保护，经常和他交流。史文祥有时候甚至觉得，辛一飞在文物保护和开发方面的见解，要比文物局很多专家都强得多。

数月前，曾有传闻说辛一飞要调到市里工作，那时候史文祥曾想过，如果辛一飞能来文物局当局长就好了，他俩可以放开手脚大干一番。再后来，有关辛一飞的这些传闻突然销声匿迹，史文祥还惋惜过好一阵子。

让史文祥无论如何也没想到的是，辛一飞不仅调来了，而且直接被任命为副市长。

第三章

1

在龙兴市临时召开的第二十七次人大常委会上，人大常委会主任刘利斌突然觉得眼前的情景很不正常。

这次临时召开的人大常委会只有一个议题，就是对龙兴市委提名辛一飞担任龙兴市政府副市长一职，进行充分讨论，并按照相关程序，依法进行投票表决。都是必经的正常程序，政府任职，市委提名，人大决定。尽管辛一飞已经是市委常委，但担任副市长一职，还须由人大常委会投票表决。

为了确保辛一飞顺利当选，人大常委会沿用了惯常使用的选举和表决办法：同意的，不动笔，直接把选票投入票箱即可；反对的，必须把现有人选名字后面反对一栏的方框用笔全部涂黑；另选他人的，除了填上其所赞成的人选的名字，也要把人选后面同意的方框全部涂黑；弃权的，则把弃权一栏后面的方框涂黑。这需要时间，也需要很明显的动作，而且必须使用特制的选举表决笔，如果没有涂满，或者不认真不用心，很可能就会成为废票。

这样的选举办法，如果没有意外，选举结果不是全票也是高票。因为所有的常委在小组会上讨论时，都进行过表态发言，对市委的提名，一般不会有过于激烈的反对意见。既然大家在讨论时都表示同意了，投票表决时，也就不会有什么人在大庭广众之下，拿起笔来，出尔反尔，公然在表决票上划来划去。

这样的选举和表决办法，想让一个候选人高票、全票很容易；而想把一个人选下去、否决掉，则很难很难。然而今天人大常委会的投票表决，则显得十分异常。发选举票时，没有人交头接耳，整个会场出奇地安静。等到选票到手，主持人对表决的要求还没陈述完毕，会场上竟然有一半以上的常委俯下身来，刷刷刷刷地都在动笔！

刘利斌目瞪口呆。按人大常委会这些年的惯例，候选人能否通过，需要三分之二以上的票数！而眼前的情况表明，龙兴市人大常委会这六十多个常委中，只要有二十个以上反对或弃权，辛一飞这个副市长职务的任命就无法通过！

这次表决已经完全失控！刘利斌主任的额头顿时冒出一层细汗。如果辛一飞的票数没能超过三分之二，就无法被任命为副市长！

刘利斌强迫自己镇定下来，对身旁主持选举的常务副主任王宇新悄悄耳语："让动笔的马上停下来，强调一下投票纪律。今天的表决有问题，必须想办法制止，否则这责任我们谁也承担不了。"

王宇新愣了一下，随即敲了敲话筒："请各位委员收到选票后，先不要动笔，听清楚了吗？先不要动笔！下面我把今天的投票表决办法再讲一遍，大家一定要听清楚……"

刘利斌挺直了身子，板着脸，神色凝重而威严地直视着会场。他觉得王宇新的语气还是很有威慑力的，但与他自己的脸色一样，对下面的异动似乎没有任何影响，映入眼帘的，仍然是委员们低头在票面上用力涂抹的动作，耳朵里也仍然是一片若有若无的刷刷刷刷的声音。

会议厅其实并不大，人大常委会主任坐在主席台上，与前几排的常委们几乎就是面碰面、眼对眼。平时有个什么材料，不挪位子一伸手就能递过去，说什么话，相互之间也能听得清清楚楚。但今天，常委们对主席台上的喊话置若罔闻，仍然有至少一半的人在动笔！

刘利斌怔怔地看着会场中一张张熟悉的面孔，突然觉得又是那样地陌生和疏远。沉思片刻，刘利斌突然转过身来，对主席台上的副主任兼秘书长马京辰招了招手。马京辰立刻俯身跑了过来，没等刘利斌说话，他先开口了：“主任，情况不好，今天的表决估计要出问题。”

刘利斌压低声音：“你马上给田震书记打电话，就用手机打，不要通过秘书，直接跟书记汇报。就说是我的意思，如果票数不够，没有超过三分之二，是否可以改为超过半数即通过。如果连半数也没有超过，是否可以暂不宣布表决结果，表决结束后马上召开人大主任会议统一思想，明天再进行第二次表决。”

马京辰瞪大眼睛：“主任，这样做行吗？万一捅上去，那可是要出大事的。”

“都什么时候了，顾不上了！你告诉田书记，这是我个人的想法，恳请市委同意我的建议。”

“怎么搞的！”田震接到电话的第一个反应就是在办公桌上“嘭”地擂了一拳，连茶杯和文件都跟着跳了几跳。“你们事先都干什么去了！有问题为什么不提前做工作，为什么不提前给市委报告！”

秘书长的手机离耳朵足有三十厘米，仍然感到手机内发出的强烈震动。他大脑有些麻木地听着书记的怒斥，一时也不知道该说什么，只好一声不吭。

田震继续质问：“你们到底都做了些什么工作？这么多委员表示反对，事先就没发现任何征兆吗？不是已经在小组会上进行过充分酝酿和讨论了吗？你们知不知道这是一起什么性质的事件？你们主任现在让你给我打电话是什么意思？”

“主任让我征求书记的意见，如果辛一飞表决没有通过，是否可以采取些补救措施。”秘书长接着就把刘利斌的话转述了一遍。

“你马上告诉刘利斌主任，这些补救措施已经没有任何意义了，只能是越描越黑。既然是严肃的合法的合乎程序的选举，选举结束了，就应该宣布结果，这是必需的。选举结束以后，一切按程序办，常委会休会，委员们回家。如果确实被否决了，首先责任在市委，在我。议程结束后，请刘利斌主任到我办公室来。”

2

人大常委会主任刘利斌木然地坐在主席台上。主持人最后一次向全场发问：“还有没有人没有填写完选票？没有填写完选票的请举手！”

台下一片沉寂。良久，主持人宣布：“现在开始投票。首先请监票人和总监票人投票。”

大厅里突然响起了轻快活泼、热情洋溢的民乐《喜洋洋》。刘利斌被吓了一跳，意识到该自己投票了。

投完票，再坐回自己的位置，他死死盯着台下常务委员们一张张神色严峻、表情深沉的面孔，也许他审视的目光太扎眼，铁青的脸色太难看，主席台下没有一个人像往常那样同他打招呼，甚至没有人看他。连欢快跳跃的音乐声，此时也显得无比滑稽、虐心和逆耳。

刘利斌非常清楚，作为一个人大常委会主任，自己应负的责任是什么。如今省一级的人大常委会主任，一般都由省委书记兼任。地市一级的人大常委会主任，有的地方由书记兼任，有的地方书记不再兼任。县一级的人大常委会主任，书记一般不再兼任。市委书记不兼任人大常委会主任，是人民代表大会制度不断完善的需要，也是人民代表大会制度越来越规范的结果，是对人民代表大会制度的高度认可和信任。

而今天，龙兴市人大常委会把市委建议的一个重要人选给否定掉，他这个人大主任负有不可推卸的责任。辛一飞的落选，后果不堪设想，这将完全打乱市委市政府的人事部署和工作部署，在龙兴市不亚于一场超级地震。

投票很快结束了，监票人正在清点票数。

发出选票数和收回选票数相等，选举有效！

投票结果用不了二十分钟就会出来。如果没有通过，下一步应该怎么办？按照田震书记的指示，如实宣布票数，如实宣布结果？如果没有通过，作为人大常委会主任，面对全体常务委员，自己如何对这次投票表决以及这次人大常委会予以定性和评价？

按照惯例，常委会结束前，人大常委会主任都要发表讲话。这个讲话将会在第二天的媒体上全文照登，还会在当晚的电视新闻中播出主要内容。事先准备好的讲话稿肯定不能再用了，现在看来，这个讲话稿几乎就是个笑话。以往的套话也不能讲了。经过全体委员的努力，我们顺利地完成了这次常委会的所有议程？这样的结果，算是“顺利完成”吗？可不这样讲，又该怎么讲？对提请人大常委会的建议人选表示反对，也是赋予所有人大常务委员的神圣权利，你能说这次人大常委会没有完成既定程序和表决任务？

什么话也不说，直接宣布结果，然后宣布散会？那肯定也不合适。会议结束后，媒体上如何登载，电视上如何播出？人们将会怎样评价这次会议，怎样议论你这个人大主任失态的言行举止？

书记说了，如果表决没有通过，人大常委会结束后，马上在书记办公室召开临时会议，专门研究这次人大常委会的选举情况。目前自己最重要的任务，就是把这次表决没能通过的原因找出来，在会上要有一个精准而又合乎情理的分析。

原因究竟是什么呢？

事情太突然了，他甚至都来不及思考。刘利斌四顾茫然。自己确实太大意、太疏忽了。这么多人反对，为什么事先就毫无察觉呢？究竟谁在暗里做了手脚？

刘利斌担任人大常委会主任已经三年多。

他的上一届，人大常委会主任还是由市委书记兼任。三年前人大换届前，市委书记田震被提升为省委常委，成了副省级领导，人大常委会主任的位置就腾了出来。

刘利斌是幸运的。在一个地级市里，正局级干部一般只有三个，书记、市长、政协主席。从刘利斌这一届开始，正局级干部增加了一个。

人大常委会主任的职务也就决定了他尽管已经退居二线，但在四大班子的排序上仍然是靠前的。还有龙兴市所有干部最为看重的一点，每次市委常委会人大常委会主任都必须列席，虽然没有表决权，但有发言权、监督权和建议权。特别是涉及一府两院，也就是市政府、市法院、市检察院的人事任免，人大常委会主任的建言很有分量。

不过，人大工作的忙碌和繁重，也完全超出刘利斌的预想。千头万绪，整天忙得焦头烂额，根本没有退居二线的消闲和轻松。有时候，他甚至感到比他当市委副书记，比他当常务副市长时还忙还累。毕竟是一把手，什么都得操心，大事小事，最终都得由他拍板。

人大工作对刘利斌来说，是一个全新而又陌生的领域。按通常的说法，人大工作是集体有权，个人无权。即使你这个人大主任，在一些具体的事情上，也没有多大的权力。就像选举和表决，一人一票，你对整个选举和表决起不了决定性作用。

中国的各级人大机构中最重要的常设机关人大常委会，除了部分非中共人士，绝大多数都是退下来的书记县长或者局长主任和部门领导。他们都在一线任职多年，工作经验丰富，什么世面都见过，你的工作要是做不到位，他们看得一清二楚。在这些人面前，你只能如履薄冰，须臾不可松懈。何况这些人中还有不少自己的同事、同学和同乡，有的还曾在一起搭过班子。这些卸任来到人大的老局长、老主任、老书记，比他从政的时间更长，比他的资格更老，甚至还做过他的领导。无非是自己的运气好，比他们早进步了两年而已。自己的这个人大主任，也是由他们选上来的。

也许正是这些原因，面对着这些人大常委，常常让刘利斌有一种力不从心的感觉。以前在政府也好，在党委也好，刘利斌硬朗的工作作风，还有他的能力和魄力是众所周知的。那时候的刘利斌，指哪儿打哪儿，可谓所向披靡。谁不守规，谁不努力，谁不认真，谁敢阳奉阴违，他有的是办法。该批就批，该调就调，不行了该免就免。但凡他拍板的事情，下面的那些大大小小的干部，绝不敢当面一套背后一套。下面出现了什么新问题、新情况，有什么纠葛矛盾，他都会在第一时间发觉，因此都能从容应对，及时化解，绝不会让苗头成为趋势，最终演变成事故。

然而今天的情况完全相反。刘利斌第一次真正感到，这个人大主任，确确实实只是个二线领导，只是个无权无势的主持人。

从目前的情况看，辛一飞的落选板上钉钉，除非有奇迹发生，那就是出现二十张以上的废票。只有这样，辛一飞获得的赞成票数才有可能超过三分之二。而出现二十张以上废票的可能性几乎为零。

这些投反对票的常务委员都是党培养多年的干部，对市委的建议提名，在小组会上一声不吭，在选举时却临阵倒戈，这不是公开和市委市政府叫板吗？究竟是谁暗中操纵了这次人大常委会的选举？这个人的胆子太大了，能量也太大了。

他看了看手表，距全部会议议程结束，还有不到一个小时的时间。更让他担忧的是，如果连半数也超不过，他该怎么办？

3

市长李任华接到田震书记的紧急通知时，隐隐约约觉得一定是发生了什么大事。此时，他正在即将修建的龙飞大道沿途的一个棚户区调研。

这个棚户区所在地叫马家园。紧邻马家园有条季节河，叫二道河，以往到了雨季，二道河才会有水。这些年，二道河基本消失，即使暴雨成灾的时候，河道也存不住水。这一片过去不属于城区，交通还算方便，人们就沿着这条季节河的河床和河道兴建了很多临时住宅。由于这几年打工的越来越多，临时住宅也越来越多，时间久了，整个河道和附近的山丘上形成了一片一片的临时住宅区，这是龙兴市最大的棚户区。

二道河马家园棚户区的住户，以前几乎是清一色的矿工。这几年，其他工种打工的也越来越多，新来的临时住户可以说是五花八门，搞建筑的、卖菜卖瓜果的、拉货送货的、机械加工的、修补家具的、修伞修鞋的、美甲美容的，后来又增加了家装公司、服装公司、快递公司，等等。

龙兴市是矿业大市，矿业一直是支柱产业。截至目前，全市共有年产量六十万吨以上的煤矿十二座，储量在十万吨以上的铁矿七座，还有一些储量不低的稀有金属矿产，如铝、铜、钴、镁、钨。这些大大小小的矿产，在龙兴市四周和各个县区星罗棋布，其产值几乎占了龙兴市生产总值的一半以上，也让龙兴市的 GDP 始终在全省名列前茅。

这些年，矿产品大幅降价，龙兴市委市政府借机对这些矿产资源进行了大力改造和整合。小铁矿小煤窑基本上都被关停并转，重特大事故的发生率也不断降低。关停并转带来了有益的一面，但也带来了另外一个副产品，那就是随着矿产资源的大整合，留下了大片大片令人望而生畏的矿工居住的棚户区。

这些棚户区有点儿类似国外的贫民窟，不同的是，棚户区有组织、有管理，服务水平和生活质量尽管不高，但排水排污系统基本畅通，水电气暖一样不差，公共设施包括公共厕所也还齐全。

棚户区的居民，大都是两代以上留在这里的矿工。年龄大点儿的，改革开放之初就来到了这里，年龄小点儿的，几年前中学一毕业就来了。更多的都是在这里出生、在这里长大的矿工的下一代，甚至再下一代。

当初来到这里时，他们根本没想过在这样的地方久住，只是农闲的时候出来打工，没有租房的想法，其实也没房子可租，就在矿口附近找个地方，随便搭个窝棚挖个窑洞，或者盖个土坯房，只要晚上能安身，能有个睡觉的地方就行。再后来，越挖产量越大，小矿变大矿，矿工也越来越多。农村种地的收益远低于打工的收益，过去的农闲时打工，变成了终年打工，一个人打工，带来了一家人打工。棚户区也越变越大，最终连片成区……

整个龙兴市，从事挖矿产业的工人有二十多万，解决了住房问题的不到五分之二。龙兴市过去能住人能盖房的周边，几乎全被这样的棚户区占据。随着龙兴市城市化进程的加快，这些围困在周边的棚户区，就成了一个绕不过去的老大难问题。要想打通龙飞大道，就必须对这些盘踞在大道两旁的棚户区进行彻底改造。

住在棚户区的矿工和家属，足有一万多户。在棚户区居住的新老矿工人数，少说也有三四万人。李任华市长来这里时，派出所给他提供了一个较为准确的数字，如今居住在棚户区的二十岁左右的年轻人，保守估计也有一万人。

对一个城市管理部门来说，这样的人口比例，再加上这样的居住环境，必然会成为恶性案件多发之地。居住在这里的年轻人，由于种种原因，大部分没有受过完整的基础教育，能从小学顺利读完初中的，几乎占不到一半。初中毕业能上职业学校的，或者考上普通高中，最终考上大专大学的，占不到五分之一。

很多年轻的矿工就在这里出生，从小就随着爷爷爸爸挖矿。他们的玩伴也是矿工的孩子，长大了，同矿工的孩子谈情说爱，结婚生子。这些年轻人简单淳朴，抱团讲义气。一旦谁家遇上了什么事，就会集体上阵，倾巢出动，不讨个说法绝不罢休。

这些矿工都是外乡人，从小到大，依靠的是政府，相信的是政府。有困难的时候，他们第一个想到的一定是政府，他们真心地认为，共产党的政府，就是为穷人为工人农民撑腰说话办事的政府。他们一直认为自己就是城市的基层群众和贫困阶层，对党和政府的扶贫政策和安置政策充满了期待。

随着这些年房价的持续上涨，他们对棚户区改造工程的期望值越来越高。他们断守了十几年甚至几十年的这些几平方米、十几平方米，且简陋得不能再简陋的小小蜗居，就是他们的希望和梦想。而龙飞大道工程的开工，意味着他们的梦想有可能实现了。他们多年来梦寐以求的真正的房产，就会以大红本的形式，划拨在自己的名下。真正的室内厨房、抽水马桶、客厅、阳台、卧室，这一切过去只会在梦中出现的景象，将会变成真正的活生生的属于自己的现实。

一句话，他们的苦日子到头了。

尤其让他们兴奋不已的是，市政府将会给龙飞大道工程派来一个好领导，这个领导叫辛一飞，是一个老百姓人人叫好的大清官。各种各样有关辛一飞的传闻，在这里被人们传得有声有色，家喻户晓。

辛一飞这个名字，在二道河马家园已经是一个神一样的存在。

今天龙兴市市长李任华突然来到马家园棚户区调研，顿时让整个棚户区处于一种无比亢奋的沸腾之中。这个情况完全出乎李任华市长的预料。他一来到棚户区，顷刻间就被大批的居民包围了。粗略估计一下，围在他身旁的居民至少也有七八百之多。

李市长的秘书小杨惊恐地看着这起伏汹涌的人群，一时竟不知如何是好。但杨秘书很快就放松了心情，这么多的人围着李市长，目的好像只有一个，就是想跟市长说说话，拉拉手。人们的脸上洋溢着灿烂的笑容，没有人喊冤，没有人哭诉，有的只是热情的问候，更多的人则是鼓掌和握手，再有的就是一片在阳光下举起来拍照的手机。

李任华来时并没有做什么特殊的安排，事先也没有通知这里的居委会和街道办，他觉得到一个棚户区看看，用不着兴师动众。而且现在是上班时间，在家里的人不会很多。所以，当这么多人一下子涌出来时，他确实感到意外。后来才知道，他来这里查访的消息还是走漏了。

围在他身边的人群里，不仅有老人和家属，还有很多专门请假留下来的职工。不只是这个棚户区的矿工，其他棚户区的竟也来了不少。无数的问题，无数的期许；个人的，家庭的，集体的；政策文件，新闻媒体，私下传说……都与棚户区的改造工程有关，都与即将出台的分配政策有关。一句话，都与自己能不能分到房子有关。

“李市长，我们在这里住了十几年了，这回是真的吗？不会又是忽悠我们吧。”

“市长啊，我们这里的人，都是些特困户、特贫户，有点儿关系有点儿路子的人早都走了。我们也没什么指望，靠的就是政府。现在就只想问一句，中央的精神，什么时候才能落实到我们这里啊？”

“李市长，这次棚户区改造，一定要公正公平啊。我们一家人来得晚，五口人才住十几平方米，如果只按面积算，我们一家人吃亏可就吃大了，你们一碗水要端平啊。”

“听说李市长你是挂职下来的，干个一年半载就要提拔调走了，不知道是不是真的。我们也盼着你高升，可你走的时候，无论如何也要把这个龙飞大道修通，要把我们这个棚户区改造出来啊。我们这里的人世世代代都念你的好……”

问得最多的，还是辛一飞。

“李市长，听说那个辛一飞是个好官，让他当副市长，主要负责龙飞大道工程，这个不会再变了吧？什么时候他才能来上任啊？”

“我们什么时候才能见到辛一飞啊，我们就想听听他怎么说的，这里的棚户区改造，到底是什么方案？”

“李市长，刚才有人传话，说选举辛一飞当副市长有好多人反对。大家就纳闷儿了，这么好的领导还选什么，直接派来不就得了？”

“李市长……”

李任华被人们簇拥着，不断回答着一个个提问。三月的天气仍然很冷，但他早已是满头大汗，衬衫都湿透了。离开的时候，最后留给现场群众的几句话，也还是有关辛一飞问题的解答。

“大家放心，辛一飞任副市长，是省里市里的决定，不会有任何变化！他今天上午就会被任命为副市长，很快与大家见面。有关棚户区的改造工程，会综合大家的意见，按照公正公平的原则处理和解决。大家说得很对，共产党的政府就是老百姓的政府，政府所有的工作，都是为老百姓办事！谁与老百姓两条心，我们就撤他的职，查他的问题，就让他下台！这几年，大家也都看到了，今后我们就是要坚持这么做下去，人民的政府，就必须让人民满意！”

4

刘利斌怔怔地看着眼前的选举结果。不出所料，辛一飞副市长一职的提名没有通过。而且票数居然没有超过半数，三十三票赞成，二十四票反对，十票弃权。

离半数还差一票。

居然只差一票！

市委书记虽然不同意，但之前他还是想坚持自己的想法，只要选票过半，他就会宣布任命通过，所有的责任都由他来承担！

就在清点票数期间，刘利斌给省人大常务副主任刘祥打了一个电话，只问一个问题：人大常委会的人事任免表决，票数过半是否可以宣布通过。刘祥副主任不假思索地回答：当然可以，没有问题。

刘祥副主任特别给他讲到，根据法律规定，各级人代会投票选举，一般都是票数过半即当选。人代会闭会期间，人大常委会的选举各有不同，但重要的人事任免，票数过半即可通过。这几年，我们各级人大常委会对人事方面的任免决定越来越自信了，就把超过半数当选变成了超过三分之二当选，这也是常委会对人大全体会议的一种承诺，为的是更具效力和说服力。其实根据法律规定，人大常委会投票决定半数通过是完全可以的，是合乎法律的，不存在任何问题。

刘祥主任的一番话拨云见日，让刘利斌顿感信心爆棚。他当时觉得，对辛一飞的表决，人大常委中即使有很多人反对，但票数过半应该没多大问题。他不相信一个市委省委同意的决定，会在市人大常委会上遭到半数以上常务委员的反对。这些常务委员，每一个他都非常熟悉，他们都有很强的政治意识、大局意识，在关键时刻，绝大多数都会坚决遵守党的纪律，维护党的意志。

万万没想到，竟然会是这样一个结果。

三十三：三十四。

如果事先有所察觉，稍稍做点儿工作，哪怕在选举前强调几句，也许就会挽回眼前的这场困局、败局。但现在什么都晚了。

“主任，该宣布了，常委们已经到齐，都回到会场了。”秘书长马京辰在耳边轻轻地一句，却把刘利斌吓了一跳。

休息室里一片死寂，几个副主任都沉默着，空气像凝固了一般，大家的喘息声都听得清清楚楚。刘利斌怔了半天才回过神来，几乎是恶狠狠地盯着秘书长，把秘书长也吓了一跳。当着几个副主任的面，刘利斌话里有话地问：“你是秘书长，事先什么情况也不知道？”

秘书长根本没想到主任会在这么多人面前用这种语气质问他，脸红一阵白一阵，好半天才说：“主任，不知道啊，真的不知道。我刚才细细地同他们核对过几遍，做梦也没想到啊。”

“做梦也没想到？以往开会，你一天在我的办公室跑无数趟。昨天今天，这么重要的会议，你却溜得无影无踪，都干什么去了？分组讨论会你没参加吗？会上没有人表示异议吗？讨论情况反馈，这方面的信息怎么一点儿也没有？是你没有布置，还是没有人反映？你的工作都做到哪里去了？你把这个投票结果给我拿过来的时候，就没想过应该跟我说点儿什么？你没感觉到有压力吗？没感觉到失职吗？是不是觉得很坦然？这一切都很正常？”

大颗大颗的汗珠从马京辰的头上滚了下来，这些质问，他无法回答。刘利斌大概也不指望他的回答，腾地站了起来，也没给任何人打招呼，径自向会场大步走去。

主持会议的常务副主任王宇新宣布了表决结果，紧接着宣布会议的最后一项议程，请人大常委会主任刘利斌做总结讲话。

刘利斌眼前没有讲话稿，早就写好的讲话稿在公文袋里，根本没取出来。昨天晚上他还把讲话稿认真看了一遍，对其中的好多地方做了修改。但现在，这个早就准备好的讲话稿已经没有任何意义，如果再照着念一遍，纯粹就是个笑话。

刘利斌死死地盯着会场，足有两分钟没有讲话。台下的常务委员们也一个个面无表情地端坐在那里，沉默着。此时，只有刘利斌有讲话的权利，他深吸一口气，一字一顿，字字如剑："我想，这个结果一定是某些人最希望看到的，不是吗？"

会场一片死寂，没人知道这个平时很温和也很敦厚的人大常委会主任要说什么。

"恭喜这些人，你们赢了。我没说'得逞'这两个字，这会儿我还不想说，因为还不到时候！你们确实赢了。是不是感到很高兴、很得意？是不是还想再听听我平时那样的讲话，这次会议开得很顺利，圆满完成了各项议程，好让你们再得意一下？

"本来我不想说什么了，事后我们会对这次表决的结果进行调查和定性，到了那个时候，我自然会有很多话要说。谁的问题谁负责，谁的责任谁承担。我说这话不是想秋后算账，但究竟是什么问题什么原因，我得向市委交代，向市委检讨。为什么会这样？为什么！

"我特别想问问那些投反对票的人，你们为什么要这么做？上午讨论时，你们不是都表示同意市委省委的建议提名吗？不是都没有异议吗？为什么偏偏在投票时出尔反尔，说一套，做一套？辛一飞到底哪里有问题，哪里让你们不满意了？是因为破格提拔吗？正处提副厅，正县升副市，在座的你们没有遇到过吗？县长提拔为副市长，这在以前没有先例吗？很多啊，哪里错了？哪里不符合干部条例？哪里没有依法合规？

"你们的档案我全都细细看过。你们中间的不少人，很多就是直接从镇长提拔为副县长，从副县长副书记直接提拔为局长主任，从县委副书记直接提拔为书记的。难道都错了？我们的干部选拔，总有一批干部会按照时局和人民的需要，及时被提拔到某一个位置。在座诸位几乎都当过一把手，这个谁也明白的道理，莫非你们突然想不明白了？或者，你们认为这次提拔不公正不公平？那你们就说说，哪里不公正，哪里不公平？是违反了程序，还是暗箱操作了？有吗？如果有，现在你就可以说出来。"

刘利斌停顿片刻，目光扫过台下几张熟识的面孔。没有人和他对视，他的目光盯向哪里，哪里就只能看到一个脑壳。

"如果不是因公，那就只能是徇私了？说实话，此时此刻，我真不想把这个词汇用在这里，用在大家头上。徇私！不觉得我们的人格受到了侮辱？怎么会徇私？为什么要徇私？这个私应该只有一个，那就是龙飞大道的开通牵扯到某些人的既得利益，断了某些人的财路，必须让这个工程胎死腹中，让这个执行人打道回府，然后再找一个可以保住既得利益的代理人。有多大的分量才能把你的笔尖压在反对的选票上？重金贿赂？利益许诺？有人施压？是不是？如果是，那就摸着胸口想一想，你的孩子里面有失业的吗？有上不起大学的吗？你的家人里面，有住无所居、老无所养、病无所医的吗？

"到底有多大的私利，能把党纪国法和人民的恩义统统抛在脑后，踩在脚下？你们今天都在行使自己应有的权利，我本不该指责什么，也无权指责什么。但我必须说出来！这是我的心里话！不说出来就对不起我自己，对不起我这个职务！今天的表决，不仅是我的耻辱，也同样是你们的耻辱！龙兴市的老百姓不会忘记我这个失职的人大常委会主任，更不会忘记你们这些投反对票的人！也肯定能看清你们都是些什么样的人，都在代表着谁的利益！

“得有多大的利益，才能让你们投下那反对的一票？对人民忘恩负义，还能算是一个有立场有信仰的共产党员吗？”

多少年了，刘利斌从来没有这样发作过。他愤怒地审视着会场，再次看了看时间，然后咆哮似的从嘴里挤出两个字来：“散会！”

第四章

1

中午十二点一刻，在田震书记办公室召开的临时会议气氛十分沉重。

书记、市长、市委副书记、人大常委会主任、政协主席、纪检书记、组织部部长、统战部部长、市委秘书长，都是市里的核心领导，没有工作人员，没有记录。临时会议由书记主持，开场白只有一句：“在上午召开的人大常委会上，辛一飞副市长的任职表决没有通过，现在让利斌主任给大家说说情况。”

大家的眼光都齐刷刷地看向刘利斌。刘利斌把手里的笔记本打开，但几乎看也不看：“今天共有六十七名常务委员投票，三十三票赞成，二十四票反对，十票弃权。反对和弃权票刚好过半，提名辛一飞任副市长一职的表决没有通过。这个情况我自己根本没有想到，表决前一切都很正常，没有任何征兆。在全体会上我们着重讲了这次重大人事决定的重要性和紧迫性，小组讨论没有任何异议，所有人都表态同意。会议记录我看过了，确实没有一个人发表过不同看法。我当时非常乐观地以为，这次副市长的任命决定，在常委会上投票表决应该不会有任何问题。直到选票发下去，我才发现异样，但此时已经无能为力了，想补救也根本来不及了。在此，我要向市委检讨，这次表决出现的情况，我个人应负完全责任。我太大意了，根本没想到，也根本没有防范。这是一起重大的政治事故，作为人大常委会主任，这也是一起严重的失职行为……”

田震书记坚决地打断了刘利斌的话：“现在还不是谈责任的时候。你就谈谈你个人对这次表决情况的分析，主要原因是什么，在哪些环节上出了问题，是什么问题导致了这样的表决结果。不用回避，想到什么就说什么。”

刘利斌略做思考：“关于表决出现的问题，我刚才在常委会上也讲了几句。我个人觉得，当然只是推测，原因不外乎这样几个。

“一是辛一飞的越级提拔，直接从县长提拔为市委常委，龙兴市近些年里没有先例。当然，这不是这次表决没有通过的主要原因；但另一方面，我觉得这可能会成为一些人煽风点火、暗中鼓动投反对票的借口。

“二是时间太紧，缺少必要的沟通和过渡。对辛一飞的任用，市委常委会研究决定后不到十天，省委常委会通过后不到一个星期，就要在临时召开的市人大常委会上投票表决，估计会让一些人心理上产生逆反情绪。

“第三，也是最重要的一点，辛一飞被破格提拔为市委常委、副市长，负责龙飞大道的改建扩建工程，极可能影响到两类人的利益。

一类是有可能被提拔到这个位置上的领导干部，这些人虽然人数不多，但都在重要的位置上，能量应该不小，对一些人大常委的最终抉择有巨大影响。再一类就是龙飞大道的系列工程，将会涉及不少人的切身利益，这些人的切身利益又同不少领导有着千丝万缕的联系，为了确保自己的利益不受损失，这个工程的负责人必须是他们的代理人，否则他们不放心。上述这两类人迅速结盟，千方百计、不遗余力地影响人大常委们的投票表决。我觉得，这可能是这次投票表决出现问题的根本原因。”

说到这里，刘利斌停顿下来，看着书记。

“还有吗？”书记问。

“这只是个初步判断，具体的调查分析，我已经让下面在做。目前掌握的情况就是这些，我们会随时把进展情况向市委汇报。”

“没了？”书记再次问道。

“没了。”刘利斌好像也确实没什么可说的了。

“有件事我想与你核实一下。”田震说，“今天上午十点左右，我的秘书给我送来一份函件，上面有二十多个人大常委的签名。函件的内容是请求在今天上午人大常委会表决前，让候选人辛一飞同所有的人大常委见面，听听大家对他的一些咨询和提议。这个函件也表明了一点，这次人大常委会开得很紧急、很特殊，不同意见很多，争议也很大。

“这封函件我是在今天上午十点一刻左右看到的，接着，就接到了你们人大秘书长的电话。让我感到不可理解的是，这封函件签署的时间是前天，距今已是第三天了。市委市人大就在一条大街上，相距不到一站地，为什么这个函件今天上午我才收到？按常理，最晚昨天上午就应该收到的。这里面到底是什么情况？

“刚才听了利斌主任的分析，我越来越强烈地感觉到，这封信函的收发太蹊跷。我已经让我的秘书和市委办公厅主任专门进行调查去了，究竟是意外，还是有人故意为之？大家想想，如果昨天我就看到了这封函件，市委还会这样被动吗？这次人大常委会的投票表决还会出问题吗？我现在要问的是，利斌主任，作为人大常委会主任，这样一封极其重要的常委们联署的函件，就没有人给你寄送吗？或者到现在你也没有收到吗？就算没有收到，难道也没有任何常委向你提出过这方面的问询和要求？”

这封函件实在太重要了！如果刘利斌收到了这样的函件，无论如何也会及时征求书记市长的意见，并尽快安排辛一飞同人大常委们见面，投票表决中出现的问题就会及时化解。这二十多个署名的常务委员，肯定都是发现了问题的，也肯定都是为市委市人大分忧着想的。但这样重要的一封函件，却没有得到任何回应，也没有任何人出面解释，对这些常务委员来说，毫无疑问是一个重大刺激，他们的情绪一定会受到严重的负面影响和干扰。在这样的情绪影响下，有那么多人投反对票也就没什么奇怪的了。

怎么会这样！

2

良久，刘利斌才从震惊中恢复过来。“我确实没有收到过这样的函件，也没有接到过委员们有关这方面的问题和建议。截至目前，人大秘书处和人大办公室没有给我汇报过这方面的情况。我马上就对此进行调查，这样的联名信函，为什么给了市委书记，却没有任何人向我汇报。刚才我说我太大意了，现在看来，实在是太不称职了！”

等刘利斌说完，书记又转向李市长：“任华同志，你呢？你那里接到过这方面的信函或要求了吗？”

李任华思忖片刻：“这两天我一直在下面调研摸底，还没有回办公室。秘书给我的急件里面，没看到这方面的信函，我想应该没有。我一会儿回办公室就马上查看一下。这确实是个重大问题，一定是有什么人从中做了手脚。”

田震书记环视众人：“今天把大家紧急叫来开会，会议什么内容大家也知道了。我刚才已经把这一情况给省委做了汇报。省委张舜禹书记对此十分重视，认为这个情况非同一般，对全省的干部任用都可能产生非常负面的影响。根据省委的指示，省纪检监察委、省委组织部、统战部和有关部门很快会组成一个联合调查组，将在近期来市里对此进行专门调查。在座的可能都会被询问谈话，了解情况，希望大家回去后马上着手准备，主动、积极、严肃、认真地配合这次调查。”

在场的几个领导都有些吃惊，没想到省委对这一事件的重视程度如此之高，反应速度如此之快。

田震书记继续说：“我刚才也了解了一下，今天参加表决的人大常委中，中共党员四十八名，民主党派和无党派人士十九名，所以我觉得这件事的主要问题还是出在党内。并不是说党派成员中没有任何问题，但即使有问题也是极少数，否则不会这样大面积地投否决票。还有一点，一定要给这些人大常委讲清楚，省委派调查组，绝不是搞人人过关，更不是要搞秋后算账，把每个投反对票的都查出来。常委们投反对票，是神圣不可侵犯的权利。省委市委就是想搞清楚，为什么要投反对票？主要问题和原因是什么？利斌主任刚才说，这次选举出现的问题主要责任在人大，在他这个人大主任。我现在觉得，市委和我这个市委书记，对这起事件同样负有不可推卸的责任。

“这些天来，我们高度关注的只有龙飞大道的扩建工程，只想着如何让辛一飞尽快到岗，尽快开展工作，尽快落实市委市政府的安排部署，恰恰忽略了人大常委会的选举。这次投票表决，事先确实是应该做好有关工作的，包括投票前安排辛一飞同常委们见面，或者专门召开一个座谈会，让全体常委对市委市政府的想法有一个较为全面、较为清晰的了解，同时对辛一飞这个候选人也能有一个全面的认识和判断。但这样的事情我们确实给忽略了，想当然地认为选举不成问题。这是市委工作的重大失误。”

刘利斌没想到，书记把责任揽在了自己身上。感动的同时，他也更加内疚。从书记的话中他意识到，这件事的负面影响比他想象的更严重，不仅惊动了省委，对市委工作和市委书记本人造成的压力更是超乎想象。

田震继续说：“利斌主任刚才的几点分析，我基本赞同，特别是这里面是否有其他人为的因素。刚才我通知了公安局、交通局和电信部门，让他们尽快采取措施，必要时可以调看一些重要地段的视频监控。这样做并不是不信任人大常委们，而是要尽快了解一下这些天在这些人大常委的周围，究竟发生了些什么事情，什么机构或人员同他们有过于频繁密切的交往和联系。如果有迹象表明这确实是一场较量，那第一回合我们就已经输了，而且是惨败。这是个教训，也是个提醒。

“今天特别要给大家讲的是，如果这确实不是一次偶然事件，那真正的较量才刚刚开始，一定还有更多更严峻的后续问题出现，我们切不可再掉以轻心。今天的会议内容，希望大家严格保密。如果泄露出去，市委将严厉追责。不是不信任大家，而是目前的形势太严峻太复杂，让我们防不胜防，稍有疏漏就可能出现严重后果。”

讲到这里，田震看了看时间，又看了看大家：“大家发表意见吧，有话则长，无话则短，虚话套话就不用说了。下一步怎么办，包括辛一飞的工作如何调整，大家都说说。”

办公室里一片沉寂。

市长李任华意识到，作为二把手，应该他发言了。“那我就说两句吧。情况太突然了，一点儿心理准备也没有。我们原定下午召开一次市政府党组会议，议题就是辛一飞副市长任职表决通过后，下一步的分工。所有的工作都做了，与其他几个副市长私下也都交流过了，没想到表决竟然没有通过。现在我们面临的问题是怎么补救，辛一飞的工作应该如何安排，既要合规又要合法，要能名正言顺。比如，近期能否再召开一次人大常委会，按照刚才书记讲的，把该做的工作都做了，该预防的都预防在前面，让人大常委们再投一次票？这行吗？有先例吗？上级能同意吗？如果行不通，那辛一飞是否可以先行使副市长的职权？

“我想我们下一步的工作，首先是要找到相关的实例和依据，然后再解决其他派生出来的问题。刚才书记讲的那些紧急措施，还有利斌主任的分析，我完全同意。唯一担心的是，辛一飞的这次表决没有通过，马上会成为重大的社会新闻，对我们龙兴市会有什么后续的社会影响，应该早做准备和防范。特别是龙兴市的干部群众怎么看待这次人大表决，我们又应该如何解释并统一口径？现在的自媒体无处不在，影响极大，好事不出门，坏事传千里，对此也一定要未雨绸缪，把工作做到前面。

“还有，原定辛一飞下午就来市政府报到，他的情绪会不会受到影响？本来他就不想来，现在又遇到了这样的事情，这个工作我们如何做，也得想在前面。龙飞大道的修建扩建工程刚刚启动，不能因为这件事受到影响，要确保工程不延期不滞后。如果在这方面出了问题，那某些人就达到目的了。在这一点上我们一定要保持定力，不能让某些人得逞，让老百姓的利益受损。”

田震书记点点头：“今天紧急把大家招来，就是想达成一个共识，怎么处理这次任命决定没有通过以及由此带来的一系列问题，包括辛一飞的工作如何调整和安排。马上再召开一次人大常委会，这个是以前从未有过的，我不建议考虑。但究竟怎么办更妥当，如何让辛一飞的情绪和我们的工程不受影响？”

“我接着说两句吧。”市委副书记王庆国开口了，“以目前的情况看，再召开一次常委会确实不合适，直接任命辛一飞为代理副市长似乎也不妥——人大表决没通过，市委这里就直接任命了，老百姓会看我们的笑话。不是说人大是最高权力机构吗？怎么表决了不算？不能让龙兴市的干部群众有误解，好像市委和市人大在对着干。其实，也不是没有解决的办法，退一步海阔天空，换个思路和角度，也许就能迎刃而解。我个人的建议是，辛一飞已经是市委常委，可以在市委分工这块调整安排。原定副市长一职的人选，可以暂时变一变，我们在现有市委常委的班子里另外物色一个也不是不可以。等过了这段时间，一切都平静下来，省委调查组的调查也有了眉目，我们再做调整，也就顺理成章了，干部群众也能理解能接受了。”

田震问：“是不是你已经有了新的人选了？在市委市政府现有的班子里，你觉得谁可以替代辛一飞？”

王庆国副书记看似很平淡地说：“也不是什么新的人选，其实就是想让年轻一点儿的同志在新岗位上锻炼锻炼，应该也是个好事。这样安排，也不是让辛一飞大撒手，有关工程方面的事情还得让他帮着带着。至于谁最合适，我觉得市委秘书长王新就可以。王新年轻，刚过四十，干过农林局长，当过区委书记，现在是市委常委，政声一直很好。暂时替代辛一飞做个副市长，只是个平调，大家肯定都能接受，在下次人大常委会的表决中应该不成问题。当然，这只是我个人的想法，具体怎么办更好，还是由组织研究决定。”

3

田震有滋有味地盯着王庆国看了半天，他没想到，王庆国推荐的新人选竟会是市委秘书长。王庆国原本是常务副市长，今年二月刚刚被任命为市委副书记。田震很清楚王庆国的立场，对辛一飞这个人选，王庆国一直持保留态度。今天王庆国当众推荐秘书长王新替代辛一飞，尽管说得冠冕堂皇，头头是道，但让人感觉这样的推荐纯属搅局，唯恐天下不乱。田震也没说别的，直接转向秘书长王新：“你觉得如何？”

“什么？”王新一愣，好像思路没跟上，竟然不知道书记问的是什么。

“庆国书记推荐你担任副市长，主抓龙飞大道的改建扩建工程，对此你有什么意见？”

秘书长大吃一惊：“田书记，我坚决反对。市政建设和市政工程，我根本没有这方面的工作经验，更没有这方面的知识储备。这不是谦虚，也不是推脱，而是起码的自知之明。我个人的意见，还是由辛一飞负责为好。这两个月来，受田书记的委托，我对辛一飞的工作和履历进行了全面的考察。辛一飞在市政工程，特别是城市建设这一块做了大量工作，积累了宝贵的经验。近两年他启动的几个重要的项目工程，不论是质量还是速度，在全国都名列前茅。尤其是城市拆迁和旧城改造工程，他做得十分成功，得到了方方面面的好评和肯定。对辛一飞的提职，由他来主政龙飞大道工程建设，是市委市政府多方权衡、全面考察、认真研究的结果，省委也是同意的。这次人大常委会表决没有通过，我觉得原因是多方面的，但我相信，绝不是由于他个人的问题造成的。对辛一飞下一步的安排，我觉得应该特事特办。他现在是市委常委，以这个身份负责龙飞大道工程建设，应该没有任何影响。我刚才一直在考虑，或者干脆就由辛一飞担任龙飞大道建设总指挥和领导小组组长，这样一来，就更名正言顺了。”

又是沉默，副书记王庆国也没再作声。过了片刻，田震书记问组织部部长李兴民：“兴民部长，你说说吧。以你的角度，讲讲辛一飞的工作调整和安排，如何才能符合组织程序、依法合规。”

“我同意王新秘书长的建议，”李兴民直来直去，力挺辛一飞，“以市委常委的名义担任龙飞大道扩建工程总指挥，我认为完全符合组织程序。如果同时也成立龙飞大道扩建工程领导小组，我建议李任华市长任组长，辛一飞任第一副组长更妥帖一些，这样的安排更能强化和体现市政府的领导。辛一飞的任命没能在人大常委会通过，我感到十分震惊。但想想也并不奇怪，前不久在市委研究提名辛一飞为副市长时，我们就遇到过各种各样的阻力，甚至有不少老同志公开出面反对，也有一些实名信函，指责对辛一飞的提拔违反了组织原则。今天看来，阻力比我们预想的要大得多。我个人感觉，在人大常委会投票表决的背后，有非组织行为存在，而且能量不小。这只是一个信号，不会是一个孤立的偶然的事件。”

田震再次看看时间，接着，目光转向纪检委书记王盟亦：“王书记，你把你那里的情况给大家说说。”

纪检书记王盟亦五十六岁，是在场市委常委中年龄最大的。他打开手中的笔记本：“这些天，纪检监察委先后收到的有关辛一飞的告状信共有四百多件，其中联名举报的信件有三十二封，实名举报的信件有七十七封。联名举报的信件中，有十二件也是实名举报。人数最多的联名举报信，共有四百零八人署名。这些举报信，基本上都是在市委提名辛一飞任职副市长之后发出的，平均每天都能收到几十封。昨天今天最多，昨天一共收到一百零七封，今天截至目前已经收到八十多封。纪检监察有关部门正在对这些举报信进行逐一核实，但实话实说，要把所有这些信件都核实清楚，不是两三个月能够完成的。

“这么多举报信如此集中地只针对某一个人，以前也不是没有遇到过。但不论从规模上，还是从举报内容上，这次都远超过去。特别是举报内容，看上去非常具体，数据也十分翔实。其中有些举报信，就像有过详细记录一样，事出原因，来龙去脉，涉及的人员、时间、地点、数目，都有头有尾，信中涉及的人员，大都真有其人。不像以往的不实举报，一旦涉及细节就漏洞百出。而且，这四百多封举报信，内容重复的竟然很少。这种情况我们还是第一次遇到，实在令人匪夷所思。我们也曾派人去寻找举报者了解情况，好不容易找到这些人，他们的态度都很恶劣，很不配合。一问到实质问题，他们就会厉声质问，这些问题你们为什么不去找辛一飞核实，却来找我们的麻烦？我们响应党中央的号召举报腐败分子难道有罪？有些甚至大吵大闹，根本就是胡搅蛮缠。

“刚才兴民部长的分析，我也深有同感，不能排除幕后有人指使，而且绝不是少数几个人，更不是一般老百姓所为。这种行为针对的并不只是辛一飞一个人，而是整个龙飞大道的扩建工程。打通龙飞大道，必然会让一些人利益受损，必然会使出各种手段阻止龙飞大道的建设。这将是一场严峻的考验。我们要捍卫老百姓的切身利益，我们的对手也要捍卫他们的既得利益。现在的情形是，我们在明处，他们在暗处，更有很多人在利用我们体制的漏洞反制我们。

“这两天，市纪检监察委已经召开了两次紧急会议，专题研究如何才能确保龙飞大道工程顺利进行。在一些重大问题上，纪检监察委并不比其他部门更清醒更高明，而是我们已经提前感受到了汹涌的暗流。对龙飞大道工程的建设，我们确定了两条原则，第一要确保杜绝任何腐败行为，要在程序和制度上加以保证。第二，不能因为一些枝节问题影响工程的进展，特别是要对一些人为的、恶意的行为进行及时的甄别和排除。第一条相对容易，后一条则难上加难。参看这几天的举报信，更需要引起我们的高度警惕。也就是我刚才说的，决不能让他们利用我们制度的漏洞达到他们的目的。对这次表决中出现的情况，我们会马上进行深入调查，如果发现确实存在利益输送和腐败问题，我们一定会及时跟进，加大查处力度，为市委市政府的决策保驾护航，确保龙飞大道扩建工程顺利进行。”

听了王盟亦的发言，田震不禁有些激动："感谢纪检监察委对我们工作的支持。盟亦书记的通报太及时了，否则我们被人重重包围了，还身在梦中呢。相信大家听了之后都会有所警醒。"说着，田震环顾四周，"其他同志还有什么要说的，我们还有点儿时间。"

4

"田书记，我再补充几句吧。"刘利斌有些憋不住了，"本来不想再说什么了，但听了大家的发言，我就表个态吧。刚才大家的发言给了我很大的警示和震动，看来我还是把问题想得太简单了。下午常委会结束后，我们几个主任准备和所有的常委逐个谈谈话，认真了解一下常委们的真实想法和思想动态，广泛征求他们的意见，听听他们对于这次表决的建议和想法。摸底结束后，我们再开个人大主任会议，把谈话的情况汇集起来，分析一下可能是哪些原因让这么多人大常委投了反对票，及时向市委汇报，供市委参考。我们会按照市委的安排部署，把下一步的工作做好，确保万无一失……"

"好了，"田震打断了刘利斌的话，"保证一类的话，以后再说吧。现在关键的问题是分析和了解情况，四大班子，所有的部门都要密切配合省委调查组的工作，是我们的问题我们改正，是别的问题我们尽快解决。这次人大常委会表决中出现的问题，到底是什么原因，现在下结论还为时尚早。一方面，我们要保持头脑清醒，看到问题的严峻性复杂性，另一方面，我们也要相信绝大多数干部群众对市委省委的决定是赞同的，支持的。利斌主任刚才的措施和建议，我觉得可以再斟酌一下。我个人的意见，下午的常委会，该结束还是正常结束为妥。我刚才说了，在事实搞清楚以前，切忌不要搞人人过关、人人检讨，决不能搞得人心惶惶、人人自危。这等于是自乱阵脚。具体怎么办，你们自己研究。

“还有，庆国同志提出的临阵换将，我也不能同意。在主要问题和原因没有搞清楚之时，临阵换将，朝令夕改，省委市委在老百姓眼里还有什么威信可言？副市长人选目前不应改动，也不适合改动。尤其是龙飞大道的改建扩建工程，决不能因为人事上的波动有丝毫拖延。如果在这方面出了问题，那我们就真的被算计了。副市长一职何时再行表决，人大可以认真讨论一次。我觉得，如果真要再行表决，可以考虑临时召开一次市人大全体代表会议，来一次真正的全民性选举表决。这样更能说明问题，更能体现民意。我就不信，全市四百多名人大代表，会有一半以上的人反对省委市委推荐的人选。但究竟需不需要召开这样的临时人大全体代表会议，何时召开，如何召开，请利斌主任和人大主任会议斟酌。什么时候觉得条件成熟了，可以召开了，随时给市委打报告。利斌主任，你觉得这样是否可以？”

“可以。”刘利斌不假思索，“下午常委会结束后，我们立即研究，尽快安排。”

田震书记点点头：“现在已经一点多了，我们下午四点召开市委常委会。刚才大家的提议和建议，我们在常委会上再议。没有发言的，可在下午的常委会上继续发表意见。如有不同意见，也可以提出来供大家讨论。还有什么要说的吗？”

“同意，没有意见。”市委副书记王庆国第一个表态，声音洪亮，干脆利落。

第五章

1

辛一飞得到副市长职务在市人大常委会上没有通过表决的消息时，正同一个同班同学在一起吃饭。这是辛一飞唯一的一次算是饯行的饭局，地点是吴浙县政府招待所，就他和同学两个人，一个小巧玲珑的包间，干净、简洁、幽静。

辛一飞的同学叫刘小江，县委通讯组组长，算是县里的第一笔杆子。这两年，刘小江经常在报纸刊物上发表一些通讯报道和纪实文章，常常让市里省里的有关部门或刮目相看，或心惊肉跳。在网上，刘小江还是一个知名作家，笔名海波江涛，拥有数十万粉丝，在县市一级属于网络大V。按刘小江的话说，他的工作就是通讯搭台，网络唱戏。由于常年工作生活在基层，他对政府的工作非常了解，对百姓生活也十分熟悉，因此他的作品真实生动，很接地气，颇受读者欢迎，每年靠网络写作的收入不菲，在文学界的名声也越来越大，在省市作协文联以至各大网站，都算是个名声显赫的人物。去年市文联换届，提名他担任龙兴市作协副主席和网络作协主席，他坚决不干，说你们要是让我当了主席，我的粉丝立刻会掉一大半，还是让我留在网内好，不要让我在网外搞什么有名无实的表演。在台下我活得有滋有味，让我登台立刻就会死翘翘。

辛一飞和刘小江既是同窗，又是无话不谈的密友。两个人是同班同学，年龄却相差十岁。都是八八级，刘小江当时是班上年龄最小的一个，刚满十七岁。能考上大学，就是因为一篇满分作文，被破格录取。在学校，两个人睡觉是上下铺，上课是前后桌，又是同乡，自然一见如故。辛一飞的外语差，刘小江的数学次，常常在一起互通有无，考试的时候，也免不了相互递条子。他俩关系密切，在县里人人知晓，但密切到什么程度，只有通讯员和司机略知一二。大凡辛一飞在工作上遇到什么麻烦，遭受了什么挫折，或者累得不行了，憋闷得快抑郁了，就一定会把刘小江叫来，喝上几杯，聊上一通，然后回家酣睡一场，精气神基本上就能恢复得差不多。当然，刘小江也会把他了解到的情况统统倒给辛一飞，对辛一飞工作的成败得失毫不留面子地分析一通，其中不乏讽刺挖苦，甚至会斗狠互怼，恶语对撕。但骂归骂，吵归吵，过去了，酒醒了，仍然是无话不谈的密友。

之所以能有这样的关系，最重要的一点，就是刘小江从来没给辛一飞找过什么麻烦，更没有找辛一飞办过什么事情。两人这么多年，除了对辛一飞的工作评头品足，刘小江对辛一飞一无所求。

因此，更多的时候是辛一飞离不开刘小江，只有在刘小江这里，他才能得到最真实的信息，才能听到最中肯的评价。刘小江也知道辛一飞需要这些，当官当大了，位置越高，权力越大，往往会变得又聋又瞎，平时听到的都是套话废话马屁话，看到的也大都是假象，真话真相都被藏了掖了。官越大，被蒙蔽得也就越深。刘小江找辛一飞蹭吃蹭喝，就是为辛一飞去伪存真，补偏救弊。当然，刘小江也十分乐意和辛一飞东拉西扯，谈天说地，趁机了解一些情况，挖掘一些素材，给他的文学创作增色添彩。

对辛一飞的越级升职，空降龙兴市任副市长，刘小江只有一句评价："苦海无边，回头无岸；从此物是人非，再无自由之身。"

刘小江今天一反常态，话很少，人也显得很郁闷。因为他知道，辛一飞这一走，他们这样聚会的机会肯定就少多了，甚至像这样无拘无束的见面都可能很难了。刘小江深知辛一飞的性格。这些年来，辛一飞在一个几十万人的小县城，能做的事情撑死了也就那么一丁点儿大。好不容易有了一个大平台，辛一飞一定会干得风生水起。何况辛一飞已过知天命之年，能干的机会已经无多。

在体制内，干得再好，到了退休年龄也是一刀切。其实过了五十五岁，就随时会被调往二线三线了。就算你有通天的本领，换届时干不满一届，就得退出历史舞台，政协人大就是你的归宿。在基层当领导，真正能主事，自己说了算的时间，满打满算也就那么十来年。年轻时只能跟在领导屁股后面跑，等到熬出来了，能主事了，基本上也到了事事谨小慎微、整日如履薄冰的年纪。这么大的一个干部队伍，等着提拔的在你身旁烟波浩渺，波涛汹涌，长江后浪拍前浪。临到换届之时，就像层层剥皮，只要有一丝条件不合，立刻就会让你功败垂成。领导也没什么好办法，这么多精英，哪个不是出类拔萃？手心手背都是身上的肉，鞍前马后都是自己的将，哪个该取，哪个该舍？只能定个死框框，划个硬条件。高考是千军万马拼分数；官场是万马千军拼年龄。只有年龄才最公平，也最省事。

五十三岁的辛一飞，年龄正在门槛上。如果后年市政府换届，恰好还能干满一届。也就是说，满打满算，他还有七八年的干头。辛一飞有抱负有拼劲，有魄力有能力，又有了坚决支持他的领导，有了适合发挥他才干的领域，他一定要干出一些业绩来。

2

二两酒下肚，刘小江的话终于多了。他对辛一飞说：“苟富贵，毋相忘，当官当大了，别扔了老同学就行。”

“说不定人还没去，就被赶回来了。”辛一飞不动声色。那当儿他刚刚接到两条短信，有人已经向他透露了人大常委会表决没有通过的情况。

“一飞啊，你可千万别这么想。当了副市长，再发落回来，只有两种情况，一是壮烈殉职，以身许国——我可不是咒你，这个极有可能，你得防着点儿，别不当回事。还有你这身体，咱俩现在出去，你要是不亮明身份，找个娱乐场所歌厅舞厅什么的，那些漂亮姑娘肯定找我不找你。看相貌，咱俩至少差二十岁。身体差，从来不锻炼，到你这岁数不出问题才怪。还有，这些年被你剥夺了发财机会的人多了去了，个个对你恨不得食肉寝皮。你下一步到了龙兴市，如果还像在吴浙县这样，半夜三更一个人在工地上明察暗访瞎转悠，出了什么事，那可谁也保不了你。都过五十的人了，不论干什么，第一要确保人身安全。你不为自己考虑，也得为老婆孩子着想。”

辛一飞不吱声，自顾自地喝着闷酒，听刘小江胡扯。

刘小江继续说：“第二种情况，那就是你下台了出事了，市长你干不成，县长也一样不会再让你干了。贪污腐败的事我倒是不担心你，我担心的是你得罪的那些权贵会不会轻易罢手。你断人家财路，夺人家利益，相当于杀人父兄，挖人祖坟，奢望人家不报复不反击，天下哪有这等好事？再说你到了那地方，一没背景，二没势力，连我这样的人也没几个，就这么一个副市长的头衔，黑道白道的人，有几个能把你看在眼里？一旦你把人家逼急了，可是什么招也使得出来。你确实能干，可这些年为什么就没人提拔你？偏偏今年就看上了你，还破格提拔？不仅是因为你能干，更多的是因为你这个人软硬不吃，刀枪不入。不过，我不知道你到了龙兴还能不能坚持下去。比如田震书记，这样举荐你，提拔你，力排众议支持你，你说说，这样的领导是不是你的知音，是不是你的伯乐？如果将来在什么重大问题上，你的意见与书记不一致，你是听书记的，还是按自己的？一次不听，两次不听，三次还不听？一飞市长，这句话你什么时候也别忘记，这天下是共产党的天下，你是共产党的干部，你的上司你的书记市长都是党的领导，你不听人家的听谁的？”

“瞎扯什么，我什么时候不服从党的领导了？”辛一飞端起酒杯在刘小江面前晃了晃，“喝酒。”

刘小江却不肯善罢甘休：“你辛一飞有今天的政绩和名声，就是因为你经常不服从你头上那些领导。也正是因为你不听领导的话，才有领导愿意用你。龙飞大道是个得罪人的工程，领导起用你，就是要让你去得罪人。这话听着别扭，可事实上就是这么回事。等你过五关斩六将，把这条龙飞大道修通了，你辛一飞还是辛一飞吗？在一些人眼里，你可就成了独夫民贼。你也没几年了，再这么走下去，你以为还能遇到田震这样的书记？等哪天突然换了领导，新官不理旧账，翻脸不认老人，照样让你叫天不应，呼地不灵。随便找个借口折腾你一下，你的仕途也就到头了。”

“又扯远了，今天你是给我送行还是给我添堵？”辛一飞一直在等着龙兴市那边的消息，也不知市委下一步会怎么决定，有点儿心烦意乱，“要真像你说的那样，我还能到了那一步？只怕第一关都过不了，说不定今天的人大常委会就把我给否了。”

已经略有醉意的刘小江对辛一飞的说法嗤之以鼻：“笑话！现在的投票表决都是等额，还有那些稀奇古怪的投票办法，得个全票易如反掌。你当了快十年的县长副县长了，不会连这个也不清楚吧？就说说你这个县里的选举，什么时候有人落选过？少了一票两票都如丧考妣，觉得像打了败仗一样丢人现眼。”

“你不信？万一呢？”

“哪有什么万一？要是真有了万一，龙兴市委的脸往哪儿放？省委的脸往哪儿放？你现在可是省管干部，档案很快就会从市里调往省里，要是落选了，那不等于直接打脸田震吗？他这个市委书记还怎么干？”

正说着，刘小江摆在餐桌上的手机吱吱响了两声。他随意点了一下，看了一眼，突然怔在那里。两个本地微信群里，几乎是同时推出了一条爆炸性信息：在今天上午的市人大常委会上，龙兴市副市长人选辛一飞投票表决没有过半，差一票被否决！

3

刘小江盯着微信足足看了有两分钟，然后一声大笑：“辛一飞啊辛一飞，你可真是福将啊，我正替你发愁呢，没想到你时来运转！这么重要的好消息，你竟然瞒着我。”

面对刘小江的手舞足蹈，辛一飞不禁有些愤愤：“二两酒就喝多了？这算什么好消息？一个下马威，人还没到，脸就让人给打肿了，还时来运转？”

“你等等，让我冷静一下，好好理理。”刘小江仍然沉浸在这个消息带来的兴奋中，“第六感觉告诉我，这对你一定是天大的好事，说你时来运转，写进小说里都没人相信。”

“怎么会是好事呢？脑子进水了吧。”辛一飞一满杯一口干了下去，“原本宣布的是超过三分之二通过，后来发现有问题了，临时决定票数过半通过，没想到居然一半也不够，还差了一票。看来龙兴市的干部们真的不欢迎我，还没干呢，就被撸回来了，你居然说是好事？有人反对我完全理解，可这是少数人吗？这样的环境我还怎么工作？什么叫威信扫地？这就是！你连这个也看不明白？就吴浙县这点儿积累，让市人大这么一锤子砸下来，还有什么威望可言？老百姓又怎么信得过你？”

“你这智商我就只能呵呵了，威望是选票选出来的？我知道这会儿你心里不高兴，落选了谁也不高兴。要是我，也一样不高兴。这就叫‘当局者迷，旁观者清’。但你要是认定这是坏事，那你这么多年的县长可就真的是白当了。只拉车，不看路，搞政治不研究政治，还当什么市委常委？”说到这里，刘小江给辛一飞和自己的酒杯里都斟满酒，收起笑容，郑重地举起杯来，“今天的饯行酒，值！一飞兄，我敬你！”

辛一飞知道他还有下文，于是也举起杯来，默默地与刘小江碰了一下。

果然，刘小江继续说：“为什么我觉得这是一件大好事呢？以我原来的估计，以为你到了龙兴市，极有可能是孤军作战。就算书记支持你，但书记并不能让四大班子所有的领导所有的部门都支持你。这一点，你肯定比我更清楚。但今天这件事，简直是天翻地覆，真正是人助兴、天帮忙，你居然落选了！天大的好事都让你赶上了。我刚才说了，你的落选，打的不是你的脸，是市委的脸、省委的脸，还打了市政府的脸、市人大的脸。这一打脸，可就把龙兴市四大班子全都打到一条船上去了，一荣俱荣，一损俱损。龙兴市委市政府反而会齐心协力地维护你，声援你，为你撑腰打气。你的落选，不是因为你在龙兴市干得不好，而是因为你在吴浙县干得太好。因为你干得太好，龙兴有些人害怕了，担心了，还没等你干事，就想把你拉下马。他们公开这么干，实在太蠢了，既过早地暴露了攻击目标，也过早地暴露了他们自己，聪明反被聪明误。你这第一炮打得够响，你就堂堂正正地在龙兴市干吧，老百姓会列队欢迎你，干部们会对你刮目相看。来来来，祝贺祝贺，再干一杯！”

“你们这些狗屁文人，就是唯恐天下不乱。”说是这么说，辛一飞还是与刘小江碰了一杯，一饮而尽，“我现在可是真想听听你的主意，以我现在的情况，下一步究竟怎么做才合适？”

“市委没动作吗？”刘小江问。

“书记正在办公室召开紧急会议，听说省里要下来一个调查组。”

“还有吗？就这点儿情况？”

“市委通知我参加下午四点的常委会。”

“四点？”刘小江看看表，“那你还坐在这里喝酒？”

“不想去，准备请假。”辛一飞拿起酒瓶，想再倒一杯。

“你这才是瞎扯淡！”刘小江一把夺过酒瓶子，“你这不是给市委给书记难看吗？你还想让书记再打一次脸？马上走，吴浙到龙兴，两个小时的路程，赶上常委会没问题。必须去，坚决去。你这里不能给市委再添任何麻烦，从现在起，不管任何场合，少说话，少表态。今天的常委会上尤其要少说话，这节骨眼儿，你说什么都容易出问题。

会后也一样，只干不说，以后有你说话的时候。好了，你马上走！这是决定命运的关口，龙兴市四大班子都在看着你，几百万老百姓都在看着你！你已经是这台大戏的主角了，脑子一定要清醒，千万不能犯糊涂！快走！”

第六章

1

刚过三点一刻，辛一飞就赶到了龙兴市委。半路上接到了田震书记的秘书程林的电话，要他三点半去书记办公室。辛一飞什么也没问，答应了一声就把电话挂了。辛一飞与书记很熟，与书记的秘书程林也一样无话不谈。

辛一飞刚认识田震时，田震还只是市里的团委书记，权力不大，但级别不低，正处。辛一飞当时是阳郴县城建局局长，权力不小，级别不高，正科。那时候，田震二十多岁，辛一飞三十出头。再后来，田震去省里当了团省委副书记，副厅。辛一飞六年后才在吴浙县升到副县长，副处。两人关系一直很好，但级别差距一下子就拉大了。再后来，田震陆续担任副市长、组织部部长、常务副市长、市长、市委书记，再到省委常委，官至副省级。而辛一飞一直是副县长、县长，连县委书记也没轮上，五十三岁了，还是个正处。

辛一飞和田震是校友，而且是同专业，学的都是历史。两个人的学业都很优秀，但辛一飞低调朴实，大学毕业后，被分配到县城建局办公室写材料。而田震人长得英俊威武，又是体育健将，又有多种特长，还是学生会干部，善于言辞，自然成了许多单位争抢的对象，被分配到了市团委。种种原因，让两人同车不同轨。尽管都是搞行政工作，成绩也不相上下，但差距越拉越大。

级别有差距，但并不妨碍两个人的私人关系一直很好。私人关系好的一个重要原因，就是互相都很欣赏对方。

辛一飞是条犟牛，什么利益输送、暗箱操作、偷工减料、粗制滥造，万难在他这里发生。工程就是他生命的全部，眼里容不得一粒沙子，任何企图蒙混过关的伎俩都会被他绝不留情地打回原形。但凡是他打造出来的工程，都会成为市里省里的样板工程和标杆工程。田震任龙兴市副市长时，主管城建工作，辛一飞所在的吴浙县就成了龙兴市每年样板工程展示会和现场会的召开地。直到田震当了市长、市委书记，吴浙县都是他最常去的地方。

龙兴市是煤炭大市，沉陷区修复和采矿区改造是市政建设的最大隐患和最大难题。辛一飞当副县长时，就开始着手处理这一千年大患，每年下矿探矿成了他最重要的工作之一。凡是他看过的地方，县长书记完全放心。凡是辛一飞认为还能挖掘的区域才能继续采煤，凡是认为不可再采的区域，就是天王老子也不行。

辛一飞快五十的时候才当了正县长，好几项他一直无法拍板的工程，终于可以上马。那时候他如鱼得水，干得得心应手。当然，县委书记之所以让他放手大干，一个谁都清楚的缘由，就是田震书记背后的强力支持。

田震欣赏辛一飞的犟劲，他觉得像辛一飞这样的干部，能在自己的手下任职，实在是一个领导的福气和运气。对于田震的欣赏和呵护，辛一飞好像很少有什么反应，他只管把工作干好。有时候田震忍不住点他几句，他也不吭不哈，该怎么干还怎么干，谁也别想让他改了主意。

三年前，北京的一个颇有身份的领导给田震打来电话，开口先说不是要让田震开后门走关系，就公事公办，秉公处理即可。

吴浙县有一个私营煤矿，因为违规操作，私挖乱采，造成严重透水和重大伤亡事故，被市委市政府严肃处理，取消了那个煤老板的采矿资格，并罚以重金。经煤管局和县委县政府同意后，决定公开拍卖，拍卖所得给那些受害者和造成的资源破坏进行补偿。北京领导说的要秉公处理的就是这件事。

北京领导有个“亲戚”是参与拍卖的买主之一。这个买主神通广大，拍卖进行到最后，原来的十七家买主，居然有十六家退出，买家就只剩了他一家！

由于这个煤矿特殊的地理位置，有些重要的区域涉及整个县城的居住环境和几十个村镇的地表沉陷问题，坚决不能采煤，因此要确保买家必须能够遵守县委县政府的开采规定。看到十几个买家只剩了这一家，作为县长的辛一飞，凭借自己从政多年的经验和敏感，当即决断中止这家私营煤矿的拍卖！

正是煤价高的时候，挖煤等于挖钞票挖黄金，附近村民在煤矿周边捡拾煤渣，每天的收入也远高于打工。那家买主为了买下煤矿，前期已进行了大笔投入，他不能让即将到手的金疙瘩就这么没了，就设法打通关系，让那个北京领导给田震施压。

田震当天下午就叫来了辛一飞。“你一个县政府，不能朝令夕改。公开宣布说要拍卖，怎么说停就停了？市场经济，得讲信用，这个你又不是不懂。”

“市场经济也不能只看钱，只看钱的企业还能有什么信用？他那个企业我了解过了，背景太深，将来没人控制得了。你看，这不都找到你这里来了？”辛一飞低着头，一眼也不看田震。

“说人家背景深，就立即中止拍卖，这是什么理由，能摆到桌面上吗？”

辛一飞依旧低着头：“据我了解，为了要买到这个煤矿，这家买主已经投入了一两个亿，甚至更多。而我们的这家煤矿，按测算，以现在的煤炭价格，全部开采干净，纯利润也就是两三个亿。你说说，他买下这个煤矿，下一步会做什么？明摆着的事，如果不私挖乱采，不扩大采掘范围，一次性投入这么多，是疯了还是傻了？田书记，这事你不用管，有压力我来顶。只要我还在吴浙县，我就不能让吴浙县老百姓骂我是个败家子。”

“这不是瞎扯嘛！人家投入大，就是为了私挖乱采？市场经济也是讲法律的，他买下煤矿，就能不遵纪守法，就能胡作非为？”

“书记你这是明知故问。他们真想遵纪守法，还能找到你来收拾我？”

“我可是替你着想。目前你也没发现人家有什么问题，不就是一个公开拍卖吗？公开透明就行了，你半路卡死人家，也得有个理由。”顿了顿，仿佛下了很大决心似的，田震又说，“你自己考虑吧。人家首长说了，你要是答应了，下一步任县委书记的事，他可以给书记省长打招呼。”

辛一飞突然抬起头来，像不认识似的打量着田震：“既然有这么大的能量，干吗不马上把我调出吴浙县？”

田震被噎得好半天说不出话，冲辛一飞挥挥手，那意思是：不谈了，你走吧。

辛一飞连招呼也没打，转身就走。

事后田震再没跟辛一飞提起过这件事，辛一飞也坚持没让这家企业买走煤矿。只是辛一飞的县长快满七年了，还是原地未动。这期间，县委书记换过两任，一个比他小八岁，一个比他小十二岁。好在这两任书记都对辛一飞尊重有加，从未有过什么大的矛盾冲突。对此，吴浙县的老百姓也都看得清清楚楚，民间流行一个口头禅："吴浙县，扯淡，几任书记靠边站。辛一飞，说了算，啥事都靠县长干"。

田震也一直没有调走，一直在龙兴市任市委书记。原来有小道消息说田震有可能调到北京去，也有可能调到省里接任副书记，再下一步有可能被推荐为省长候选人。但也都只是传说，传到现在田震也还是老样子。

唯一的变化就是两个月前，田震力排众议，把辛一飞提拔到了龙兴市。辛一飞没想到，他会越过县委书记这一关，直接就被任命为市委常委。只是今天这个结果，几乎等于还没有冲锋就已经被干掉了。

这是谁都没想到的局面。在最不应该出问题的地方，居然就出了问题。他一个省委市委推荐的副市长候选人，居然在市人大常委会上被否决。

2

过去辛一飞上了车，马上就能酣然入睡，几乎走一路睡一路。今天却完全不同，他的脑子异常清醒。

刘小江的说法并没有让他得到多少安慰，反倒让他的心情愈发沉重。近半数的常委投了你反对票，怎么会是天大的好事？即使有四大班子的空前团结作后盾，如此之大的反对力量还是令人吃惊。而且是公然叫板，毫不掩饰。

这不是一个两个对立面，而是一大片。

不是一堵墙，而是一座山。

如今地方的选举和表决，包括省一级的选举和表决，有时候感觉差一票两票不是什么大不了的事情。但事实上，在领导眼里，这个结果问题很大。投票的代表或委员，都曾是过去的县长、区长、局长、县委书记、党组书记，很多都曾是党政一把手，影响力、号召力绝非一般。他们代表的不是个人，背后往往是某个地方或某个部门。何况如今的选举一般都是等额选举，差一票就相当于一个地区或一个部门没有给你投票。他们的反对，就是某个地区或某个部门的直接反对。

副市长职务被否决，对即将来到龙兴市的辛一飞既是棒喝，更是威慑。他这个市委常委，未来的常务副市长人选，根本就不在人家的圈子里。尽管是一个无形的圈子，但辛一飞分明感觉到它的存在和威力。它就在你的眼前，就在你的身旁，你还没到来，就已经在强力地掣肘你，要挟你。你无法对它视而不见，更无法随意绕过它。

之前，辛一飞调阅了有关龙兴经济状况的各种信息和数据，查看了无数有关龙飞大道工程的背景资料和档案文件。阻力可能来自利益攸关的权贵群体，也可能有黑恶势力。当然，这些人不会直接出头露面，打头阵的有可能是一些将要遭到拆迁的穷困住户，是那些住在棚户区中几乎一无所有的打工群体，还有可能是大道两旁的中小企业的业主。这些人是潜在的钉子户和闹事的领头羊。特别是打工群体，因为一无所有，所以最敢闹事，最有可能引发群体事件。不过对这些人，辛一飞倒并不十分担心，这些人没有那么大的胃口，只要合情合理、公正公平，就会顺利解决。

关键是要公正公平，不能这个人一打招呼，马上就给优惠，那个人一闹事，立刻就安抚。闹而优则惠，闹而优则赔，最终结果只能是一地鸡毛，一城怨气。

辛一飞十分清楚的是，这次龙飞大道的改建扩建工程，完全是政府行为，并不是市场行为。市场行为、商业行为，政府还可以隐在后面，出了问题再出面解决，还有个缓冲余地。而龙飞大道这一超大工程，则由政府直接面对各种复杂、尖锐的社会矛盾和冲突，群体性事件、突发性事件、恶性事件、暴力事件在所难免。龙兴市又是个革命老区，老百姓对政府对国家的依赖性极强，正因为如此，老百姓对政府对国家的期望值也极高。

眼下正是房价疯涨、地价暴涨时期，在这种极为迫切的高期待的社会氛围中，必然会大大增加工程的阻力和难度。辛一飞认为，这是工程最大的难点。

就在前几天，辛一飞坐着车，用了整整三个晚上，在即将动工的龙飞大道沿线走了好几个来回。有些地方，他对着地图，认真看了好多遍。大道两旁商铺林立，饭店宾馆数十家，特别是所谓的特色一条街、文化一条街，密密麻麻的门面，一个挨着一个，让辛一飞叫苦不迭。

几个月内必须把它们全部拆除，实在太残酷了，简直无法想象。

可此时此刻，辛一飞没有退路，只能应战。

3

辛一飞走进田震书记的办公室时，田震正在同秘书长商量下午常委会的议程。因为是紧急常委会，所有议程秘书长只能同书记直接商量。大家的脸色都很沉重，秘书见了辛一飞，也没说什么，倒了一杯水，就让辛一飞在外间等着。

这期间进来了好几拨人，有的认识，有的不认识。认识的都过来握握手，却什么也不说，点点头就走了。也没什么可说的，安慰不是，不安慰也不是。还有就是他们觉得，连辛一飞都等在这里，一时半会儿肯定无法见到书记，所以走了是最好的选择。

辛一飞也理解，大家可能连他能不能留在龙兴市心里都没底，为什么要同现在的他过多寒暄，问长问短？何况他自己心里也没底。尽管辛一飞知道书记市长等几个主要市领导刚刚开过临时会议，但究竟做了什么样的决定，没人给他透露过任何信息。

等待自己的会是个什么样的结果呢？

如果是再行表决，是不是要跟人大常委们见见面？这个好办，他尽可以把自己的想法统统告诉大家，绝不会藏着掖着，光拣好听的说。一定要让他们知道自己了解到了什么，面临的风险和难题是什么，下一步准备干什么。

如果不在近期再行表决，那自己又能做什么？继续以市委常委的身份负责龙飞大道的改建扩建工程？这样可以吗？应该可以。或者让自己重回吴浙县？以田震的风格，还没较量就认输，不可能。省委也不会答应，说不定还要问责。

那还有什么可能？让自己去当宣传部部长？统战部部长？政法委

书记？这些职务不需要选举，直接任命即可。但这同认输并无二致，因此也不太可能。再者，如果自己就是只想当官，说不定早提拔到这一级了。真的不是，也真的不想。

看看时间，快三点半了，下午的市委常委会是四点。

快到三点四十分的时候，田震才和秘书长从办公室走了出来。田震手里拿着公文袋，砰一声关住门，对秘书说：“你在这儿等着，有人找就说我出去了。有急事给我发信息，我的移动手机关了，联通手机开着。”接着转向辛一飞，“走吧，咱们到小客厅说事，这里太乱了，电话也太多，说不成。”

常委会议室旁边的小客厅十分精致小巧，一个小茶几，一竖一横两道沙发，两个人坐在这里聊天正好。

小客厅里已经备好了两杯茶水，散发着淡淡的茶香。两个人都无意品茶，田震可能渴了，也不管水烫不烫，两口下去，茶水就少了一大半。

“知道消息了吧，人大常委会表决的事。”田震算是打招呼。

“知道了。”

“阻力这么大，现在还摸不清这股势力到底来自哪里。总得有个幕后总策划总指挥吧，居然一点儿眉目也看不出来。”

“我也没想到，他们居然真刀真枪地干，龙兴市还真不是个等闲之地。”辛一飞苦笑。

“中午开了个临时会议，基本达成一致意见，你以市委常委名义，担任龙飞大道扩建工程总指挥，同时成立龙飞大道扩建工程领导小组，李任华市长任组长，你任第一副组长。”说到这里，田震盯着辛一飞，“马上就上常委会了，说说你的意见。”

“人大常委会不再表决了？”辛一飞有些吃惊。

“不上常委会了，必要时召开人大全体会议，由全体代表表决。让李任华当组长，目的就是让你有权调动和运转政府班子。”

辛一飞低头呷了一口茶水：“其实你当组长比李市长当更好。”

“也想调动运转我的班子？”田震斜了一眼辛一飞，“除了纪检，其他的几个部门，你随时可以调遣。”

“其实我想说的就是纪检委，不能枪口总是对内。”

“胡扯，纪检委的枪口不对内还能对外？”

“那就找两个无党派担任国土和规划局局长吧，我现在最担心的就是这两个部门。”

听辛一飞这么说，田震的心情顿时轻松了不少。他最担心的原本是辛一飞的情绪，没想到他还是这么一根筋，一心都在工程上。“李任华跟我说了，你就是对纪检的监督耿耿于怀。现在我跟你说，这个工程让你来负责，就是为了要确保工程的干净。”

“干净没问题，但也不能工程还没开始就查这查那，我倒没啥，但下面那些人还怎么干活？谁还有心思干活？”辛一飞话里有话。

“你那儿也有人查？”田震问。

“岂止是查，电话都打了七八次了，还有十几封函询。就说今天吧，上午就两次电话，三件函询。”

“市纪检委的？”

“好像都是些新来的办事员，啥也不懂，有什么问题直接一个电话就打过来了。”辛一飞说，“这些人年轻没经验，没有基层工作阅历，我也不怪他们。不过，被他们当贼似的审问，心里总有点儿不是滋味。比如昨天，一个姑娘给我打电话，说是收到一封关于我的检举信，说我在五年前提拔自己没有大学学历的亲侄子当了县政府办公室副主任。我跟她说我就一个哥哥，哥哥就一个女儿，根本就没儿子，哪来的亲侄子？其实这种事情，他们给吴浙县纪检委或人事部门打个电话就能问清楚，根本不必找我本人。她这么一本正经地打电话问我，真是让人哭笑不得。”

辛一飞语气轻松，田震的脸却沉了下来：“还有吗？也都是这样的内容？”

“书记你也不用生气，这种事我经历得多了，别说市纪委了，省纪检委也一样。这叫走程序，人家本身也没什么错。但对那些想真干事、干实事的干部，这样的事情天天有，承受力再强的早晚也会崩溃。”

“天天这么走程序也不行，至少在目前这个时期不能这样。”田震想起市纪检书记在紧急会上讲到的那些数据，就在这短短的十几天内，有关辛一飞的举报信有几百封之多，内容重复的很少，很多都需要一一核实。但怎么核实，田震以前没往更深处想。今天听辛一飞这么说，才明白这还真的是个大事。如果不把这个事情扯清楚，干这么大的工程，举报信以后肯定还会雪片似的飞过来，一个班子的人每天都忙于应付，那还有完没完了？那还怎么工作？辛一飞说得对，也说得及时。越不干事越没事，越想干事越有事。此风不刹，谁还愿意干工作？“一会儿我把这个也列为议题，让大家都议一议。接着说吧，还有什么意见？”

“市委常委会我能参加，政府常务会呢？”辛一飞说，“以什么身份参加？或者就是列席？”

田震想了想：“列席吧，时间紧，还没考虑到这一层。”

“我没别的意思，列席很好啊，免得这会那会的，一天到晚开不过来。等到有什么要紧事了，确实需要了，再列席常务会，让李市长直接带到会上来研究，我觉得这样最好。”

田震不由得微微颔首，这个辛一飞，还真是不讲条件。“龙飞大道不只是政府的事，也是市委的事，四大班子共同的事，这个你不用担心。今天的常委会，也要着重再讲讲这一点，四大班子目前所有的工作，都要以龙飞大道为中心，要把龙飞大道的改建扩建工程列入所有部门的议事日程。”

“书记，我刚才听说了一个消息，说是你同意让省委派个调查组来调查这起落选事件，是真的吗？”

“真的，是省监察委的提议，我同意了。”

辛一飞十分恳切地说：“我以我个人的名义，向组织提出一个要求，请你一定转达，为了龙飞大道工程的顺利开工，此时一定不要派调查组下来。”

“为什么？”

“书记你想想，调查组一来，立刻就会闹得人心惶惶，四大班子都会围着这件事情转，岂不让亲者痛仇者快？人家就这么搞了一下，我们立刻自乱阵脚，岂不正中人家下怀？大家的心思还能一心一意地放在龙飞大道工程上？何况这样的事情最终只能是不了了之，结果只能让你让我，让市委领导都成了众矢之的，我们有必要这样做吗？我觉得，现在只有排除所有干扰，全力以赴把龙飞大道的工程方案制定了，让这个工程顺利开工了，才是最好的回击。”

田震不禁万分感动，没想到辛一飞一点儿也不考虑自己。“好吧，我会把你的意见转告省委。”

“常委会上我会提出我的意见，我相信大家会同意的，省委也会同意。”

“谢谢！”田震真诚地说。

“田书记，还有件事我现在得给你讲清楚，本来这应该是在市政府商量的事，但这对工程是头等大事，我必须先给你汇报，让你心里有数。”辛一飞的语气显得有些沉重，“这几天我了解了一下，估计大数目你也清楚，我们龙兴市目前属于政府的欠债有一千二百多亿，其中银行贷款有七百多亿。”

田震点点头：“这是很多年累积下来的，这个大家都清楚。”

“但老百姓不知道。”辛一飞皱起眉头，“我不知道怎么有这么多的负债，吴浙县我干了那么多工程，现在也只有十几个亿的负债。这对龙飞大道工程影响很大。”

田震耐心解释：“别的市比我们更多，是各种原因造成的，属于正常现象。”

“这一千二百亿的欠债，每年的利息差不多就得一百个亿。这两年我们每年可用的财政收入，也就一百多个亿。而这次龙飞大道改建扩建，我大致算了算，连居民和商家的赔付都算上，至少两千亿。”

“两千亿能下来就不错了。”看来田震对这些情况都很清楚，“我们会想办法。”

“没有办法。这次和以往最大的不同，就是这个工程是政府行为，政府根本没处躲，所有的矛盾和风险都得政府承担。”

“让你来，就是让你拿出解决办法。如果谁都干得了，还调你来干什么？”

“这个我明白。”辛一飞也不嫌书记的话难听，只顾说自己的，

“我的意思，就是必须给大家讲清楚，办法很多，但要是安那么多条条框框去办，肯定办不成。”

“那也不能太离谱了，蛮干胡干，谁也不敢给你打包票。”

“书记，这条路修下来，等于重修半座城。我们又没有可以腾挪的空间，无地可卖，无法利用经营城市土地倒出差价，再利用这些收益安置拆迁户和商家。政府本身也没有多余的资金，能给我三百个亿就不错了。”

“两百亿。”书记马上纠正，语气一点儿也不含糊。

“那好，现在就说定了，先给我启动资金两百亿，其余再想办法。”辛一飞要的就是书记这句话。

田震瞪了他一眼：“你先和市长商量，我现在不能答应你。”

辛一飞却不管这一套：“我就只要你一句话，你同意不同意？”

“你这纯粹是逼宫嘛……”田震叹口气，“好吧，还有什么？”

“我前些天跟市长说过，今天再跟你说一次。工程期间，有什么事情可以直接查我，但一定不要动不动就查我的下属。如果确实有问题，事后一并追究。”

“那你用什么给我保证？”田震反问。

“书记，我都到这份儿上了，你还要我怎么样？你也明知道这就是个火坑，非要让我往里跳，我眼睛一闭就跳进来了。你看，人还没来，就在人大落选，一半人大常委公开反对。每天几十封举报信，纪检监察部门几乎天天给我打电话，整个人都被监视了，我还能干什么？稍有个差错，就会地动山摇。”辛一飞说到这里，有些激动起来，“我只有一句话，那就是肝脑涂地，死而后已。”

“老兄，别说了。”看见辛一飞动情的样子，田震不禁内疚起来，拍了拍辛一飞的肩膀，“你的心情我明白，天大的事，我们一起扛着。”

……

当天的常委会一直开到晚上八点多才结束，辛一飞离开市委的时候，喧嚣的城市已渐渐安静下来。

站在灯火阑珊的夜色中，辛一飞突然有些恍惚，大战的前奏，就这么悄无声息地来了？

（长篇小说《生死守护》已由作家出版社出版）

在传奇故事里彰显正义

——读张平长篇小说新作《生死守护》

阎晶明

作为一位从事小说创作长达四十年之久的作家，张平近年来在创作上再掀高潮，继2018年出版《重新生活》之后，新近又推出长篇小说新作《生死守护》。在四十年的创作历程中，张平已经形成鲜明的创作风格：热情表现现实，直面现实中的矛盾，展开这些矛盾冲突中的各种层面，最终彰显正义的力量。他塑造过多个好干部形象，而这些形象又都是在解决矛盾、面对冲突中树立起来的。饱满的人物形象，鲜明的主题表达，让张平的小说每每在社会上、读者中引起热烈反响。

《生死守护》，作家出版社2020年8月出版。

主题上的鲜明亮色，对现实生活的近距离触及，对基层政治生态的深入描写，让人们总结评价张平小说时既找到方便的角度，又形成固化的认识。张平小说在艺术上所做的努力以及鲜明的艺术风格，在人们的评价中似乎没有得到充分的总结与阐述。《生死守护》的出版应是一个契机，读者在领受其一以贯之的主题品格的同时，也可以感受和欣赏张平在艺术上的匠心与风格。

生动的故事，繁复的线索，构成一个立体的网络，这正是当代小说创作特别需要强化的“小说性”。《生死守护》有其集中的一面。小说以一条道路、一个人物切入，展开一个立体的社会空间，打开一个丰富复杂的现实世界。位于中国北方的龙兴市，要建造一条重要的城市要道——龙飞大道。为了让这条位于市区核心地段的大道修建开通，一位被认为特别能战斗的干部辛一飞被委以全面负责的重任。消息传出，引起各方不同反响。省、市、县三级政治机构，各种社会阶层，各种利益集团，围绕一条尚未修建的大道，交织成一个复杂的、立体的社会生活空间。建造一条大道是城市发展的需要，也是来自组织的力量。然而由于这条计划中的大道必须要“穿越”若干利益集团的“封地”，阻止的力量一样非常强。从辛一飞的上任，到他试图进入指挥建设的现场，种种阻力扑面而来，矛盾冲突一波接着一波。紧张的故事和复杂的线索，让小说变得非常好看，引人入胜。这种组织架构故事的能力，其实正是张平一直以来在创作上的长项。

故事的传奇色彩，不但让小说散发出某种特殊的意味，而且，在充满传奇色彩的故事中彰显正义的力量，可以见出张平在小说技法上的成熟老到。在阻止龙飞大道的各种势力中，既有在大道上疯狂占有各种商业场所的靳如海，也有崔铭化这样的文物大盗。靳如海想尽一切办法阻止辛一飞成为龙兴市副市长的任命，而且也达到了目的，因为大道的建设将直接摧毁他的商业堡垒。如果说这还是利欲熏心者并不鲜见的举动的话，崔铭化的行动就足可称传奇了。原来，这个文物大盗正在龙兴市进行着一项匪夷所思的“工程”，通过挖掘一条漫长的地下通道，朝着自己最大的盗窃目标迈进：有着数百年历史、珍宝无数的皇家佛地通天寺。崔氏父子要打通的这条暗道，恰恰也是在龙飞大道的地面之下。而居住在其间的那位叫贾兴昆的小市民，也在悄悄地挖掘着，企图在地下增加出一个私家空间，却又不小心撞上了崔氏父子的暗道。辛一飞的努力，靳如海的阻止，崔铭化的疯狂掘进，贾兴昆的挖墙脚行为，构成表面上看似无事、平静，事实上却山雨欲来、暗流涌动，明暗之间的较量。随着故事的推进而逐渐明朗化、公开化，这成为一场一触即发的殊死较量。戏剧性的情节，传奇化的故事，碰撞出的是正义与邪恶的较量。正是这种传奇色彩与道义力量的奇异结合，构成了《生死守护》突出的叙述策略，显示出张平一向擅长的故事叙述能力。这种叙述方法，也特别符合长篇小说在结构上的基本要求，而且可以读出一点现代小说的荒诞色彩和夸张味道，却又是真真切切的现实。

《生死守护》关于政治文化的描写也颇具特色。由于张平自己曾经有过长期的亲身经历，他的小说里对省市县各级政治生活的描写十分准确且专业。程序、决议，规则、执行，秩序、流程，机构配置及功能定位，会议规则及议事要求，这些看似非文学元素的精准描写，大大增加了小说故事的真实性和主题的可信度。《生死守护》自觉而精细地处理着这些"俗事"，让小说人物的作为和相互间的对话、对质变得更加扎实可信。与此同时，张平特别注意小说语言的文学性。《生死守护》在语言上没有大话套话，也无机械式的长篇大论，倒是时有挥洒自如的表达，也不乏诗意化的描写，读来生动可感，颇觉动人。

《生死守护》是张平小说创作道路上的最新收获。通过这部作品，既可以看出他在小说创作上的新追求，又可以读出他一以贯之的艺术风格。在张平的创作历程中，《生死守护》的代表性、成熟度都值得探究。

《光明日报》(2020年8月29日11版)

(作者系中国作家协会党组成员、副主席、书记处书记)

手臂上的蓝玫瑰

【授奖词】

《手臂上的蓝玫瑰》是贴着地面飞翔的作品，既坚韧沉实又朝气勃勃，在从容之中散发着舒展的光泽，既有清晰的局部，也有广阔的涵盖。马晓丽从钟点工大华的身上辐射出普通人的生活底色和精神巨变，以及他们如何在失控的生活里重建自己的生命秩序。主人公那些汹涌澎湃、泪汗交织的各种想象最终凝聚成大河滔滔般有生命的文字，并使之成为生存的力量源泉。马晓丽不仅发现了主人公的精神生长方式，更还原了人之所以为人的坚毅和强硬。有鉴于此，特授予马晓丽的《手臂上的蓝玫瑰》首届曹雪芹华语文学大奖·中篇小说奖。

作者简介

马晓丽，女，一级作家，主要作品有长篇小说《楚河汉界》、长篇纪实散文《阅读父亲》、中篇小说《云端》、短篇小说《俄罗斯陆军腰带》等。曾获第六届鲁迅文学奖、第二届中国女性文学奖、第六届曹雪芹长篇小说奖、小说选刊双年奖。

1

起先我还挺克制，说我就不要你赔了，但你得把那六百块钱退给我。这小丫头蛋子真不觉警，不赶紧给我退钱不说，还冲着我叭叭叭叭讲个没完。我一下耐不住烦了，说你把我的眉毛切成这样没让你赔我眉毛就不错了，再给我瞎掰掰信不信我一屁股坐死你？小丫头蛋子惊得睁大了眼，上下打量我一番，估摸是被我这副大身板子和巨无霸大腚给镇住了，这才闭上了嘴。可气的是嘴虽然闭上了，但仍不肯乖乖地给我退钱，丧着个脸子摆出一副死猪不怕开水烫的熊样。看来今天我不拿出点真功夫，不让她见识见识我大华的本事，这钱是坐地要不回来了。

改锥说，大华你就是个彪子，好么样的你切什么眉？就算切眉也得找个正儿八经的店呀，就那小胡同里的黑店你也敢进？这下傻了吧？让人把眉毛整个切掉了吧？我可告诉你啊，以后出门千万别说你是我老婆，我跟你丢不起这人！

我承认，我这人是有点缺心眼儿，用咱大连话讲就是有点彪。可我不也是为了省钱吗？我也知道正规的大美容院手艺好，可我得有进那个门的钱吧！这钱改锥能给我吗？啊呸！就他那副钢镚子都能攥出水的抠搜样，指着他给我拿钱？门都没有！

不过改锥说得也对，我错就错在太爱美又太爱捡便宜了，一听正规的大美容院要好几千，小店才要六百，我就动心了。我哪知道小丫头蛋子没经过培训没有资质呀？我哪知道她从来就没做过手术，是想拿我练手呀？她那个小嘴叭叭叭的可会讲了，说我眉毛长得太粗太乱太野了，等切完眉再给我好好文一文，我就会拥有一副秀气的眉毛，整个人就会提升气质焕然一新更加漂亮了。讲得我心里痒巴巴的，不知怎么就稀里糊涂地把钱掏给她了。结果，等一切完眉我就蒙圈了，原来长眉毛的地方变成了两条赖巴巴的刀口。谁能想到她竟然把我的眉毛一遭都切掉了，一根毛也没给我剩下！

后来还是舒姐告诉我，说切眉不是把眉毛切掉，是沿着眉毛的上缘或下缘切掉部分松弛的皮肤，这样就能提升下垂的眼睑，减少眼周和前额的皱纹，同时也可以适当修整眉形。舒姐问我是怎么想的，怎么突然就决定去切眉了？我说，小丫头蛋子忽悠我，给我拿了不少图片看，说我喜欢什么样的眉毛，她就可以给我切成什么样的，我就挑了图片上那种细弯高挑的眉毛。我没好意思跟舒姐说实话，其实我是照着舒姐的眉毛挑的。我的眉毛又粗又短，所以我特别羡慕舒姐那对又细又长的眉毛。我觉得吧，舒姐那样的眉毛挺抬举人的，如果我换上那样的眉毛，是不是也能显得文化点、气质点？

我看见舒姐在微笑着看我，心里就有点发虚，说舒姐我都这样了你咋还笑话我。舒姐赶紧向我解释，说不，不是，我不是笑你，我是想起了一句话。我问是句什么话。舒姐看了一眼我的眉毛说："倾国宜通体，谁来独赏眉。"我没听明白，想了半天也没弄明白这句话是啥意思，就问舒姐，这是谁呀，说话听着这么费劲？舒姐说，这是李商隐的一句诗。我说原来是诗呀，怪不得我听不懂。我没再往下问，舒姐也没再说什么。我知道舒姐有涵养从不乱说话，也知道舒姐心里其实是瞧不起我的，这都无所谓，我心里明镜似的，反正我跟舒姐压根就不是一个阶级的。

我二姐看见我时的表情最夸张，先是把两个眼珠子瞪得都快掉地上了，然后就笑得直不起腰，指着我的眉毛说，你看，你看像……像什么……我看像……像两条大肉虫子。我说，你少放屁，我这还没文呢，等文了眉就好了。我二姐笑得更凶了，说人家文眉是在原来的眉毛上找形，你这一根眉毛都没有了，文出来也是没毛的假眉！

我真是要气死了，一想到瞎了六百块钱不说，还活活被弄成了人前的笑话，立刻浑身燥热一股火直冲头顶。我指着小丫头蛋子的鼻子，扯开嗓门就开骂。我说你胆子也太肥了，竟敢骗到我大华头上了！我让你退钱是给你脸你懂不懂？你给脸不要脸跟我耍臭无赖是不是？你个丫蛋子黄嘴丫子还没褪净就学会骗人了，我还告诉你，现在光退钱我还不干了，我要你赔眉毛，赔我那副原装的妈生爹养的眉毛，一根也不能少！你要是不赔信不信我天天来骚扰你，让你这个店门开不了关不上，让你白天不敢睁眼，晚上不敢合眼，出门就……

我没料到小丫头蛋子这么不经骂。我这满肚子的骂词刚刚扯出个头正骂在兴头上，还没等我把在这方面的特殊才能充分展示出来呢，她的脸色突然就变了，见了鬼似的直勾勾地盯着我在她眼前挥舞的那只胳膊，嘴里一迭声地说，好好，我给你退钱，我给你退钱，这就退，这就退，我给你，给你，给你还不行吗……

我悲愤地揣着祸害了我一副好眉毛的六百块钱，把脚跺得一路山响，气呼呼地走出了好几条街之后，才把这事捋出了点头绪：小丫头蛋子指定是在我撸胳膊挽袖子由着性子张狂的时候，看见我的文身了，她是被我的文身吓着了才把钱退给我的！

文身！没错，一定是文身！

我忍不住当街撩起袖子，心怀感激地看着我的文身。阳光哗啦一下淌得满胳膊都是，上面文着的那些花立马活泛起来，闪着瓦蓝瓦蓝的光，贼耀眼，贼好看！

不是吹的，我这人就是有眼光。当时文身师给我拿来一大堆图案让我挑，我一眼就看中了这束蓝色的玫瑰。我从没见过这种颜色的玫瑰，是那种很深的蓝色。我问文身师，真有这种蓝色的玫瑰吗？文身师说有，这种颜色的玫瑰还有一个好听的名字，叫蓝色妖姬。开始我没听懂，以为他说的是幺鸡，就乐得不行，问谁给这花起的名，还幺鸡，咋不叫二饼呢。文身师都被我整乐了，问我，姐，你是不是爱打麻将？我说，是啊。文身师说，怪不得，姐，你看是这两个字“妖姬”，不是麻将牌那两个字“幺鸡”。

我这才知道，蓝色……妖姬。蓝色妖姬？天啊，这花名也太好听了！虽然我不知道蓝色妖姬是什么意思，但觉得有一种神秘感，好像特别贵气、特别浪似的。我问文身师，文这个蓝色妖姬，能把我胳膊上的这道疤遮住吗？文身师说没问题。我说你看好了，我这疤可挺长挺深呀。文身师说，姐你放心，正好顺着疤痕造型，文完保证看不出来了。我立刻说，我就要这个蓝色妖姬了！文身师问，姐你确定？我说，我太确定了，没见我眼睛一沾上就挪不开了！文身师立刻朝我竖起大拇指，说姐你真有眼光，这蓝色妖姬是我们推出来的新款，是市面上刚开始流行的最新潮的一款呢。

文完之后我回家给改锥显摆，改锥看了直咂巴嘴，说这玩意儿真牛，那条疤瘌真是一点都看不出来了，好看！但我一说连文身师都佩服我的眼光，改锥就撇嘴，说你看上个屎橛子文身师都会夸你有眼光，要不他上哪挣钱去？改锥就这德行，不打击我能死似的，不过那天我心情好没踹他。我就是有眼光，我文的这个蓝色妖姬不仅漂亮，关键时刻还能帮我要回钱呢。我忍不住叭地在文身上使劲儿地亲了一口。

2

赶到舒姐家时已经过了约定的钟点，晚了一个多小时了。

我这人最大的毛病，就是没有时间观念，一整就忘了钟点，啥破事都能把我绊住，所以经常赶不上趟。我知道舒姐对我这方面肯定是有看法的，只不过舒姐为人含蓄，从来不直说。有时我来得太晚了，舒姐会委婉地问我是不是遇到什么事情了。我就随便找个理由，路上堵车了或是上一家的活儿耽误了什么的，反正借口有的是。我摸准了舒姐面子矮，不会给人下不来台，换个厉害的雇主我也会多少收敛着点。干钟点工这活儿，什么样的人都得能对付。人家硬，我就软着点，人家软，我就支棱点。至于舒姐，我心里有数，她给的钱不多，我少干个一会儿半会儿的她也说不出啥。再说我也不会亏欠舒姐的，处了这么些年，我和舒姐已经处出感情了。我会记着时不时地照顾一下舒姐的感受，根据情况在她家多干一会儿或是干点额外的活儿，把欠下的时间往回找补找补。不过今天没事，今天再来晚点也没关系，因为舒姐知道我今天是铆足了劲儿要钱去了，以她对我的关心，一定不会计较的。

果然，一开门舒姐就问，钱要回来了吗？

我说，必须要回来了呀！也不看看我是谁！

舒姐抿嘴一笑说，好好，要回来就好。

舒姐是文化人，性子柔，说话从来都是客客气气的。安排我干活儿也总是用商量的口气，大华，请你帮我把这里收拾一下好吗？我就痛痛快快地应声说，好啊，没问题！我有的是力气，干活儿从来不惜力，就是受不得屈。舒姐就从来不数落人，不挑剔人，有没干好的地方也只是提醒下回别忘了。不像那些被钱顶爆了头的人家，这辈子可算是当上人上人了，可算是逮着机会踩在别人的脑瓜顶上了，那副使唤人、挑剔人、瞧不起人的刻薄样，一点也不比咱小时候忆苦思甜故事里的那些地主老财资本家差。

我有个秘密，每次到舒姐家干活儿，我都得穿长袖衣戴套袖，生怕舒姐看见我的文身。说来也奇怪，在别人面前我可从来没这样遮掩过。

有一次一个新雇主约我上门打扫卫生，一进门女主人就把脸绷得像个冻酸梨似的，又冷又酸地说，哎哟，你怎么还文身？我一看这个人这么不对撇子，心里先就烦了，干脆就故意觍着笑脸冲向她说，是啊，你看好看不？女主人惊得退后一步，狠狠地瞪了我一眼，扭身就进屋跟她男人嘀咕去了。我被晾在门口进也不是退也不是，索性朝着屋里大喊了一声，放心，这玩意不耽误干活儿！当然了，这趟活儿肯定是黄了，就算她不黄我也得黄。

我就不明白了，我文身怎么了？我文身碍着谁了？怎么文眉就美女出世横竖都行，文身就黑社会就坏人了？我咋这么不信这事呢！

舒姐是真挺关心我，真挺帮我的。她知道我需要干活儿挣钱，前前后后给我介绍过不少活儿。舒姐介绍的都不是一般人家，都挺有层次的，我愿意在有层次的人家干活儿，所以我也很上心。其中有一个是她朋友的父母家，老头老太太都是老干部。这家的老太太特别愿意给人上课，第一次见面就一本正经地教育我，说大华同志，组织上派你到我家来工作，这是对你的信任，你一定要努力做好本职工作，不要辜负了组织上对你的期望。我听得心里这个乐呀，当时真想说，大姨，你把情况搞清楚好不好，我可不是组织上派来的，我是你姑娘花钱雇来的。但我忍住了没说，一般舒姐给我介绍的活儿，我都会给舒姐留面子的，不会由着性子乱说。

这家老太太对人要求特别严格，我每次进门干活儿之前，老太太都要先把上次的情况总结一番，哪哪哪打扫得干净，哪哪哪还存在问题，每次都能一二三四五地说出好几条。这一手真把我弄得哭笑不得，下岗前在工厂干活儿的时候，我也没这样被人管过呀。一开始，我总惦着快点抓紧干活儿，没耐性听老太太一二三四五地讲老半天。结果被老太太感觉出来我着急不耐烦了，这就不高兴了，马上严厉地批评我说，大华同志，你要端正态度，要认真总结经验，你不善于总结经验，我帮你总结，这是对你最大的帮助，你怎么还不认真听呢？这样你怎么能进步呢！我赶紧承认错误，说大姨我端正，我保证认真听，刚才说的那几条我都记住了，不信我给你背一遍。这才好歹把老太太给糊弄过去了。

干了两三个月之后吧，有一天晚上我都躺下了，老太太突然给我打电话，说大华同志，我请你现在到我家来一趟。

我问，大姨，这么晚了您能告诉我是什么事吗？

老太太说这事不能在电话里说，只能见面说。

我说现在公共汽车已经停了，我明天一大早赶第一班车去您家行不？

老太太很干脆地说，不行，这个事不落实，我今天晚上不能睡觉。你打车过来吧，车钱我给你拿。

没办法，我只好从被窝里爬起来，半夜三更地往她家赶。到了她家一看，老太太正端坐在客厅里等我呢。我问老太太到底是什么急事，老太太让我先坐下，然后就开始循循善诱地说起来，大华同志，组织上把你派到我家工作以来，我一直对你十分信任是不是？

我说，是啊，怎么了？

老太太说，那你想一想，你有没有什么地方辜负了我对你的信任，辜负了组织上对你的信任？

我说，没有啊，怎么了？

老太太说，大华同志，你不要这么轻率地回答，你最好先仔细想一想再回答我。

我说，大姨，到底咋回事您就痛快告诉我吧，这大半夜的你别让我费劲儿猜闷儿行不？再说我这人脑子本来就不好。

老太太这才说，大华同志，我把你叫来是想问你一件事，你可要如实回答。

我说，大姨您快问吧，只要我知道，保证如实回答。

老太太眼睛直勾勾地盯住我说，那好，大华同志我问你，我床头柜上有个信封，里面装了一万块钱，那是为参加一个孙辈的婚礼准备的，你打扫卫生的时候看见了吗？

一听是钱的事，我脑袋就轰地一下炸了。原来是丢钱了，一万块钱呀！这可怎么是好？干钟点工最怕碰见这种事了，说不清道不明死无对证的。我赶忙说，大姨我没看见呀！没看见床头柜上有信封，没看见钱，真的没看见，您不会是记错了，放别处了吧？

老太太毫不犹豫地说，我不会记错的，我就是放在床头柜上了。

我说大姨，一万块钱不是小数，我大华可担不起呀，您再好好想想行不？

老太太坚决地说，我已经想得很清楚了，我从银行取回来就把钱放在床头柜上没再动过。

我哇的一声就哭出来了，老天爷，这可怎么办呀！我说，大姨我求求您再找找行不？

老太太见我哭了，多少软下来了点，犹豫了一下说，大华同志，我听说你正在攒钱准备给你父母买墓地，有这回事吗？

我哭着说，是，我是缺钱用，我是在攒钱给父母买墓地，可我再缺钱也不会拿别人的钱呀。我大华这辈子从来都没拿过别人的东西！大姨，您不能这样没根没据地就怀疑我。我求求您再想想再找找行不？就算我求您了还不行吗？

老太太这才有些动摇了，想了想说，好吧，那就再找找，我们两个一起找。

我连眼泪都顾不上抹一把，立刻跑进老太太的卧室，翻天覆地地找了起来。那会儿我可真是什么也顾不上了，就想着把那一万块钱找到，把自己的清白找回来。我到处摸，到处找，老太太就跟在我屁股后面看着。我刚翻这边，老太太就说这地方我找过了，我再翻那边，老太太又说那地方我也找过了。我要掀开床垫子，老太太说没用，我不可能把钱放到床垫子底下。我没听她的，硬是把床垫子掀起来了。结果我刚掀起来，就从床垫和床头之间，明晃晃地掉出来了一个鼓鼓囊囊的信封。

至今我也没想明白，老太太怎么会把钱塞到那个地方。我把信封递给老太太时，老太太的表情十分尴尬，嘴里咿咿呀呀了半天，也没说出一句整装话。我默默地看着老太太数完那一万块钱，一句话都没说扭头就走了。

第二天，舒姐给我打电话，说老太太托她给我道歉，希望我还能回去继续在她家干，还说要给我补偿，要给我加工钱。我说，舒姐你不用费心了，我不会再去她家干活儿了。舒姐劝我说，大华，我知道你受委屈了，但她是老人，咱们别跟老人计较好不好？我说，舒姐，我不想跟别人计较，但我得跟自己计较，我大华干活儿为挣钱不假，但挣钱也不能糟践自己。

改锥那个见钱眼开的货，一听人家要给我加工钱，就鼓捣我回去干。被我没鼻子没脸地臭骂了一顿，这才不放声了。我真受不了改锥这点，每回我被人家辞了，或是我辞了人家的活儿了，他比我都在乎。一整就急赤白脸地数落我，说我不会处人，老说我是“走一路，败一路”的货。没错，我换活儿是勤了点，我没说自己没毛病，但说了归齐，我炒雇主和雇主炒我的情况总归是各占一半吧，这是不是也能说明我的毛病和别人的毛病也是各占一半呢？

3

我一边动手抓紧干活儿，一边给舒姐讲我去要钱的经过。当然了，我不可能什么都讲给舒姐听，我会掂量着剪裁了再讲。我只告诉舒姐我今天发火了，我还说了要一屁股坐死小丫头蛋子让她开不了门啥的那些狠话，但没告诉舒姐我还骂了好些难听的脏话，更没说小丫头蛋子最后是被我的文身给吓住的。别看我表面上粗咧咧的，其实心里还是知道分寸的。

我感觉吧，舒姐挺喜欢听我给她讲点啥的。无论我讲什么，舒姐都会认认真真地听，眼睛一直看着我，听到伤心的地方她眼圈会红，听到逗乐的地方她会笑，还会时不时地向我提些问题，让我特别有成就感，特别有往下讲的兴致。所以我就总惦着搜肠刮肚地想我身边的那些人和事，恨不能都掏出来讲给舒姐听。说句老实话吧，这辈子还从来没人像舒姐这么愿意听我讲话、这么把我当回事呢，连改锥都不行。

兴许因为改锥那句“走一路，败一路”的话，一直堵在我心口上吧，所以我特别在意舒姐家的活儿。舒姐家的活儿我都干了五六年了，从上手就没放下过，是我干得最长久的一份活儿，也是我用来堵改锥口的最好使的依据。每回改锥数落我，我都会拿舒姐说事，说你不信就去问问舒姐我咋样，谁说我不会处人？关键是得看啥人，关键是得看是不是有层次的人。

久了，连改锥都觉得纳闷，总憋着问我舒姐到底是啥样人，咋就把你给拿住了。

我说放屁，你咋不说是我干活儿好把舒姐给拿住了呢？

改锥说，别扯犊子了，你干活儿还算凑合，可脑子有病呀。

我说，你说谁脑子有病？

改锥哧哧笑着说，你呀，你脑子开过瓢嘛。我一下就火了，我脑子的确开过瓢，因为里面长了个脑垂体瘤。我跟改锥之所以一直没怀上孩子，就是被那个脑垂体瘤给害的。偏我又是个最喜欢孩子的人，这块地方是我的心病，不能碰，一碰就疼得受不了。所以，还没等改锥话音落地，我嗷的一声就扑上去了，跟改锥扭打在一起，好一顿撕扒，直到他告饶我才罢手。

细想想，我能在舒姐家干这么些年，并不单是为了跟改锥扛。我这种不上数的人，就算是走一路败一路能咋地？反正我也没胜过，多大点事呀，我大华根本就不在乎。摸着心说话，我一是喜欢跟舒姐沾点层次，二也是有点离不开舒姐了。按说，舒姐家的活儿并不好，一周才一次，一次才四个钟点，活儿太稀不说，工钱给的还低。工钱低这事倒是怨不着舒姐，是刚来干活儿那会儿定的，那时市场上钟点工就这价，后来才涨上来的。换了别人我肯定会张口要，给涨钱就继续干，不涨就辞了。但舒姐不行，我跟舒姐处出感情了，张不开口了。这些年下来，我已经不知不觉地把舒姐当成了亲人。每周一次到舒姐家干活儿成了我的盼头儿，就盼着这一天能来见见舒姐，把攒了一周的好事坏事、一肚子的好话坏话痛痛快快地说给舒姐听。经舒姐给理一理、断一断，我这心里就敞亮了，就舒服了。有一次，舒姐外出一个多月才回来，我没着没落的差点憋疯了，见到舒姐那当口高兴得眼泪都快掉下来了。弄得舒姐莫名其妙，还以为我出啥事了呢。

其实吧，有时候我心里也会犯嘀咕，我在舒姐家都干了这么些年了，她咋就不知道打听打听外面的行情呢。我倒不是图舒姐给我涨工钱，只是想让舒姐知道我一直没跟她提过涨工钱的事，一直是亏着自己给她干活儿的，让她明白我对她的这份心。

门铃忽然响了，舒姐说她今天要接受个采访，应该是采访她的记者来了。

我说舒姐你别动，我去开门。等我屁颠屁颠地跑去把门打开后，一下子就傻在原地不能动弹了——来采访的记者竟然……竟然是那个……冻酸梨！就是那回嫌弃我有文身的雇主！

我不知道冻酸梨认没认出我，我俩对上眼儿的时候，我看到她眼珠子似乎定了一下，但只一忽就满脸带笑地问我，请问这是舒老师家吧？我递给她拖鞋的时候，她又文文明明地对我说了声谢谢。弄得我直发蒙，这跟我见过的那个冻酸梨整个对不上茬子嘛，既不冷也不酸。也许她暂时还没认出我，我想，保不准多看几眼就会想起来的。我很担心她会认出我，万一她哪一眼认出了我，把我有文身的事抖搂给舒姐，再添油加醋告诉舒姐我在她家怎么撒泼，那就毁了。这么想着，我不禁冒出了一脑瓜子的冷汗。

好在舒姐很快就迎出来了。不知道是不是我多心，我觉得舒姐跟平时也不一样了。平时舒姐总是说话轻轻的，笑起来也淡淡的，这会儿突然笑开了，声音也放大了。看着舒姐格外热情地跟冻酸梨打招呼，热热络络地牵着她的手往屋里让，我心里还真有点不是滋味。那感觉怎么说呢，就好像……就好像我一直以为自己跟舒姐是一伙的，直到这会儿才发现冻酸梨跟舒姐才是一伙的，心里当然挺失落的。尽管我心里明白，虽然我跟舒姐处的时间比冻酸梨长，但她毕竟跟舒姐是一个阶层的，凭这一样，她轻轻松松就能后来先到占了我的先。

舒姐边招呼着把冻酸梨往书房里让，边对我说，大华，你今天不用打扫书房卫生了，我们要在书房谈话。

我赶紧抖了个机灵，抢上一句说，好，那你把书房门带上吧，别让我干活儿吵了你们。其实我是不想让冻酸梨看到我，我更不想看到她。结果我白机灵了一回，舒姐回头冲我微微一笑说，没事，不用关门，不碍事的。我立马就没辙了，心里说你倒是没事，可我有事呀。

有时候吧，我觉得挺猜不透舒姐的，她脸上的微笑一忽让你觉得很近，一忽又让你觉得很远。比如现在，她明明是在向我表达她不把我当外人，说话不想背着我的意思。但不知道是不是因为笑得太用心了，反倒让人觉得里面还有另外一层意思，那就是，开着书房门可以随时看到我，知道我在哪，在干什么。当然了，这么揣度舒姐有点不厚道，我也不知道自己这会儿是怎么了，大概是被冻酸梨把心给弄乱了吧。

平心而论，舒姐对我挺真心的，我能感觉出来她总想让我感到她和我是平等的，这点她跟一般雇主都不太一样。刚来舒姐家干活儿那会儿，只要是赶上饭点儿，舒姐就要留我吃饭。我们干钟点工的一般都不在雇主家吃饭，挣着人家的钱，就不能再给人家添那份麻烦了。再说了，对我们来说根本就不存在饭点儿这回事，有时间就吃没时间就饿着，肚皮都练出来了，跟猴皮筋似的能伸能缩。舒姐心眼儿好，非让我吃饭，我看她的确不是跟我来虚的，拗不过就吃了两次。那饭吃的，别提多别扭了。不是我玄乎，舒姐家的饭碗也就比挖耳勺大不点。我这人饭量大，在家改锥都吃不过我。捧着那么个小碗，你说我添不添饭，添几次饭？还有菜，一个炖菜都没有，全是一小盘一小盘的炒菜，也不知道费那个劲儿干啥，搁一起炖一大锅多好。说实话，上了那个饭桌，我就更知道自己跟人家不是一个阶级的，搅和不到一块堆儿了。

我就纳了闷了，这点事舒姐咋就不明白呢？她是装傻呀还是真傻呀，总想跟我搞平等？她咋就不明白我俩根本就不可能平等呢？明摆着，我跟她起根就没站在一个台阶上。所以她越想跟我讲平等，我就越能感受到不平等。这就好比一个站在上面台阶上的人，蹲下身子跟下面台阶上的人说，你看我跟你一样高。你说假不假？多假呀！其实能说出这话的本身，就是因为她知道自己优越，知道自己比你高，她这是优越着还想让你领她的好。谁都不是傻子，谁都看得出来她是故意蹲下身子将就你，谁都知道只要她愿意，她随时都可以直起身子，立刻就会高过你，还不止一头！

看出来了吧，我是不是没有表面上看上去那么缺心眼儿？我不过就是脑子慢点，但慢慢琢磨着，也能把人和事揣摩个八九不离十。

4

冻酸梨的声音可真难听，挤出来的声音劈着叉，听得身上直起鸡皮疙瘩。不过她的小嘴儿倒是挺会甜乎人的，说她一直是舒老师的粉丝，说她特别喜欢舒老师刚刚获奖的那篇小说。

我这才知道舒姐中奖了，中的是什么奖不知道，看冻酸梨那意思应该是挺大的奖。我心想怪不得，以前我一直觉得舒姐干的这活儿挺没意思的，整天把眼睛挂在电脑上写呀写的，也不知道写个什么劲儿，原来是奔着中奖奔着赚奖金去的，这还差不多。估计舒姐这下子应该是中了头彩了，跟买彩票中大奖差不多，奖金指定是少不了，要不记者怎么会追上门来采访她呢。舒姐也真是，这么好的事也不赶紧跟我说一声，让我也替她高兴高兴呀。

我手里一边干着活，一边惦着舒姐中奖金的事，忍不住老在心里琢磨着，舒姐到底中了多少钱呢？耳朵不由自主地就朝书房那边竖过去了，可惜听了老半天也没听出个四五六，到了也没弄明白到底是多少钱。

舒姐她俩净唠些没用的嗑，什么人物形象呀，思想性呀，现实意义呀……全是些够不着天挨不着地的玄乎词。正没滋没味的时候，就听见冻酸梨问了一句，舒老师，您怎么会想到写一个邪恶的母亲呢？

什么？我顿时就惊住了。

邪恶的母亲？这好像有点不对劲儿吧？舒姐怎么能把“邪恶”这么难听的词用在母亲身上呢？母亲怎么会是邪恶的呢？母亲应该是美好的呀。从小到大我们不是一直都在歌颂母亲、赞美母亲，一直都是把最好的词用在母亲的身上吗？谁不知道母亲是伟大的，母爱是无私的，当然我妈得除外。

话既然说到这儿了，我就再说清楚点，得把我妈除外，不能拿我妈比，因为我妈不好，不值得赞美。我得先在心里把这个劲儿顺过来，先把我妈排除掉。

我不知道该怎么说我妈，从小我就知道我妈招风。其实我妈长得并不漂亮，就是丰乳肥臀。人家都说女人只要胸大腚大就招男人，我不信这话。我妈把她的大胸大腚一点不差地都遗传到我身上了，但我就不招男人。我二姐倒是哪也不大，但一点也没耽误她见天在外面跑疯。所以照我说，这事关键还是得看自己个儿。外人都说我长得最像我妈，但我和我妈心里都清楚，除了外面这层人壳子，我俩没有一丁点像的地方。如果硬要说像，就是我会骂人这点像我妈。我虽然没我妈骂得那么邪乎，但还是得了些我妈的真传的。

我妈骂人是专业水平，她这辈子主要负责骂我爸，有事没事都骂，有理没理都骂。天寒地冻骂我爸，暑热难熬骂我爸，连刮风下雨打雷闪电也骂我爸。我自小学习不好，每回考试成绩出来，我妈都会把我和我爸一起痛骂。我爸很少回嘴，他知道自己不是我妈的对手，回嘴只能招来更多的骂，所以就尽可能地躲着我妈，见天往外面跑，能不着家就不着家。我猜想我妈骂人的本事，就是常年骂我爸给练出来的。我在我妈的叫骂声中长大，耳朵眼儿里天天灌进去的都是各种各样的骂词，就算脑子再笨，也被我妈给培养出来了。

我爸窝囊，用我妈的话讲就是一锥子攮不出个血，三脚踹不出个屁。小时候我们家生活那么困难，作为一个养家男人，我爸真是一点能水儿都没有。实在没招了，就知道往海边跑，撅着腚在海滩上刨点蚬子、蛎子，捞点海菜什么的，抓挠点吃食回来就算是贴补家用了。

也难怪我妈斜半拉眼儿都看不上他。我妈嫌弃我爸，说不让他上床就不让上。我不止一次亲眼看见，我爸半夜回来悄悄爬上床，被我妈一脚踹到地上半天都爬不起来。

我曾经替我爸抱屈过，躲在被窝里为我爸哭过不知多少回。直到有一天，我在外面玩，憋了泡尿跑回家，从门缝里看见我爸面目扭曲，大手在正酣睡的我大姐口鼻上使劲捂着……

那一刻，整个世界在我面前翻了个个儿，大白天变得墨黑墨黑的。我站在门外，就像是被鬼掐住了脖子似的，发不出声也喘不上气，脑瓜仁儿里同时跑过无数的火车，轰轰隆隆地把我整个人震了个稀巴烂，那泡尿不知怎么就顺着大腿根儿全淌出来了。

那天我没回家，我不知道该怎么办。我恨我爸，就算我大姐先天痴呆不懂事，我爸也不该这么对待我大姐，那可是他自己的亲生女儿呀。但我不敢把这事告诉我妈，我怕我妈骂我，怕我妈知道这事后，会把我爸给撕碎了，踹烂了。

我给舒姐讲这件事的时候，一定是把她给吓着了。当时舒姐脸都不是色儿了，眼睛瞪得大大的看着我，半天都说不出话。我就哭了，我说舒姐这是我家的家丑，我知道家丑不可外扬，所以这事我从来都没敢跟任何人说过。舒姐你可千万别笑话我，别给我说出去呀。舒姐这才缓过神儿来说，大华你放心，你这么信任我，我不会说出去的。我说，舒姐我真得感谢你。这事在我心里憋得年头太久了，都发霉发臭长毒蘑菇了，再不抖搂出来，早晚得活活把我自己给毒死了。

至今我也想不明白，我怎么会把这丑事当着舒姐讲出来。我总觉得舒姐身上好像有一种特殊的魔力，在她面前我就控制不住自己，就像是被拍了花子似的，不知不觉地就能把心里的东西一股脑都抖搂出来。

手机响了，我瞥了一眼是二姐来电话就没稀得接。我二姐来电话从来没好事，除了要钱就是要钱，也不知道我上辈子究竟欠了她多少钱，这辈子追命鬼似的跟在屁股后面要个没完。见铃声响个不停，我怕吵到了舒姐她们，只好接起来了。

果然，我一接起电话，就听二姐在那头说，大华我住院了。

我没好气地说，你住院关我啥事？

二姐说，我手头没钱了，你能给我拿点不？

我说，凭啥？你怎么不跟你相好的要？你养汉这么些年总不能白养吧？

二姐说，大华你说话别这么难听。

我说，想听好听的别找我呀，你又不是不知道我没那个功能。

二姐叹了口气说，他手头也不宽裕。

我说，那么我就宽裕吗？

二姐说，你不是还有活干，每天都有进项，而且也没孩子的负担嘛……

好哇，又往我没孩子这个腰眼上捅！我说，你给我听好了，我大华是没孩子没负担，但也没义务接济你，我天天起早贪黑累死累活挣钱，可不是为了填你那个烂坑！

二姐声音低下来说，大华，我可能真是得了要命的病了。

我说，那好啊，那你就去死吧！说完立刻就把电话挂掉了。

5

那天早上贼冷。其实没多大雪，主要是风硬。海风抄起雪粒子往脸上身上生扑，小刀子似的扎得骨头生疼。路面结了冰，我牵着外甥的小手，一步一刺溜急三火四地赶到北岗桥时，警察早就等得不耐烦了。

一照面，警察就没好气地问我，你是他老婆？

我说不，我不是，我是他……小姨子。

警察眼睛立刻竖起来了，说不是告诉你们必须直系亲属来认领吗？

我赶紧把躲在身后的外甥拽到前面说，直系亲属在这儿，这是他儿子。

他老婆呢？警察有些吃惊。

我说，太急了没找到人。

没找到人？警察一脸怀疑地打量了我俩一番，问，为什么？

外甥突然就哭了起来，说警察叔叔，我妈昨晚不知道去哪了，一宿都没回家……

谁也不知道我二姐夫是怎么跑到北岗桥来的，谁也不知道他为什么会死在街头。不是车祸，也没有外伤，二姐夫只穿了一身单衣裤，孤零零地躺在冰冷的马路牙子上，手里还攥着一个空酒瓶子。旁人说什么的都有，有人说他是喝酒喝死的，有人说他是喝醉了冻死的，只有我心里明镜似的，我知道二姐夫是被我二姐害死的。

发送我二姐夫时，我二姐一滴眼泪也没掉，跟当年我妈发送我爸的那副死样分毫不差。我算是服了她们娘俩了，她俩可真是一丘之那什么东西呀！

我们姊妹仨里，我妈单就喜欢我二姐一个，从小到大什么尖儿都可着我二姐一个人摘。在我们这个破家里头，我二姐就是个公主。我爸是踮起脚尖也够不着我二姐的，我妈都不让我爸碰我二姐，我二姐也根本不睬我爸。

有一次我爸喝醉了，指着我二姐问我妈，她是谁？

我妈说，瞅你那点出息，灌这么几口马尿就分不出个儿了？那不是你二闺女吗？

我爸凑上前仔细盯着我二姐的脸，看了半天说，不对吧，这闺女哪有一点像我呀，我怎么看她越长越像那个谁……

我妈啪的一个大嘴巴，坐地就把我爸扇没动静了。

我二姐被我妈宠得没边，在家里横草不拿竖草不捏是活儿不干，家里所有的活儿都在我身上。我没办法，我躲不掉，大姐傻，二姐精，我不能跟她们任何一个攀比。反正我也爱干活儿，我自小就干净，见不得灰，整天手里拎着块抹布到处擦。那时，我家最好的家具就是一对刷着红漆的大木箱子。我最喜欢擦那对箱子了，一天几遍地擦，结果擦得红漆都露白茬了。让我妈逮住劈头盖脸骂了我好几个钟头。

我讲这事给改锥听时，改锥竟扑哧一声乐了。我问你乐啥，改锥把大拇指伸到我面前，假模假式地夸赞我说，人才呀，敢情你打小就是个家政人才呀！我一脚踹过去，说滚犊子吧你！

舒姐家的家具都挺高档的。擦高档家具得有讲究，抹布不能太湿，也不能太干，太湿了水汽太伤木质，太干了摩擦重伤漆，半干半湿潮乎乎的感觉最好。我把抹布的干湿度调整到最佳状态，边擦客厅家具，边听见舒姐的声音飘了过来——

母性崇拜是我们的原始文化，但也是我们文化中的一个陷阱……

舒姐的声音真好听，像我早上吃的那碗豆腐脑一样，温温软软的。

……其实母爱只是一种本能。本能是什么？本能是人与生俱来的能力或行为倾向……

她们这些有文化的人就是能整词，母爱就母爱嘛，挺简单一事弄那么复杂干啥。虽然我没得过多少母爱，但我也知道母爱是啥。就是我妈对我二姐那样呗，宠着、惯着、啥都依着，我觉着那就是母爱了。我是没孩子，要是有孩子我肯定比我妈还惯，往死里惯。我外甥有孩子之后，我天天跑去看，一去就抱在怀里不撒手。怀里有个孩子的感觉真好，软乎乎的一坨小肉，碰一下心都能化成水了。

……不，我不这么看，我们太习惯不假思索地接受固有观念了。其实稍加思索就会发现，我们歌颂的母爱只是一种本能，是人本身所固有的，不用学就具备的，相当于人体膝跳反射一样的本能……问题是，本能真值得我们这样去歌颂吗……

不不，我觉得舒姐说的不对，什么人本身所固有的，不用学就具备的本能？那我二姐呢？我二姐咋没有这个本能？我二姐是怎么对我外甥的就不用说了，她是孩子的亲奶奶，反倒千方百计地躲着不给我外甥看孩子，一让她看孩子就哪哪都疼。我是真想不明白，我妈把母爱都给她一个人了，她身上咋一点都没存储下呢？家具该保养了，光泽度差了不少，都有点发乌了。我得记着下次用家具养护油把所有的实木家具都保养一遍。

……拉迪克的母性思考的确对我有很大的影响。拉迪克揭示出了母爱的矛盾性，她说我们乐于称之为“母爱”的东西，是与仇恨、痛苦、厌倦、悔恨和失望交织在一起的……

等等，等等，舒姐说的这个拉什么克是啥人？那些词：仇恨、痛苦、厌倦、悔恨、失望，就像一个个臭鸡蛋突然摔在我面前，散发出一种令人窒息的熟悉味道，让我一下子就想起了我妈。天啊，难道这些不好的词真能跟母亲、母爱扯上关系？

我妈死的时候，只有我守在旁边。最后的那段日子里，我妈把恨、悔、痛苦、失望这些词用牙齿咬住，一遍又一遍地在嘴里嚼，直嚼得满嘴溃烂流脓，整个人都脱了相了。我从没见过哪个人像我妈这样仇恨这个世界，仇恨包括她自己在内的所有人。我妈说她这辈子从来就没如意过，为此她诅咒一切，说自己下辈子誓不为人，宁愿做个不知道有冬天的三季虫。

我二姐从我妈病重之后就不太露面了。开始我妈还总念叨，问我二姐来没，后来就不放声不再提我二姐了。我打电话叫我二姐来，她老推三阻四的，一会儿说自己感冒了怕传染我妈，一会儿又说腰椎间盘病犯了动弹不了。我知道她是找借口，虽然我心里挺生气的，但也知道我二姐就这德行。她倒不是对我妈没感情不愿意来，她是娇贵惯了，打怵干伺候病人的活儿。说老实话，她那熊样也真就干不了这活儿，连我这大身板子干着都吃力。我妈胖，身子太重，翻个身都能累死个人。每次给我妈翻身，我都得跪在床上连拖带抱地折腾出一身大汗。只是没想到我这么卖力地伺候着，到头来我妈还是压出了褥疮。褥疮那东西长上就不爱好，一天比一天烂得深，眼看都烂到骨头了，把我急得直哭。我妈嫌弃我在她跟前哭，说，你给我滚出去，滚远点！我说，你千万别赶我，赶走我可就没人伺候你了。我妈冷笑说，你伺候我有啥用？我早就把房子和钱一遭都过给你二姐了。我说，谁稀罕你房子，我和改锥有房子住。我妈说，大华你是不是虎呀？我现在两手空空，你伺候我一分钱也得不到，你图个啥？我说，我就是虎嘛，爹不疼妈不爱的，我也不知道图个啥。

改锥也拿这话问过我，我说，那是我妈呀。

改锥说，是你妈不假，可她从头到尾哪有个妈样？

我说，有没有妈样我也是从她肚子里钻出来的，这没有假吧？

改锥说，你也就是借她肚子生成个人吧。

我说，那就行，怎么我也借过她肚子用，我就得还。

想到这，我跟我妈说，好赖你生我肚子疼了一回，就算为这我图个回报吧。

我妈直勾勾地瞪了我好半天，恨恨地呸了我一口说，我怎么养出你这么个彪子？真是彪到家了！

6

收拾窗边那个鸡翅木茶桌时，我照例加上了十二分的小心。这个茶桌是舒姐的最爱。我第一次来干活儿那天，舒姐先就把我领到茶桌前，好一顿叮嘱，让我一定要多加小心，千万别碰坏了茶桌上的那些东西。后来每次打扫到这个地方，我都提着个心吊着个胆。这茶桌上的瓶瓶罐罐小东小西太多，一不小心就容易磕了碰了，而每一件又都是舒姐的宝贝。

舒姐唯一一次跟我撂脸子，就是为了这茶桌上的宝贝。记得是在我刚来舒姐家干不久的时候，有一次舒姐说有个紫砂壶找不到了，问我是不是刷洗完随手放到别处了。

我心里一惊，问啥紫砂壶？

舒姐说，就是一个枣红色的小扁壶，泡茶用的。还说那把壶是名家手工制作的，叫石瓢，十分名贵。

我一听说是名贵东西，脑子就有点发蒙，忙问原来放在哪了。

舒姐说，就放在这个茶桌上，你没看见吗？

我说，没看见啊。

舒姐就盯住我的眼睛说，大华你仔细想想，茶桌上的壶和杯子不是你一起端去洗的吗？

我说是啊，可是我没看到你说的那个小扁壶。

舒姐的脸子当时就撂下来了，也不说话，就那样一直盯着我，盯得我后脊梁杆子直冒汗。过了好半天，舒姐的脸才松动了一点，但仍冷冰冰的，说那好吧，那你打扫卫生时，帮我各处看着点，发现在哪立刻告诉我好吗？说这些话时，舒姐的声音虽然不大，但每个字都像敲在了我的耳膜骨上了似的，敲得我心怦怦乱跳。

我赶紧应声说，好好我一定注意找找。

从这件事上我就发现，别看舒姐表面上挺软乎挺面乎，看着好像是挺好答对的，但内里其实也是个厉害角色。只不过舒姐有素质，轻易不会生气、不会难为别人罢了。

动手收拾茶桌之前，我先给外甥打了个电话。我问外甥，你妈到底是咋了，又闹什么妖？

外甥说，三姨，我妈兴许长癌了。

我问，长在哪？

外甥说在肚子里，医生分析应该是宫颈癌，而且可能已经到了晚期了。

我说，这就对了，你妈就该得这烂病，她不得这病才怪！

外甥说，三姨，我妈都这样了，你就别这么说她了。

我说，这是她自己作的，这叫报应你懂不懂，你忘了你爸是怎么死的了？

外甥半天才吭哧出一句说，三姨，再怎么她也是我妈。

我不知不觉就用了改锥的口气说，是你妈不假，可她从头到尾哪有个妈样？

身边这一圈人里，我最心疼的就是我这个外甥了。二姐夫死那年外甥才十二岁。二姐夫一死，我二姐就更加肆无忌惮了，整天在外面跑疯。我去看外甥，见我二姐把外甥扔在家里，买了一大摞方便面，让他自己在家啃方便面做作业。我实在气不过，跑去找我二姐打仗。

二姐正跟她相好的在一起黏糊呢，大概是在难解难分时被我撞了门，人立马就疯魔了，衣服都没穿戴齐整就冲出来喊，我有追求幸福的权利！我说，对，你是有追求幸福的权利，可你追求大了，把你男人都追求死了。我二姐说，你是管闲事有瘾还是就见不得我好？我说，都让你说着了，我是既管闲事有瘾又见不得你好。我二姐说，告诉你大华，我的事你以后少管。我说，你以为我愿意管呀，我是心疼我外甥。我二姐说，你别在这儿装好人，我儿子用不着你心疼。我说，我倒是想不心疼呀，可他爸被他妈害死了，他妈又自己找幸福去了，我不心疼谁心疼？我二姐说，你就是嫉妒我，故意跑这来破坏我的幸福。我说，好，我不破坏了，你赶紧去幸福吧。我只求你一件事，拜托你自己幸福泛滥受不了的时候，想着匀出来点给你儿子好不好？

舒姐出来添水，我赶紧把外甥的电话给挂掉了。舒姐问我是不是家里又有什么事了，我就把二姐住院的事说了。舒姐听了叹了口气说，你那个外甥也真够命苦的。我说，可不是嘛，咱家条件差，外甥好不容易娶了个媳妇，这边刚把孩子生出来，正是用钱的时候，他那个倒霉妈就病了。我说，舒姐，我真想不明白，我二姐到底是什么鬼托生的，她这辈子托生来世上，是不是专门就是为了来祸害我们这家人的？舒姐说，你二姐真要是确诊下来是癌症，得花不少钱呢。我说，谁说不是呢，我二姐天生爱赶时髦，这下好了，人家有钱人都得不起这个癌，她个穷鬼倒巴巴地把这个时髦给赶上了。舒姐想了想问我，你是不是还在背着改锥给你外甥存钱？我说，是。舒姐神情忧虑地看着我说，大华你想没想过，这事万一要是让改锥知道了，会有什么后果？舒姐这话就像往我胸口塞了块抹布，心里立刻堵得不行。

给外甥存钱这事，我确实是瞒着改锥做的。我在外面给外甥立了个户头，钱再紧每个月都偷偷给他往里存点。这事我只跟舒姐商量过，但舒姐一直不赞成我这样做。我说，我又没个孩子，就拿外甥当自己孩子了，以后老了干不动了的时候，我不是还有个指望吗？舒姐说，大华我劝你千万别指望孩子，自己生养的孩子都未必能指望得上，何况他只是你的外甥。我明白舒姐为什么会这么说。舒姐的儿子跟她生疏，在国外定居了，据说是不打算回来了，所以舒姐根据自己的切身体会，就说今后指望不上孩子。让舒姐这么一说，我心里顿时拔凉拔凉的。我说，舒姐，照你这么说，我这辈子不就没指望了吗？舒姐定定地看着我说，大华，我看改锥这人不错，你还是得指望改锥。

当时我眼泪就下来了，我说，舒姐，你以为改锥是好指望的吗？我不敢指望呀！你是知道我有胆囊炎的。胆囊炎这病不发作时啥事都不耽误，但一犯病就疼得要命，那股子疼劲儿顶上来的时候，连死的心都有。有一天后半夜里我胆囊炎发作了，五脏六腑抽在一起搅着劲儿疼，疼得我浑身哆嗦满头冒汗。改锥倒是急三火四地把我给弄到医院看急诊了，但说出来都没人相信，当时我疼得身子缩成一团话都说不出来，都病到这个份儿上了，改锥也舍不得拿自己的钱给我挂号取药。他真就好意思站在我旁边伸出手，硬等着我这个病人掏钱，你说他还是人不是人！当时我心里疼得呀，比胆囊炎都疼。我啥也不顾了在那儿号啕大哭，旁人都以为我是疼得扛不住了，其实我三分是疼七分是伤心呀！我太伤心了！这还不说，打死你都想不到，改锥用我的钱交完款后，只把找回来的一把钱在我眼前晃了一下，说剩下这些钱就不给你了，我拿着回去打车用，说完就揣他自己兜里了。要不是我实在疼得说不出话，实在是一点力气也没有了，我真想跳着脚骂他几个钟头，骂他个劈头盖脸狗血喷头。舒姐你倒是说说，冲改锥这副要钱不要脸的德行，我敢指望他？

冻酸梨从书房里探出头，往这边张望了一下。我这才想起家里还有个外人呢，赶紧说，算了舒姐，我没事你快进去吧，人家等着你呢。

舒姐都走到书房门口了，又停下脚步思量了一下，回头对我说，大华，你攒那点钱都拿出来也治不了你二姐的病。

我说，舒姐你放心，我不会拿钱给她填没底的窟窿，我还得抓紧攒钱给我爸妈买墓地呢！

我心里挺感动的，舒姐是真心替我着想，她知道我攒钱不易，知道我攒的买墓地的钱还差着不少呢，所以担心我一时冲动把钱都拿出去给我二姐治病。其实我不能，这事我心里有数，我拼命攒钱买墓地，是在替我二姐还她欠我爸妈的债，我怎么可能让这钱再落到她手里呢。

等舒姐进了书房，我才反过味儿，后悔刚才怎么就忘了冻酸梨还在，怎么就秃噜嘴把自己家那点破事讲出来了？舒姐倒是没啥，我家情况她都清楚，她听了还能帮我掂量掂量出个主意什么的。我是忌讳那个冻酸梨，她听进耳朵里了，背后还不定怎么笑话我呢。

7

我妈临死嘱咐我，说她要入土为安，让我一定要在龙山公墓给她买块墓地，然后把我爸迁来跟她一起安葬。

我戗我妈说，你不是厌烦我爸吗？

我妈说，但凡有丁点办法我也不想跟他弄一块堆儿去，我这不是没招了嘛，我不是不想做孤鬼嘛。

我妈告诉我，买墓地的钱她早就预备下了，放在我二姐手里，她已经跟二姐交代过了，让我跟二姐商量着办。

我妈走后，我就去找二姐商量这事。没想到我二姐张口就说钱没了。我问钱哪去了，二姐开始死活不说。后来让我逼得实在没招了，才吞吞吐吐地说，钱都拿去帮她相好的买经济适用房了。我做梦都没想到我二姐会干出这种二货事。我说，你马上去把钱给我要回来，那可是咱爸妈的安魂钱！我二姐吭吭哧哧地说，他现在手里也没钱，再说就算有钱也不能往回要，我还得在他那住着，跟他俩一起过呢。我咬牙切齿地骂道，你养汉都养出国际水平了，搭上自己不说，还要倒贴上我妈的钱。我二姐说，你不懂，我俩那是感情。我说，我是不懂，那我问你，有感情你俩勾搭这么些年了，他为啥至今也不肯给你个说法，不肯跟你领结婚证？我二姐说，证不证的不重要，只要我俩感情在……我赶紧打断我二姐说，得了得了，千万别跟我说你那个感情，不就是你硬往人家身上贴吗？这些年人家把你赶出门多少回了？是谁动不动大半夜站大马路上打电话跟我哭？你以为倒贴房钱，你那感情就牢靠了？告诉你吧，没有用，人家那房本上没你的名！我二姐没话说了，立刻就拿出了她的看家本领，开哭。

我二姐的哭功那是天下第一，鼻涕眼泪随叫随到不说，还取之不尽用之不竭。从小到大，哭，一直是我二姐克敌制胜的法宝。无论遇到什么事，她都会用哭来应对，不能说是百战百胜吧，基本上也是攻无不克。我能拿她怎么办？我一点办法也没有。就是打那以后，我才下决心干钟点工的。这些年我一天接好几个活儿，早上五点起床顶着黑就往外跑，白天干好几个家政，晚上还去饭馆刷碗，哪天都是大半夜才回家。我这么拼命赚钱，就是为了早点完成我妈的心愿，在龙山买块墓地，让我爸妈尽早入土为安。

舒姐最知道我的心思，她曾经特地托熟人帮我打听过龙山公墓的情况，结果得知这几年公墓的价格一涨再涨，发现我攒的钱总是不够。舒姐说她都替我愁得慌，不过我倒是不愁，我有的是力气，我相信只要有活儿干有钱挣，买墓地还不是早晚的事。

说起来，我坚持要干钟点工攒这份钱，也是导致我和改锥俩人经济上分开、弄成现在这样各花各钱的主要原因。

我和改锥的感情其实还行，说还行的意思就是还过得去。改锥这人心眼儿也挺好的，没太大毛病。但千好万好，单这一个“抠”字，就把啥好都给抹平了。我跟改锥谈恋爱的时候，俩人一起去逛公园，走渴了去买水喝，改锥就能买回来一瓶水让我喝，他自己忍着回家去喝。我缺心眼儿，当时心里还挺美呢，以为这就是对我好。结婚以后才发现根本就不是那么回事，我没属于他时他只抠自己，等我跟他到一起了，他就连我一起抠了。

问题是他抠都不往我这边抠，我说这话是有根据的。我跟改锥结婚时，我婆婆给了我一个压箱底的金戒指，是老货。我喜欢得要死，赶紧戴在手上。结果还没等焐热乎呢，改锥就哄劝我，这么金贵的东西别戴丢了，得放起来。还没等我醒过神儿呢，改锥就把金戒指从我手上撸下去，拿走收起来了。起先是真的收起来了，但后来不知什么时候就不见了。我发现金戒指不见了之后，跟改锥往死里闹了一回。开始改锥死活也不告诉我金戒指哪去了，我就撒泼，天上地下地闹腾。改锥实在扛不住了，才跟我说了实话。原来他弟弟娶媳妇时，他妈手里实在拿不出像样东西了，改锥见他妈为难，就偷偷把金戒指拿回去，让他妈送给新媳妇了。那天我哭得昏天黑地，我不是哭那个金戒指，我是哭改锥太不把我当回事了，连抠都不往我这边使劲，我可是他媳妇呀。

我心里明白这事也不能全怨改锥，根子还在他家。他们家之所以能做出这种事，说到底还是瞧不起我家，连带着也轻贱我。改锥他家虽然也不咋地，但比我家还是高出了一个台阶。毕竟他家里父母都在，人也都是全乎的。不像我家死的死，傻的傻，连一个囫囵个儿像样的人都没有。他弟媳妇家比起他家，就又高出了一个台阶。弟媳妇她爸从前在厂子里当过宣传科长，弟媳妇大学毕业，又是在银行网点上班，从各方面讲当然都比我金贵，当然更配得上那个金戒指了。

我婆婆势利眼得很，改锥弟媳妇生孩子，婆婆竟然让我去伺候月子。我也是发贱，要说别的事我肯定不会答应的，一听是孩子就屁颠屁颠地去了。他弟媳妇谱摆得还挺大，给我写了好几大篇注意事项不说，还让我看月子书和育儿书，说是什么都得按照书上写的来。干活儿我不打怵，看书可就太难为我了。我老实告诉弟媳妇，干什么活儿怎么下你告诉我就行了，千万别让我看书，我从来都不看书，看不进去也看不懂。见弟媳妇一副半信半疑的样子，我干脆就豁上了。我说，你是从有文化的家里出来的，可能想象不出我家是个什么样。我这么跟你说吧，你就是把我家翻掉底，也找不到一张带字的纸。我家那些人有一个算一个，哪个在房梁上倒挂三天，也控不出一滴墨水。结果把弟媳妇给说乐了，一想起来就乐得不行，足足乐了好几天。

后来我把这段话学给舒姐听，舒姐也乐得不行，直夸我有语言天赋。这话我爱听，我挺在意舒姐怎么看我的。看来在我妈的骂声中长大也不全是坏事，我身上也算是有一门童子功呢。

弟媳妇一出月子我就不干了，婆婆鼓捣改锥来劝我再帮两个月，我问改锥，谁给我发工钱？一句话就把改锥给堵回去了。我不是不愿意帮，我尽力了，就算我比人家地位低，也不能没完没了地让人白使唤吧，我还急着出去挣钱呢。

刚开始我出去干钟点工的时候，改锥总惦记我挣的钱，总盯着问我挣了多少钱。改锥那意思我明白，就是我挣多少钱都得拿回家，都是我俩共有的。我看这样下去不行，我太了解改锥了，这货是属貔貅的，只吃不拉，只进不出，钱到了他手里就甭想再要出来了。我就趁早把话挑明了，告诉改锥说我挣钱是为了给我爸妈买墓地，叫他就别再惦记了，从此以后我自己挣钱自己花，也不再跟他手里往外要钱了。那时我刚干挣得少，改锥不太在意就答应了，花钱时也不怎么跟我计较。后来我挣得渐渐多了，改锥就跟我分得越来越清楚，能让我掏钱的地方他决不出手，所以他在医院就能干出那样的损事。男人计较到了这个地步，在女人眼里就没有品相了。见改锥把男人都做到了这个份上，我对他的心思也就越来越淡，越来越瞧不起他了。

8

心不静，总想着冻酸梨是不是认出我了，总担心她要是已经认出了我，就会告诉舒姐我身上有文身。所以，舒姐和冻酸梨只要在那边一说话，我这边立刻就管不住自己的耳朵了，俩耳朵恨不得从脑袋上跳下来，跑书房里去听个仔细。我也知道偷听人家讲话不好，但耳朵忍不住，说了归齐还是被那个倒霉的冻酸梨给闹着了。

听了不一会儿我就发现，舒姐她俩这嗑是越唠越玄，越唠越离谱了。

冻酸梨说，舒老师您小说里两个女儿的形象很有意思，一个性意识极强，一个有性心理障碍，您好像特别关注女性的身体感受。

舒姐说，是的，从某种意义上说，女性认识世界是从自身身体出发的，而性是女性身体的钥匙……

老天！她们这是说些啥？我真受不了她们这些文化人，说那事就像说鼻子眼睛嘴似的，一点忌讳都没有。舒姐看起来文文明明的，我说话不小心带出个“操”字，她听见都满脸不自在。可有一次我问舒姐，我咋就不明白，我二姐为啥死不要脸地非赖着跟那个人相好呢？舒姐文文静静慢条斯理地说，可能还是性体验的原因吧，他俩应该很和谐。一句话就把我给整傻蔫了，我万万没想到舒姐竟能说出这么臊人的话。接着舒姐又说，原来我听你讲过一些你二姐的情况，她给我的印象是个性要求比较强烈的人，很可能跟那个人在一起，你二姐更能获得性满足吧……我的个妈呀！我这脸都臊得没地方搁了，舒姐咋就那么好意思呢？她咋能把性要求、性满足这么难听的话说出口呢？而且还说得那么自然，那么不知道羞臊。所以我觉得吧，别看他们文化人表面上像是挺文明的，其实也就那么回事，说起裤腰带下面那点事更邪乎，也就是跟咱用词不一样呗。

不是我自吹自擂，我在生活作风这方面就特别正派。我对那事从来都不怎么感兴趣。刚结婚那几年，我还配合改锥忙活忙活，后来就懒得配合了。瞎忙活啥呀，也忙活不出来个孩子。自打我脑袋手术之后，我俩就很少做那事了，近些年干脆就没那个想法了。不做就不做吧，没那事挺好，反正我本来也没啥兴致。其实吧，从前每次配合改锥我都挺勉强的，我从来没觉得做那事有啥意思，总觉得那是件脏事，不干净。而且也不知道怎么搞的，一到关键时候我就憋不住尿，我一跑去撒尿，改锥好不容易拱起来的那点兴头就都泄没了。

这些事我跟舒姐叨咕过，我叨咕的意思是显示我有多好。但舒姐的反应却令我很意外，她不表扬我生活作风正派倒也罢了，竟然说我有问题。还说我的问题改锥也有责任，是改锥没把我开发出来，没让我体验到快感。当时我是真听不下去了，还快感，这种话亏舒姐真说得出口。

不过说老实话，要不然改锥也不行，他那玩意儿本来就不行。这件事只有我知道，连他妈我婆婆都不知道。我得脑垂体瘤之前，因为一直没怀上孩子，俩人曾经一起去医院做过检查。当时医生就说是他的原因，说他是隐睾，所以精子成活率低。其实，后来我得脑垂体瘤倒是把改锥给救了。明面上我俩不生孩子的责任一下子都弄到了我头上，他反倒是解脱了。有一阵子他全家人都冲着我来劲，公公婆婆鼻子不是鼻子脸不是脸的，恨不得马上让改锥把我给休了。我是有口难辩，心灰意懒也无心辩。

不过该咋说咋说，改锥表现还行，还挺照顾我心情的。改锥劝我说，没孩子就没孩子吧，咱省得操那份心了，你不是总想赶时髦吗，咱这不也赶上时髦整“丁克”了嘛。

我说丁你个屁克！我就是被你克的，被你克绝户，克成轱辘棒子了！

反正我俩这事的前因后果改锥心里最清楚，所以在外面不管别人怎么说，改锥从来都不说我啥，对不生育没怨言没牢骚。最后的结果就是，满世界都知道改锥对我这个不能生养的老婆不离不弃，他踏踏实实地落下了个好名声。你说我上哪说理去？

我正满脑子胡思乱想呢，忽然听见了“钟点工”三个字，心里陡然一惊，耳朵立刻就立起来了。可惜听不太清楚，她俩像是把声音压低了，我只能隐隐约约地听到一星半点。舒姐好像说了句，还说得过去吧。冻酸梨就叽里咕噜地说了半天。我的心一下就提到了嗓子眼，感觉冻酸梨就是在说我，是在说我去她家的事，是在告诉舒姐我身上有文身。但仔细听听又感觉不太像，冻酸梨似乎还是在那恭维舒姐，我听见了“善良”“宽容”什么的。

我往前凑了凑，声音果然清楚点了。我听见舒姐说……其实也没什么，再说我也需要。冻酸梨说，我可没您那么包容。舒姐就说……做事挺毛躁的，开始我也不太满意……我的心一下紧张起来，冻酸梨又说了些什么就没听清。然后，我就听见舒姐说……毕竟作为我的观察对象，作为我了解底层社会的一个窗口，还是很难得的，这样一想就能包容了，不会太计较了。冻酸梨就感慨起来，说，还是舒老师有文学的敏感性，有主动观察生活的意识……我脑袋有点转不过来了，不知道该怎么把我听到的这些话弄到一块堆儿。她们到底在说啥？在说谁？是说我吗？有那么点像，但又不完全像。

虽然我一时还理不清楚，但心里有了一种不好的预感，感觉舒姐可能并不像我想象的那么认可我，并不像表面上对我那么好。这么一想，我的心就有点乱了，散了黄的鸡蛋似的，稀里咣当乱得不行。

别看我一直在改锥面前吹牛，说舒姐对我印象怎么怎么好，舒姐对我如何如何满意，舒姐对我多么多么好。其实真要是较起真儿来，我也不敢咬硬。我也不知道舒姐到底怎么看我，怎么评价我。我也不知道舒姐是真心对我好，还是表面上对我好。反正不管我怎么吹，改锥就是不信。为舒姐，改锥曾经跟我掰扯过好几次。

改锥说，大华你别以为舒姐真对你好，她就是看你能干活儿想用住你。

我说没错呀，我干活儿好，舒姐待我好，我俩不就两好轧一好了呗。

改锥说，你个彪样，啥叫对你好？给你两句好话就是对你好了？那玩意儿有啥用？能吃还是能喝？想用住你就得对你好，对你好就得给你涨工钱，这么简单的道理你都不懂。你都在舒姐家干了多少年了，她咋能一直不给你涨工钱呢？就拿嘴糊弄你呀？

我说，那不关舒姐的事，是我一直没提涨工钱的事，舒姐也不知道现在工钱都涨了。

改锥说，拉倒吧，这两年人工钱涨这么邪乎，我不信舒姐不知道，装傻吧她。

我说，告诉你改锥，就算是舒姐提出来涨工钱，我也不会要。我们姊妹俩处得好，我就愿意给她干，我心甘情愿。我跟舒姐说好了，我就在她家干，不许她辞我，辞我我也不走。我要在她家干一辈子，到她老了我就伺候她！

改锥说，我操，你以为这样人家就待见你了？就把你当姊妹了？做梦吧你！我看你妈说的一点没错，你就是个彪子，彪到家了！

虽然我嘴上跟改锥咬得登硬，但心里也常犯嘀咕。有好几次我都想跟舒姐侧面提一提涨工钱的事，可不知为啥，一到舒姐面前我就张不开口了。改锥坚决地认为舒姐给我下药了，把我给彻底弄迷瞪了。改锥说的也不是没有道理，他说作家都会揣摩人，舒姐早就把你看得透透的，她太知道怎么能把你拿住了。不过我还是不咋信，我不信舒姐是那样人。

舒姐对我好，所以总会时不常想着送我点东西，有时是衣服，有时是吃的用的。每次我拿回家来显摆，改锥都没什么好话，说又是人家淘汰的吧？我说，就算淘汰人家也得给你呀，这么好的东西人家淘汰给谁不行？改锥说，看把你嘚瑟的，人家充其量也就把你当成个穷亲戚，甩给你点破烂还当宝了。我说，改锥你说这话可太没良心了，人家舒姐好心好意给咱东西，你不领情也不能说是破烂吧。结果这话说了没过多久，就让改锥给逮住短处了。

那次舒姐给了我一大盒人参冲剂，让我拿回去给改锥吃，说是能补气。我问咋不留着给姐夫吃，舒姐说姐夫血压高不能吃，我就高高兴兴地拿回家了。当时改锥也挺高兴，马上就要冲一包，一边摆弄一边还说看包装就是好东西。没想到话音没落，改锥的脸色突然又变了，一下把那盒人参冲剂摔到我面前说，你看看你看看。我问怎么了，改锥说，过期了！我捡起来仔细看看，还真是过期了，而且都过期半年多了。改锥这下子可算是抓住把柄了，没完没了地说，我说舒姐怎么能把这么好的东西送给你呢，原来是过期了，人家不敢吃了。人家的命多金贵呀，哪能吃过期的东西，扔了吧又可惜了，所以就想到了你这个彪子。我告诉你大华，在他们眼里咱这样的人命贱，没资格跟他们一样讲究保质期！

当时我心里虽然挺别扭的，但还是不相信舒姐是有意这样做的。我想核实一下，兴许是舒姐疏忽了呢。所以再到舒姐家干活儿时，我就直截了当地告诉舒姐，你给我的那盒人参冲剂过期了。我希望舒姐听到后非常惊讶，说是吗，哎呀，我没注意。然后又很难为情地向我道歉，说太对不起了，真不好意思！这样我回家就可以理直气壮地告诉改锥，舒姐不是故意的，她没发现过期了，听说过期了她可不好意思了，直让我替她向你道歉呢。

但是，我想象的这一切并没有发生。

我告诉舒姐之后，舒姐只平静地看了我一眼，说，哦。想了想又说，那类补品只要包装好没受潮，过期一点也没关系的。我看得出舒姐是有些尴尬的，也看得出她在刻意掩饰不自然的表情。但很快，舒姐就又微笑了。舒姐微笑着抬起头对我说，大华，你要是实在不放心就把那些都扔掉吧，没关系的。

面对舒姐的微笑，我当时真想哭。

9

书房门不知什么时候从里面悄悄地关上了。

我愣在那里，呆呆地看着关上的门。我就是再缺心眼儿，也知道这门是为我关的。嗓子眼儿里突然很痒，像塞了一把茅草似的，很想大声咳，但又咳不出来，噎得我浑身难受。我知道我控制不住自己了。我这人本来就没有舒姐那样的修养，我最怕别人背着我，越背着我，我就越想知道是咋回事。跟我没关系的事背着我，我心里都跟长了桃毛似的痒得受不了，何况跟我有关的事。不由自主地，我的脚就挪了过去，耳朵也从脑袋顶上跑下来，贴到书房门上了。

我先是听见了舒姐的声音——是的，她很信任我，什么都跟我说……对，我写这篇小说就是受了她的启发，很多故事都是她讲给我的。冻酸梨问，那些难堪得让人无法面对的情节，难道也是？舒姐说，是，这里的大部分故事都是真实的，有些情节几乎不用任何加工直接就写进去了。冻酸梨说，如果不是您说，我真不敢相信会有这样的家庭，会有这种完全没有道德底线的父母。舒姐就说，是啊，底层的生活状况远远超出我们的想象，如果不是听她自己讲的，我也不敢相信。冻酸梨说，舒老师我很想知道，那个母亲是被强奸后，才不得不嫁给强奸她的男人，两人生活了一辈子恨了一辈子，这个情节是真实的还是您虚构的？舒姐犹豫了一下说，是真实的，是她亲口对我讲的……

我的脑袋嗡的一声，顿时感觉天塌地陷了。

那天我把二姐夫的尸体领回来送到殡仪馆之后，就跑回家去找我二姐。推门见我妈一个人在外间躺着，就问我妈知不知道我二姐去哪了。

我妈白我一眼说，找你二姐干啥？

我说，出事了，我二姐夫……

我妈一下打断我，喊什么喊？什么大不了的事大喊大叫的？

我说，我二姐夫死了！

我妈愣了一下说，死就死了呗。

我说，妈你怎么能这样？你就是再不中意我二姐夫，他也是你女婿是我二姐的男人呀！

我妈说，行了行了别叫唤了……这会儿工夫我二姐从里屋出来了，问谁死了。

我说，你男人死了！

我二姐说，别瞎扯了，那个死鬼昨天还好好的呢，他要是死了我还少份心思。

昨天？我问，你昨天去哪了？你昨天晚上为什么没回家？

你管得着吗？我二姐说，我愿意上哪上哪！我……

我是管不着你，我说，可你男人死了，派出所找不着直系亲属，是我一大早跑去替你去领的尸！

我妈和我二姐这才信了。我二姐脸僵了一会儿，嘟囔着说，他这是自己作的，酒蒙子一个，早晚的事……

我一下就火了，我说，人都死了你还这么说？你是人不是人呀？要不是你整天在外面跑疯，我二姐夫能成天跟酒较劲？能一个人死在大街上……

啪的一声，我二姐狠狠地扇了我个大耳光子说，你给我闭嘴！你跟他什么关系？这么向着他说话？

当时我简直气疯了，我顺手操起一把菜刀就朝我二姐冲过去，却被我妈从后面死死地抱住了。我妈抱住我朝我二姐直喊，快走快走，这二杆子啥事都能干出来，你赶快走吧！直到我二姐跑没影了，我妈才撒手放开我。

我跳着脚朝着我妈大喊，你到底是人还是鬼呀？你欺负我爸把我爸气死了，现在又帮着我二姐害死了我二姐夫，你的心到底是啥做的？你……你知不知道我有多恨你？你要不是我妈，我真想一刀砍了你！

砍呗，我妈干脆把脖子伸过来，说想砍就砍吧，你手上不是有刀吗？

我浑身哆嗦着举起菜刀，一刀下去，砍在了自己的胳膊上……

我看见刀像切豆腐似的切进了胳膊，没觉得疼，肉一下翻了出来，也像豆腐一样白花花的，竟然没有血。但只一瞬间，鲜红的血就涌了出来，呼呼地直往外冒，这时我才觉出了疼。真疼呀，先是胳膊疼得直抖，紧接着全身都跟着筛起糠了。随着咣当一声刀落在地上，我捧着血刺呼啦的胳膊，响天动地地号哭起来……

我妈抓了一把烟灰按在伤口上，又用根破布条子把伤口缠住，然后就塞进我嘴里一片止疼片，不耐烦地呵斥我道，别号了，我就知道不见点血光你今天就过不去！

我住了声，捧着胳膊恶狠狠地看着我妈。

我妈不看我，一直在抽烟，一根接一根地抽，过了好久，我妈把一个烟头在鞋底上使劲儿地摁了又摁，说，你个没事找事的丧门鬼，我本来不想提从前那些混账事，你偏要三番五次地惹乎我，好吧，那你就给我听好了：我告诉你，我恨你爸，当年我就是被你爸这个王八蛋给强奸了，怀上了你大姐，才不得已嫁给他的！

看见我咕咚一声跌坐下去，我妈脸逼近我说，知道你大姐为什么是傻子吗？那是报应！是老天替我报复他！本来我已经有了中意的男人，我们俩都开始谈婚论嫁了，是你爸把这一切都毁了，是你爸把我这辈子彻底给毁了，我跟他从来都没有感情！你不是说是我把他气死的吗？我还告诉你，气死他在他是好死，依着我恨不得把他杀死！

像有无数个马蜂钻进了我的脑袋瓜子里，嗡嗡嗡叫得我头都要炸了，我声嘶力竭地朝着我妈大喊，你骗人！你糟践我爸！

我妈狠狠地吸了一口烟，说，是那个王八蛋糟践了我！你爱信不信！

我说，不可能，我爸那么老实个人不可能！

我妈冷笑道，老实？他才不老实呢，蔫巴人蛊毒心，老实能对你大姐下手？

我立刻蒙了，原来我妈知道！我哆哆嗦嗦地问我妈，你知道？你知道为什么不管？你知道为什么还由着他欺负我大姐？

我是倒退着逃出家门的，一出了门就头也不回地疯跑，不知跑向哪里，也不知跑了多久，直到实在跑不动了，筋疲力尽地瘫倒在海滩上。那感觉就像是去地狱里走了一遭，就像是活活地死了一回。

记得当时给舒姐讲这段烂事时，我哭得稀里哗啦的。我哭着问舒姐，你说我上辈子到底造了什么孽，为啥非把我生在这么个破家里，非让我看这么些个破事呢？舒姐安慰我，大华你别这么想，其实这世上谁都有苦处，谁的日子都不美满。我说，舒姐，我看你的日子就挺美满的。舒姐半天没吭声，眼圈突然就红了。我看见泪光在舒姐的眼里打转，正纳闷咋就惹了舒姐了，就发现舒姐眼里的泪转着转着竟转没了。舒姐只轻轻地叹了口气，说了句什么。我太紧张了没听清，忙问舒姐说的是啥。这时舒姐的脸已经缓过来了，挺正常地对我说，没什么。然后又想了想，很真心地看着我的眼睛说，大华，其实你挺了不起的。你在这么混乱的家庭环境中长大，还能不受影响，始终保持善良正直的品性，真是挺不容易挺不简单的。我听了心里一下子感动得不行，泪眼巴嚓地说，舒姐，你这么说我真是太高兴了。说老实话，长这么大从来没有人这么高看过我，何况还是舒姐你这样有素质的人。我大华谢谢你了，有了你这句话，我就觉得我大华活得还有点价值，还得坚持好好活下去呢。

那会儿，我真庆幸这辈子能交上舒姐这样的人。我得有多信任舒姐，才能把自己家里的丑事、脏事毫无保留地说给她，那可都是我藏在内心深处，从来不敢拿出来见光的东西呀。可我万万没想到，舒姐不仅给写到书里张扬出去了，还红口白牙地告诉冻酸梨，这些都是我家的真事……

这真是我认识的那个舒姐吗？我真的认识这个舒姐吗？

也许是我错了，我想，人这东西心本来就是隔着的，离得再近也没法贴到一起。心贴心那种话压根就是扯淡。何况我和舒姐之间差距又那么大。舒姐就是再有心将就我，也不会真把我这样的人当回事的。可是，舒姐怎么也不该这样对待我，不该这样伤害我呀。我掏心掏肺地把该说的不该说的一股脑地都说给了她，她怎么能这样？心口窝忽然拧着劲儿地疼了起来，疼得我浑身哆嗦，双腿发软。我实在站不住了，倚着门框出溜下来，一下子跌坐在了地上。

舒姐闻声开门，看见我瘫在门口，赶紧问，大华你这是怎么了？

我说，舒姐，我今天干不了活了。

舒姐问，你脸色怎么这么难看？

我说，我胆囊炎犯了，肚子疼得厉害。

舒姐说，大华你别急，我给你叫车去医院。

我说不用了舒姐，我给改锥打电话了，他马上就来接我。

10

走出舒姐的家门，我一直忍着没回头。

就算是不回头，我也能感觉到后背上背着舒姐和冻酸梨的眼睛。那满眼的猜忌热辣辣地烙着我的后背，火烧火燎烫得生疼。

其实我心里明镜似的，知道我根本就糊弄不了她们，她们早就看出了我没犯啥胆囊炎，早就猜出我是偷听了她俩的谈话。我都能想象出来，只要我一从她们的眼前消失，冻酸梨立刻就会在舒姐面前给我下蛆，还不定瞎掰扯些啥呢。但我拿不准舒姐会怎么说。要是在从前，我铁定了相信舒姐不会说我坏话的，但现在我不敢说了。刚才捂着肚子装病等改锥来接我那会儿，我就看出舒姐看我的眼神挺复杂，里面关切和焦急当然是有的，但不安和怀疑也是有的，这我还能理解。让我无法理解的是，我居然在舒姐的目光中看到了一些警惕的冷意。那可是我以前从来都没看到过的，就像是突然亮出的一把闪着寒光的刀子一样，叫人瞅着心惊。我心里立刻就有点发虚了，心想，我没做过对不起舒姐的事呀，这么些年了舒姐应该知道我的，我对舒姐可一直都是真心实意的，从来都没……别，等等……除了那把紫砂壶……

那把紫砂壶的确是我给打碎的。那会儿我到舒姐家干活儿不久，手忙脚乱的不熟悉，刷洗茶具时一个不小心滑了手，单单就把那个紫砂壶给打碎了。当时我吓蒙了，就怕舒姐看见，赶紧划拉划拉把那些碎片揣兜里，趁出去倒垃圾时给扔了。说老实话，我不是个愿意欺瞒人的人，只是那会儿我头一回碰到舒姐这样有层次的主顾，特别愿意在她家长干。一看把她最喜欢的东西打了，害怕她一气之下把我辞掉了，就把实情生生卡在嗓子眼里愣是没敢吐出来。后来舒姐询问我的时候，我也想干脆承认算了，该赔多少就赔多少，省得这事总窝在心里不得清净。但一听舒姐说这壶是个名贵东西，我就又被吓住不敢承认了。其实我也明白不管我承认不承认，舒姐都会猜到这把壶是毁在我手里了。我死咬着不承认，也是看准了舒姐这样的人不会轻易说破。说了归齐，整件事从头到尾都是我不好，啥时想起啥时我这心里都觉得挺愧得慌的。

改锥问我，回家吗？

我说，不回家，去医院。

改锥问，去医院干啥，你不是说你胆囊炎没犯，这么说是为了糊弄舒姐吗？

我说，我胆囊炎是没犯，但那个破鞋又住院了，我得给她送点钱去。

改锥就有点不高兴了，怎么又给二姐钱？前些天你不是刚给了她五百块吗？

我说，你放心，给不了几次了，这回老天长眼，让她得上要命的病了。

改锥说，不会是长癌了吧？

我说，八九不离十，听说还是晚期。

改锥半天没放声，闷了一会儿说，那你就多给二姐拿点钱吧。说完又使了个大劲儿，问我，你带的钱够吗？不够我身上还有。改锥上上下下地把兜掏了个遍，说我身上就这些了，都给你吧。刚放到我手里，又舍不得了，悄悄地抽回去了一张。

看着改锥这个样子，我就想起了舒姐的话，我看改锥人不错，你今后还是得依靠改锥。是啊，我只有改锥，靠得住靠不住我也只能靠改锥了。我就对改锥说，改锥，我这人命孤，命里只有你一个，我认命了。舒姐说得对，赶到老了我就得依靠你了。说着说着我的眼圈就红了，我红眼巴嚓地问，改锥，你以后会对我好吧？

改锥看我这样就慌了，赶紧把抽回去的那张钱又塞回到我手里，说，大华你这是干啥呀，嫌这些钱不够，咱现在就回家拿去。舒姐这话说得对，你就得靠我，不靠我靠谁呀。你说咋整？要不咱现在就往家走？

我说，我想先去趟花店。

改锥惊得瞪大眼睛说，干啥？你不会是想给二姐买花吧？咱给钱还不行吗？别整那些没用的……行行行，好好，去，去花店。

花店里果然有蓝色妖姬。这还是我第一次看见真正的蓝色妖姬呢，以前看的都是图片和我身上文的。蓝色妖姬虽然长得像玫瑰花，但一看就比玫瑰花金贵，很稀罕的一种蓝色，有点像小时候用过的纯蓝墨水，但颜色比那更鲜艳些。

我下意识地撩起袖子，亮出胳膊上的蓝色妖姬，跟真花放一起比较。没想到一下子吸引了好几个人围看，边看边一惊一乍地夸这花文得真好。我心里虽然得意但也挺遗憾的，遗憾夸我的人不是舒姐。其实，我最想得到的是舒姐的夸赞。我一直有个愿望，就是把我的文身告诉舒姐，把我的蓝色妖姬亮给舒姐看。我曾经无数次地设想舒姐看到后的反应——

舒姐会像冻酸梨那样一惊一乍吗？不会，舒姐当然不会那么没素质，这个设想一下就被我否定了。

舒姐会害怕、会紧张吗？可能会，但舒姐是有教养的人，一定不会表现得那么明显。舒姐会尽量控制自己，待情绪稳定之后，再故意露出微笑。我觉得这个设想应该是最有可能的。

还有一种可能，就是冻酸梨已经把我有文身的事告诉舒姐了，舒姐心里有数了，面上就不会做出任何反应了。这两种设想的结果都是一样的——如果舒姐排斥文身，就会找个理由辞掉我；如果舒姐不排斥，就会装作不知道，只要我自己不说出来，她就一定不会说出去，这个结果不能算是不好。

但我最希望看到的结果其实是这样的：当我露出文身时，舒姐惊讶得睁大眼睛，说，天啊！然后伸出手抚摸着那些蓝色的花朵，啧啧赞叹着说，这是蓝色妖姬吧？太漂亮了，这文身太漂亮了！那该是一种多么令人期待的情景呀。但我知道这种情况基本不可能出现。我其实并不要求舒姐喜欢我的文身，只要不抵触能接受，我就非常满足了。

我总得赌一把，哪怕是让自己死了这份心。我一咬牙拨通了舒姐的电话。里面立刻传出了舒姐急切的声音，大华吗？你现在情况怎么样？腹痛缓解了吗？

舒姐的声音真好听，让我立刻感受到了一种暖暖的亲情。我赶紧说，舒姐我好了，没事了，你放心吧。

舒姐说，那就好，你现在在医院里吗？

我说，不，我在花店。

舒姐哦了一声，没再说话。

我忽然问，舒姐，你听说过蓝色妖姬吗？

舒姐在那边停顿了一下才说，我知道，是一种蓝色的花。

原来舒姐知道！这让我不由内心充满了期待。我赶紧问，你喜欢蓝色妖姬吗？我相信舒姐会说喜欢的，她是个爱花之人。我想赌一把，只要舒姐一说出“喜欢”这俩字，我立刻就把文身的事情告诉她。

舒姐并没有立刻回答，她似乎犹豫了一下，过了一会儿才说，不太喜欢。

我的脑子里一时有点反应不过来，不知道该怎么往下接了。

然后我就听见舒姐说，我觉得蓝色妖姬太假了。

我有点蒙，假？为……为什么假？

舒姐问，你不觉得那种蓝色一点也不自然吗？蓝色妖姬其实是一种加工花卉，据说是荷兰用月季和蔷薇杂交出来的，不过很少有自然生长出来的，一般都是人工染色的。

我说，是……是吗？这会儿我的声音都有点发抖了。

舒姐说，是的，虽然蓝色妖姬被赋予了很多美好的含义，但在我看来蓝色妖姬只是一种虚假的、含有欺骗意味的花。我不喜欢欺骗……

我知道结束了，一切都结束了，我在舒姐那里完了，舒姐在我这里也完了。

放下电话之后，我又仔细地打量了一番蓝色妖姬。真奇怪，刚才看着还是满心满眼的美，怎么这会儿真就看出假来了。

我扭头问改锥，你看这花好看不？

改锥说，那得看多少钱。

我生气地说，我是问你好看不！

改锥说，好看是好看，不过……

我说，你放心我不买。

改锥立刻就说，好看！真好看！

可是舒姐说这花太假，我说，让舒姐这么一说，我也觉得这花好像是染出来的，挺假的。

改锥说，我操，假怎么了？好看就行呗，假的照样好看，比真的还好看呢！

我说，舒姐说蓝色妖姬是一种虚假的花，含有欺骗意味。

改锥不屑地说，扯，现在什么不是虚假的？满大街不都是假眉毛假眼、假鼻子假脸、假奶子假腚吗。她不假？我看她比谁都假。要说欺骗，满世界都是欺骗。

我问改锥，那我的文身是不是更假，这算不算是欺骗？

改锥说，你虎呀？那叫艺术！你不能拿真花跟你的文身比。

我说，可是我怎么忽然觉得这蓝色妖姬的文身不好看了呢？

改锥说，你那是被舒姐拍花子拍晕了。

我呆呆地看着手臂上的文身，突然低头在蓝色妖姬上狠狠地咬了一口。

疼，真疼，疼得我真想放声号哭，但我生生地给忍住了。哭有个屁用，我还偏就不哭了呢。我转身就冲着改锥去了，先是狠狠地踹了他一脚，接着就可着嗓子开骂了。我说，改锥你就是个混蛋！你个乌鸦嘴，见天地咒我，老说我是走一路败一路，到底让你把我给数落败了，这下你称心了吧？得意了吧？我败了，我又败了，我大华是走一路败一路，走一路败一路呀……

我再也憋不住了，不顾一切地当街号啕大哭起来。

负重如何前行

——评马晓丽小说《手臂上的蓝玫瑰》

韩传喜

一向擅长写军事题材的作家马晓丽，却写出了一部反映底层生活的中篇小说《手臂上的蓝玫瑰》，确实让人颇感意外。但细读文本之后，我们会发现，马晓丽对底层人物的理解与刻画可谓精准到位，这些底层小人物与作家笔下的军旅人物一样真实可感、立体生动，体现出作家对现实生活的洞幽烛微和艺术呈现的精湛高超。

作为一部中篇小说，在有限的篇幅中，《手臂上的蓝玫瑰》却形成了巨大的文本张力。小说的文本张力，不仅来自故事情节的跌宕起伏、矛盾冲突的紧张激烈，以及叙事语言的意蕴丛生，还来自人物处境的困顿沉重。这种生存困境，常在宏大叙事的大人物身上被反复书写，而在日常生活中的小人物身上却极容易被忽视——而后者往往更能呈现日常生活的生存图景与精神面貌，且因为其琐细多样而不易把握，也更难书写，因为这种写作，需要对生活进行细致入微的体悟与抽丝剥茧的分析，方能在深入洞察与传神描写中见出真相。从此意义而言，《手臂上的蓝玫瑰》显示出了其自身的独特文学价值。

《手臂上的蓝玫瑰》将叙事情境设置为日常生活，这里既没有波澜壮阔的宏大场面，也没有一泻千里的磅礴气势；既没有风云际会的历史人物，也没有挥斥方遒的卡里斯马，有的只是压抑沉重的日常生活，以及在生活中负重前行的小人物。小说的主人公大华是一个下岗女工，靠做钟点工挣钱维持家用。下岗女工形象在当代文学作品中并不鲜见，马晓丽之所以仍然选择这一人物类型进行书写，其用意显然不止于塑造一个下岗女工形象，而是有更深层的艺术构思。大华在作品中既是人物形象，也是叙事视角，作家以她为视角，看取与透视了一个原生家庭的恶劣环境与沉重日常。大华的母亲无论如何也不能算作善良的母亲，在她身上充斥着仇恨、痛苦、厌倦、悔恨和失望等种种负面情绪，这些负面情绪如浓得化不开的阴霾，成为浓重的家庭底色，如影随形，挥之不去，伴随着大华从童年到成人，严重侵蚀着大华的身心。大华的父亲软弱无力，难以承担家庭的重任，在妻子无休止的辱骂声中沉沦堕落，彻底丧失了生活能力。而正是这样一个孱弱的男人，却对自己亲生的颟顸女儿痛下狠手，丧失了一个父亲的天良。当无意间窥见父亲的龌龊卑劣行径后，大华注定会有一个噩梦般的童年记忆。天生痴傻的大姐、精明自私的二姐、极度抠门的丈夫，家庭中的每个人都在随意地无止境地消耗着大华，她深陷无爱的家庭泥沼中，无从选择更无由解脱。

大华的家庭环境显然是一个极端化的现实世界，是艺术提炼概括的产物，而正是这种极端化，却有效地考验着主人公面对沉重生活时的态度和能力。按照常理，大华没有较高的文化水平，也没有深厚的理论素养，更没有超凡的协调艺术，成长于这样一个混乱的家庭环境中，定会深受影响，沉沦、堕落、充满仇恨，从而丧失爱的能力，是再自然不过的事情了。但事实恰恰相反，大华不仅没有被生活击垮，反而始终保持善良正直的品性，竭尽全力地去爱着自己的亲人，真诚地对待身边的每一个人。这样的一个底层小人物，能有如此行为，的确不容易，甚至堪称“壮举”，正如马晓丽所言，大华真是一个“惊人的存在”。值得我们深思的是，大华这种爱的能力从何而来？我们身处的现实生活一见到底又深不可测，在生活中，有的人为梦想而生，有的人负重前行，大华的生存困境，作为一个隐喻，消解了日常生活所有薄如蝉翼的诗意。虽然在以往理性的认知中，我们也明了当下的日常生活并非处处鲜花和阳光，但是，庸常生活中充满如此多的困顿与沉重，读来还是令人心惊。即便生活如此，我们的小人物仍然不失善良本性与不甘沉沦的韧性，这是大华爱的源泉和负重前行的力量所在。大华为人热情，乐于助人，对于母亲等一众亲人的伤害，她不仅没有怀恨在心施以报复，反而在他们需要保护的时候，毅然张开双臂，成为他们的整个世界。这是作家在灰暗的日常生活中注入的一种向善的力量。大华拼命挣钱，每天要打四五个短工，这些用血汗挣来的钱，可以为父母买墓地，为生病的二姐治病，为外甥存下以备后用，补贴丈夫改锥维持家计……她做这些的时候，没有考虑太多，完全是一种本能使然。母亲临终，一直受到呵护、占尽便宜的二姐不愿照顾老人，是大华无怨无悔地留在母亲身边尽孝，当母亲骂她是个“彪子”，问她图啥时，她的回答不能不让人动容并心生敬意——“因为你是我的母亲”。对待亲人如此，对待雇主舒姐，她同样报之以真诚。家庭的所有丑事，她向舒姐全盘倾诉，因为舒姐是她最信任的人。事实上，出生在一个底层且无爱的家庭，大华在潜意识中是渴望美好的家庭环境和爱的。而舒姐有文化、有涵养、有气质，和她不是一个阶层的人，所以她非常在意舒姐对她的态度，甚至文眉都要仿照舒姐的样子。虽然得知舒姐是作家，而自己则是舒姐的写作素材时非常痛苦，她仍然没有选择让舒姐难堪，而是假装胆囊炎发作，离开了舒姐家。在小说里的其他人物身上，我们同样看到了蕴藏在人性中的善意——母亲骂了父亲一辈子，但临死交代，要与父亲合葬，不然自己太孤单；改锥虽然极度抠门，却在大华精神迷茫的时候，给了她最大的鼓励；舒姐虽然将她作为写作素材，阶层隔膜依然存在，但和其他雇主相比，舒姐对她显然也是再好不过了。小人物身上斑斑点点美好的品质，终将会刺穿生活的沉重和阴霾，照亮前行的路，凭借这种从爱的蛮荒之地顽强生成的爱的能力，他们虽然负重却仍能前行。

蓝玫瑰是小说中的一个重要意象，这个意象寓意深远，因为蓝玫瑰表意为敦厚、善良、珍贵、稀有、知己，而大华恰似沉重生活中的一朵蓝玫瑰，一朵蓝色妖姬，神秘而贵气。手臂上的蓝玫瑰，可能不太美丽，也可能有缺陷，但对于大华来说，却是一个真实的存在，一个美丽的理想。蓝玫瑰与手臂上的伤痕，共同构成了小说虚实相生、真幻交映的艺术境界。在《手臂上的蓝玫瑰》中，美好的人性并非遥不可及的乌托邦，亦非虚无缥缈的浪漫理想，而是隐含在压抑沉重生活中的真实存在；它不是悬浮的价值理想，而是现实世界中支撑人们继续生活的力量。马晓丽摒弃了空泛的道德咏叹，而是在日常生活场景中展开人性的困局，尤其以个体生存的破局来探究人性深处隐秘而美好的图景时，显示出了一个优秀作家的深刻和睿智。

甘草之味

【授奖词】

“甘草之味”始于苦口回甘，终而温和无味，这是与命运达成和解的人生之味。刘建东用完整长度的叙事书写了父亲和小姨父之间的隐秘较量，深入复杂而饱满的时代现场，有效呈现出他们的命运感和动荡感，有灰飞烟灭，亦有意外之喜。历史、时代、道德、情感在刘建东的驾驭下变得葱郁而丰沛，尽显时代风云和个人刻度，从而使作品具有了史诗品质，也彰显出刘建东精神体积的扩张和探究变革中浩瀚人心的文学创造精神。有鉴于此，特授予刘建东的《甘草之味》首届曹雪芹华语文学大奖·中篇小说奖。

作者简介

刘建东，男，1967年生，中国作家协会全委会委员。河北省作家协会副主席。1989年毕业于兰州大学中文系，1995年起在《人民文学》《收获》等发表小说。著有长篇小说《全家福》、小说集《黑眼睛》等。曾获《人民文学》奖、《十月》文学奖、《小说月报》百花奖、孙犁文学奖、河北省文艺振兴奖等。

我大抵记得十二岁那年的事，我们家突然门庭若市。在那些行色匆匆的人之中，就有我的小姨父秦大贵。他们像是从一列叫作忧伤的火车上一起下来的一样，均哭丧着脸，说话的声音要么高亢激昂，要么低沉沙哑。他们是我们家乡的亲戚和一些不相干的老乡，来城里投奔我父亲，做绝育手术。

我父亲董耀先并不是一个医生。他只是在交运局职工医院里工作，是医院药房的副主任。但他是我们村第一个在大城市的医院里工作的人，所以，他们都确信不疑，我父亲董耀先是一个了不得的医生。那年秋天，我父亲说破了嘴皮，也无法阻止他们前来求医的热情。我记得那一阵子，几乎每天我们家都会有陌生人出现，父母让我和弟弟喊他们大爷大娘叔叔婶子，甚至爷爷奶奶。我看着他们的年龄不比我父亲母亲大多少，有的还更年轻一些，所以喊起来就含糊其词，在喊“爷爷”“奶奶”时就像嘴里含着一个鸡蛋。

小姨父是由小姨陪着来的。我觉得小姨的心情和小姨父不一样，正好相反，一个兴高采烈，一个垂头丧气。过去的几年，小姨一口气给秦家生了三个姑娘，她早就厌倦了这种无止境的生育机器的身份。她和我母亲说话时，不时传来阵阵的笑声。而小姨父却闷闷不乐，一声不吭，他坐在我们家床边，不停地抽烟，不停地唉声叹气。他把烟屁股扔到地上，狠狠地踩着。他对我父亲恶声恶语：“我不信乡里、县里的医院，他们也不信。我只信你。”

父亲虽然知道自己不可能是那个主刀的医生，但是小姨父这份来自亲人的信任，还是让他骄傲万分，油然而生一份满足感。他挺直了腰杆，提高音量说：“放心吧大贵，我给你找我们医院最好的医生。一点也不疼，也不会留下任何的后遗症，他有个外号，叫蒋一刀，在全市都鼎鼎大名。这一段时间他成了我们医院最难请的人，来找他做绝育手术的人络绎不绝。你把心结结实实地放到肚子里，该吃吃，该喝喝，明天就给你动手术。”

听到父亲提到“手术”一词，那年三十三岁的小姨父却仿佛看到了世界末日似的，放声大哭起来。这是我第一次看到一个大男人如此肆无忌惮地痛哭，觉得非常好玩，我和弟弟挤到他面前，看着他的脸上涕泪纵横。我们俩相视一笑，互相推搡着对方。父亲把我们俩拨拉到一边，安慰小姨父：“没什么好怕的，一点也不疼。真的一点也不疼，就跟被小小的蜜蜂蜇了一下似的。”

这个叫秦大贵的小姨父，丝毫也没有被我父亲的言语所安抚，反而变本加厉，哭声震天，仿佛都要把我们家的屋顶捅破似的，引得我们那栋筒子楼上的邻居都来观看。我母亲对他们说，别看了别看了，以后没法生儿子了，伤心的。而我小姨则满脸羞愧地说，丢死人了丢死人了。

小姨父秦大贵的哭声，似乎持续了整整一夜。只是那哭声渐渐由大变小，由重变轻，慢慢地变成了一股泉水似的，在夜里细细地流进了我们的梦里。

第二天的早晨醒来吃饭时，已经听不到他的哭声。他端坐在窗前，脸色纸白，凝视着外面开始喧闹起来的街道，忧伤地说：“我儿子没了。”

没有人理会他的悲伤。他看看大早晨都在忙碌的每个人，觉得自己受了冷落，心有不甘，他央求我父亲：“我害怕疼，有啥能让人不害怕？”

父亲为难地摇摇头，然后看着墙角的那堆草药，说：“要不你嘴里吃点什么，可能能转移你的恐惧。”父亲从草药堆里拿了一把树根样的草药，放到小姨父手里。

小姨父问：“这是啥？”

“甘草，甜的。”父亲说。

他接过来，摊开看了看，尝试着把一小片甘草放进了嘴里，使劲吸吮着，脸上露出贪婪的表情。

我和弟弟没有时间看他像小孩子般无比贪婪的样子，我们甚至有些鄙视他夸张的表情，一片甘草哪有那么陶醉，我们又不是没有尝试过。我们匆匆吸溜两口玉米面粥就背着书包上学去了。中午放学回来，他仍然坐在窗前，仍然吸吮着甘草，像是清晨时光的再现。一个刚刚做完绝育手术的男人，此时已经没有了恐惧。他有种万念俱灰的悲壮和凄凉。他把窗子打开，让秋天的冷风吹在他僵硬的脸上。我母亲非常担心他，害怕他想不开寻了短见，从我们三楼的窗户跳下去。小姨大声说：“放心吧姐，他没那个胆儿。”还是我小姨最了解小姨父，知道他没有勇气去做气吞山河的举动。他就那么一直坐着，狠狠地吸吮着甘草，也不再哭泣，只是枯坐着。我顺着他迷离的目光向窗外张望，大街上除了偶尔经过的三三两两的人和自行车，其他什么也没有，不知道他在看什么。

那天晚上，小姨父终于有了一点活人的气息，他像是死过一回又复活一样，一口气吃了三碗炸酱面。吃饱了饭的小姨父摸着我的头问我：“仙生啊，你长大了想干啥？”

其实我挺喜欢小姨父的，初中毕业的他喜欢高谈阔论，我每次回老家见到他，他都拽着我，和我聊天，天南地北，时事政治，好像他去过很多地方似的。有的我能懂，但大部分都不太懂。我挠挠头，无知地说："不知道呀。"

他就严肃地说："这可不行，你看你们，条件多好，不愁吃、不愁穿，你得想想，别光贪玩，到我这么大了心就慌了。得想想长大了要干点啥，要成为一个啥样的人物。"

那天晚上，他和我父亲一本正经地谈论起理想。他咬牙切齿地说："我只有一个理想，就是出人头地，让老婆孩子过上好日子。你呢？"

我父亲心底里有些排斥小姨父秦大贵。他觉得小姨父是个夸夸其谈、不切实际的人。小姨父因为当过三年兵，就觉得自己与一般的种地农民不一样。每当他描述自己时，父亲就乐得合不拢嘴。父亲嘲笑他："说到底，你还不是在农村里种地，你那一亩三分地，就种种田，收收粮食。"

小姨父对我父亲的蔑视并不以为意，发誓说："你别笑，早晚你会相信我的。"

和小姨父相比，我父亲的理想就有些虚无缥缈。他想了想，对小姨父说，他在农村上学时就是想去当兵，当上兵后就是想保家卫国，在医院工作后就是想着救死扶伤。我父亲有些犹豫，他不知道这算不算理想。

小姨父斩钉截铁地说："不算，这算哪门子理想？你老变来变去的，那算啥理想？"

夜已深，母亲和小姨已经进入睡乡，父亲也在不断地打着哈欠，困倦已经牢牢地战胜了每一个人，唯独小姨父还清醒无比，他最后看一眼窗外漆黑的夜晚，突然像是缓过神来似的对昏昏欲睡的父亲说："我恨死你了。是你让我失去了一个男人的尊严，失去了成为一个儿子的父亲的机会。"

我父亲被他这句话吓得一下子就失去了倦意，没想到自己做好事会落下这个结果，他义愤填膺地说："你别给我扣帽子，又不是我要让你做，是你找我来帮忙的。你可不能怪到我身上。"父亲非常生气，对小姨父的不可理喻的想法愤慨不已，他想不通，小姨父竟然会有这样稀奇古怪的想法。他站起来，身体颤抖着，他再也不顾及礼貌，快速地逃离小姨父，爬到床上去睡觉了。

从手术之后，小姨父就依赖上了甘草，临走，他从我们家拿走了一大包甘草，那一片片像树根样的东西，成了他的宝贝，让他终身受用。

初中三年级的时候，我曾经在《现代汉语词典》里查到了"甘草"一词，里面的解释是这样的：多年生草本植物，茎有毛，花紫色，荚果褐色。根有甜味，可以入药，有镇咳、祛痰、解毒等作用。

第二年夏天，我和弟弟放暑假回老家去看小姨时，在阳光照耀的田边地头，小姨父拄着一把锄头，戴着一顶草帽站在那里，悠闲地品尝着甘草的味道，而小姨则弯着腰在地里挥汗如雨地锄草。他指着那绿油油的玉米说："仙生，路生，你们看到了啥？"

"棒子地。"弟弟路生抢着说，"全是棒子地。"

小姨父摇摇头，冲着我努努下巴："仙生，你说。"

我犹豫着说："小姨在锄草。"

小姨父很不满意地摇着头："你们只看到了你们看到的，却没有看到你们没看到的。"

我和弟弟都不懂他在说什么。

当我把地头这个场景说给父母时，母亲气得在屋里团团转，说："他怎么能这样，怎么能这样？这哪里像一个男人。这不是欺负我小妹吗？”

父亲说：“我早就说过，他就是这样的人，不切实际，好高骛远，眼高手低。你还不信。”

他恨我父亲。他明知他的结扎和父亲无关，可他仍然满怀着对父亲的幽怨，逢人便说是我父亲劁猪一样劁了他。在以后若干年里，他们的每一次碰面都不欢而散。一见到父亲他就怒目而视，仿佛是父亲让他堕入万劫不复的深渊似的。他们的关系变得十分微妙，父亲不止一次向母亲埋怨道，以后凡是小姨父的事，他一律不管。父亲说是这么说，可事到临头，他又不得不管。

为了自己的理想而奋斗的小姨父，不得不再次向我父亲低头，在时隔一年之后又来到了邯郸城里。

那时候父亲正在自学各种医学书籍，其中有一本是北京中医医院革命委员会编的《辩证施治纲要》，我曾经偷偷地翻看过，里面的望闻问切、六经辩证、三焦辩证那些词，我根本看不懂。父亲虽然没有行医资格，可是他一直想成为一个医生，他对中医有了浓厚的兴趣，他经常抱着一本《新编中药歌诀》，从早读到晚，像是唱歌一样，什么“桑叶甘寒肺肝经，清热明目祛痛风”，什么“黄芩味苦药性寒，归心大肠肺肝胆”，什么“桔梗苦平归肺经，解热镇咳祛痰脓”。一旦我们感冒发烧，头疼脑热，他格外兴奋，因为展示他学习成果的机会来了。他从单位里拎回一包包中草药，什么柴胡、苏叶、桔梗、甘草、麻黄、防风、黄芩等等，他一一地告诉我们那些陌生草药的名字，以及它们的功用。除了他，我们没有人关心它们具体有什么用，只要能让我们赶快把烧退掉，不再不停地咳嗽，就阿弥陀佛了。

小姨父这次来，看来是做好了充分的心理准备，打算向我父亲低头。他背着一口袋玉米面，特意拎着两包桃酥点心，还没进门，我和弟弟就闻到了那香甜的味道。他戴着一顶棉帽子，进了屋赶快把棉帽子摘下来，低眉顺目地对我父亲笑。真想不到，他轻易就把对我父亲的仇恨给忘掉了。

父亲正拿着一本医药书在看，他头也不抬，不吭声，假装没看到他，高声念诵着：“葛根辛平归胃经，发汗解热止疼痛；发热口渴呕吐泻，头身疼痛肩背凝。”

在父亲中药歌诀的诵读声中，小姨父表现得很耐心，他一直等着父亲的诵读到了一个段落，才说：“姐夫我来了。我的甘草吃完了。”

父亲继续读：“生地甘苦性大寒，心肾小肠心包肝；滋阴清热凉血液，降逆五血破瘀坚……”

小姨父装作很认真地听着，等父亲一停下来，他马上又说：“我给你买了桃酥。这家桃酥是咱县最好的，我跑了二十里地去买的。”

父亲屁股挪了挪，并不抬眼看他，目光停留在中药歌诀上。

小姨父并不气馁，他说：“我给你道歉来了，以前是我不懂事，该死。要不我给你……”

父亲适可而止，没让小姨父把那句话说完，他抬起头来，面露愠色，说道：“要不是他小姨哭着来求我们，我是千不该万不该再去招惹你的。又看你日子过得那么饥荒，仨丫头穿得补丁摞补丁的，连顿白面馒头都吃不上。算了，原谅你了。你能耐，你真行，我是服了你了。”

小姨父立即笑逐颜开，他急忙掏出烟来给我父亲点上：“你大人不计小人过，宰相肚里能撑船，饱汉子不知饿汉子饥……”态度极其谦恭。

父亲急忙阻止小姨父再说下去："越说越不像话了。饱汉子饿汉子都出来了，这哪儿跟哪儿啊。不过咱可丑话说到前面，以后可别再落埋怨。我不想做了好事还里外不是人。"

小姨父随声附和："那是那是。你是大好人。姐夫，你说你说。"

父亲不紧不慢地说："一是念在咱们是亲戚的分上。二是考虑你家里的情况确实也太艰苦，拉扯一大家子，也不容易。三是我正好和我们局管后勤的是战友。你到那里好好工作，也给我长长脸。别让人家说我这个介绍人的不是。"

"放心吧姐夫。我一定不辜负你的期望，努力工作，积极上进，为四个现代化贡献力量。你就看我的表现吧。"小姨父信誓旦旦地表白，让我和弟弟觉得非常可笑，就像我们在老师面前表态一样。

父亲为小姨父找的工作是烧锅炉，在交运局职工澡堂烧锅炉。小姨父暂时忘掉了他内心的悲伤，忘掉了他人生的目标与理想，开始快乐地烧锅炉。他对我父亲的态度大变，仿佛他从来就没有恨过我父亲一样，他千方百计地讨好我父亲，一到开支那天就来我家，给我父亲买包黄金叶烟，然后趁机在我们家蹭顿饭。父亲对他的态度不冷不热，言语也并不热情。小姨父肯定能感觉到父亲的冷淡，但他假装看不到，照样和我们有说有笑。他最喜欢看我父亲从单位里拿回来的《人民日报》，每次他都把报纸从头到尾看个遍。看完之后，他像是肚子里憋着太多的话想要说，而父亲又对他爱答不理，他又觉得母亲是个家庭妇女，与他想说的话不相配。所以他盯上了我，他就凑到正在写作业的我跟前恭维我两句："你看看仙生，多文气，啥时候都见你在学习。不像路生，在家里就见不到他的影。"然后他就借机把他满腹经纶向我倾倒。他像是发现了什么秘密似的告诉我说："你等着吧，我们国家很快会有大事发生。”

我头也没抬，好奇地问：“啥大事？”

“我也说不清，反正，我觉得要有很大的变化，我们都要有变化，再不能浑浑噩噩地混日子了。”

他指着《人民日报》上的一篇社论让我看，而且字正腔圆地用普通话给我读了一段，他那带着乡音的普通话听上去和说相声一样，逗得我大笑。我父亲瞥我们一眼，又埋头自顾自地看他的书。厨房中的母亲探过头问：“笑啥呢？”

我说：“没事，我小姨父变城里人了。”

父亲不知道是不是被我不断响起的笑声所吸引，他把书背在身后，走到我们面前，围着我们转了一圈，又回去坐下，继续读，并不时地向我们张望。

过了几天，我才明白父亲围着我们转圈的目的。

那些日子，父亲迷上了针灸，他手痒痒得难受。他经常手里捏着一根银针在屋里踱来踱去，那银针的闪光晃得我弟弟董路生头晕，他说：“我头晕，到外面吹吹风。”他推开课本，一溜烟地跑了。父亲并没有停止读书和踱步。原来他在找合适的时机、合适的人选来练练手。那天小姨父秦大贵是自投罗网。

吃完午饭，父亲终于按捺不住内心的冲动。他把小姨父按到椅子上，卷起小姨父的裤腿，露出瘦弱的膝盖和小腿。他拿出那个长条的小铝盒，打开，里面摆满了闪闪发光的银针。小姨父坐在那里瑟瑟发抖，他哀求道：“姐夫，我没病，不想扎针。”他眼里露出恐惧。

父亲轻描淡写地说：“你怕啥，谁没扎过针？一点也不疼。就跟被蚂蚁咬了一口一样。你连蚂蚁都怕，亏你还当过兵。”

“我没病，扎啥针？”小姨父反复强调这一点。

既然父亲找到了最合适的对象，他岂能善罢甘休！他按住小姨父因为恐惧而晃动不已的肩膀，就像当年结扎前安慰他一样：“没事的。一点也不疼。有没有病你知道啊？很多人得了病自己并不知道，你也是。我早就在观察你走路的姿势了，你一条腿总是向外撇，这说明你腿上的气血不畅，腿上的气血不畅就说明你有潜在的疾病，轻则腿脚麻木，重则半身不遂。”

不容分说，父亲把银针用酒精消过毒，便毫不留情地在小姨父的膝盖处下了手。小姨父及时地从兜里掏出一片甘草，快速地送进嘴里，响亮地吸了一口。我和弟弟都好奇地围着他们，睁大眼睛看着小姨父抖动的膝盖和脚踝。我母亲劝父亲：“他不愿意，你就别扎了。”

父亲固执地抢白母亲：“又死不了人，我这是在给他治病。他还得感激我呢。你说是不是？”他转身对小姨父说。

小姨父早就忘了该怎么说话，他的脸色发青，嘴唇发紫。

母亲不忍看，转身出去了。

小姨父的反应异常强烈，父亲的银针还没扎到他腿上，他就身体扭动，大呼小叫。父亲警告他：“你要是乱动，扎错了穴位，就不是我的事儿了。”

这句话真管用，小姨父立即吓得僵在椅子上，脸色由青变白，他颤抖着说：“姐夫啊，看在咱们是亲戚的份儿上，你一定要扎准了啊。”

父亲镇定自若地说：“放一百个心吧。我在梦里不知道扎了几百遍了。一点问题没有。”

不管父亲再怎么吹牛，毕竟这是他头一次针灸，再加上小姨父紧张得仍然有些晃荡的身体，父亲的自信心便打了些折扣。他的手也随着小姨父的身体晃来晃去，但内心那股无法遏制的兴奋，让他还是果断地扎下了第一针。于是我们便听到了小姨父那一声撕心裂肺的尖叫，看到了他腿上的鲜血。父亲也慌张了，他一时不知道下一步要干什么，而扎上去的银针还随小姨父的身体不停地摇动着。母亲应声从外面跑过来，惊呼道："咋了咋了？让你不要扎不要扎，你偏不信邪，自己又不是个医生，装啥大头蒜。"

父亲的第一次尝试以失败告终。可他并不气馁，那几天他吃不下睡不香，都在琢磨着为什么会失了手，他自言自语："按理说不应该呀。没错呀，一切都是按程序来的呀。不会错的呀。"他还去请教医院的老中医邢大夫，那个戴着厚厚镜片的老医生。

父亲还去澡堂的锅炉房找过小姨父，问他到底那天扎得疼不疼。小姨父煞有介事地摸摸膝盖，说："疼吧。"

父亲追问："你好好想想，到底疼还是不疼？"

小姨父犹豫了："好像有点疼。"

"到底疼不疼？"父亲并不死心。

"好像又不怎么疼。"小姨父说。

这些后来父亲在饭桌上转述给我们的话，让他彻底放下了心理包袱，他开始了又一次的冲刺，他摩拳擦掌，信誓旦旦。那个礼拜天他特意去请小姨父来家里吃饭。这让小姨父受宠若惊，连买一包黄金叶烟的惯例都忘了。父亲举着银针，问他："真的不疼是吧？"

小姨父说："不疼。"

其实，第二次还算是成功的。没有见到血，也没有听到小姨父的叫声，只是小姨父额头上的汗水比往常要多许多。所以，那个春天里，一到礼拜天，小姨父就成了我父亲练习针灸的靶子，他身体的各个部位都是我父亲下针的地方。身上扎满银针的小姨父，很安静地坐在椅子上，或者躺在床上，早就没有了恐惧与担忧。他甚至自得地看着《人民日报》。他鼓励父亲说："姐夫，一扎针我就觉得浑身舒坦，跟洗了次澡一样。"

父亲见惯不怪地说："洗澡哪能跟扎针比？洗澡只是把你身上的脏东西洗掉，扎针却是把你身体里的脏东西扎没了。"

有时候小姨父浓密的黑发丛中也长出来几根银针，而他低着头在那里看《人民日报》，很享受的样子。我问："小姨父，你说的大事，啥时候来呀？"

他指点着报纸说："快了快了。你就等着吧。有比你还急的人。"

我一直好奇小姨父为什么坚持说第一次扎在他身上的针不疼。他从来没有说过。这是他和父亲的一个秘密。

我不知道小姨父说的大事是什么，可是发生在他和我父亲身上的大事却来了。

先是小姨父突然辞职不干了。

不得不说，小姨父是个脑袋瓜灵活的人，他在快乐地烧锅炉的过程中，接触了许多经常在澡堂泡澡的人。有很多都是常客，小姨父就有机会去认识他们，有的人和他成了朋友。他生命的转机就是朋友提供给他的，他受了一个经常泡澡堂子的朋友启发，按着朋友的指引，要回村去开砖窑了。走之前，他破天荒地买了一只烧鸡、一包花生米、一瓶邯郸大曲，来和我们道别。此时的小姨父，充满着对未来的渴望，他眉飞色舞，喝了几口酒之后，就开始畅想着砖窑挣钱之后的生活。我父亲忧虑重重，问他："开砖窑好是好，可你没有经验呀。那可不是说把土和成泥，架到火上烧烧的事儿。"

“这个你放心。老张去和我一起干，他有经验，他在山西烧了五年的窑。”小姨父信心满满地说。老张就是他在澡堂子里交上的朋友。

母亲在旁附和着：“是呀，你和小妹商量没有？你别砖窑开不成，烧锅炉的工作也没有了。这工作你姐夫费了多大的劲才给你找来的。”

“烧锅炉算啥？”小姨父满脸的不屑，“我以后有了钱可以自己把澡堂子买下来。”

“你有钱开砖窑吗？”父亲问了一个非常现实的问题。

小姨父立即停下了筷子，脸色也变得忧郁起来：“这是主要问题，现在是万事俱备，只欠东风。”

“那你打算怎么办？”父亲问。

“借。”小姨父说，“我早就想好了。钱我从亲友处借，你们放心好了，姐夫，姐姐，我不白借你们的。就当你们把钱存到我这里，我比银行给你的利息多一倍，你们看怎么样？”

“好啊好啊。”母亲高兴地说。

父亲瞪了母亲一眼：“八字还没一撇呢，砖还没烧出来一块，你好啥好？”

父亲尽管一万个不情愿，但还是碍于亲戚的情面，借了五百块钱给小姨父，小姨父是千恩万谢，给父亲母亲许愿说：“我发了财，也要让亲戚们都富起来。”

他还分别从山东的大姨父、邢台的三姨父那里借了钱，带着一大家子人的期望，踌躇满志地回乡创业去了。

小姨父走后，父亲立志要当一个真正医生的步伐开始加快。父亲的事业在他做了足够的铺垫和准备之后，却并没迎来重大的转机。他一心想当一个医生的梦想迟迟无法实现。在小姨父走之后不久，父亲偷偷与中医科的邢大夫谈妥，在他那里过过当医生的瘾。如果单纯地扎扎针灸，不会出什么大事，后来他得寸进尺地竟然动了给患者治疗骨折的念头。这一次，惹了大麻烦了。后来母亲不止一次地埋怨父亲怎么就有那么大的胆子去给别人做手术，如果真的出了人命，你可让我们娘仨怎么办？

那是一个晚上，父亲一直没有回家，眼看着夜幕四合。我们坐在饭桌前等待着父亲下班回家。要是以前，我们都吃完晚饭了。直到夜里九点，父亲才拖着沉重的脚步回家。他阴沉着脸，一句话不说。坐了足足有半个小时，父亲才说出实情。原来，中午临下班时，邢大夫急着回家炖刚托人买的新鲜排骨，就让父亲临时盯一会儿班。药房里人手多，父亲乐得在外科里坐坐，体验一下当医生的感觉。没承想快吃午饭时来了一个被自行车撞断小腿的年轻小伙。小伙子疼得脸都变了形，但却咬着牙没有叫出声，这也给了父亲胆量，让他可以放手去接骨复位，他已经观摩邢大夫很多次了，各种步骤早就烂熟于心，虽然也有些紧张，可他还是一边在脑子里重复着每一个步骤，一边算是按部就班地把骨头复了原位，打了石膏。打完石膏，父亲擦了一下额头，才发现，自己的头发湿漉漉的。父亲瘫坐在那里，像是爬了一座山那般累，但心里却无比舒坦与愉悦。他打开窗户，让风吹在他大汗淋漓的脸上，都忘了吃午饭，坐在那里竟然睡着了。汗还没落净，一个美梦也没做完，他就被从椅子上拎了起来。小伙子的家人推着小伙子又来了医院，这一次，小伙子没有了刚才的坚强，那种钻心的痛苦叫声响彻医院的楼道。幸亏邢大夫不放心，早早地赶到了，他很快给小伙子重新接好了断骨。下午，父亲和邢大夫都被叫到院长办公室，被狠狠地批了一通。院长让他们停职，写出深刻的检查。

父亲并没有从这种越权行为中反思自己，反而纠结地问自己：“我明明是按照老邢的步骤做的，没有错呀。哪里出问题了？”看来，父亲想要当一个医生的贼心不死，不是一次挫折轻易能给打败的。

父亲要为自己的错误负责，他背了一个党内警告处分。邢大夫被全院通报，做出检查。

放暑假回老家时，我才真正明白小姨父所说的大事是什么。他领着我和弟弟，穿过一片树林，停在一片麦田边，远远地能看到泜河大堤上郁郁葱葱的树木迎风招展。据父亲说，泜河向北一直流，最后汇入滏阳河。父亲说，他小时候，能够坐船从老家到邯郸城。小姨父意气风发地指着麦田之中耸立起来的砖窑，和冒着一股黑烟的大烟囱，一排排红红的砖垛，以及忙碌的烧砖工，得意扬扬地说：“你们看看，这就是我的砖窑，我的事业。大事就是从这里发生的。”他穿着一件灰色的西服。西服并不平整，像是被揉搓过似的，皱巴巴的。他说：“我很快就能挣钱，你俩说，想要啥？”我想要一本写保尔·柯察金的小说《钢铁是怎样炼成的》，我弟弟路生说只想要一副拳击手套。

他一只手叉着腰，另一只手指点江山。小姨父不只领我和弟弟去过他的事业前沿。父亲、母亲，包括偶尔回来一趟的大姨父、大姨，都见识了他的砖窑红火的情景。他对他们说：“不出两年，我就能把投入的本钱都收回来。第三年就能盖上房子。让三个妮儿每天都穿新衣服，每天都吃饺子。”

父亲确实被眼前的景象震惊了。他没有表态，回城的一路之上都脸色铁灰，闭口不谈小姨父的砖窑，倒是母亲一直在喋喋不休地憧憬着能从小姨父那里分到多少高额利息。

从火车上下来，父亲才说了离开老家后的第一句话，他发着狠说："这都什么世道，秦大贵都能当上个砖厂厂长。"他没有说出他想的后半句话，但是我们都明白，父亲不甘心他永远是个在医院工作的行政干部，而不是个受人尊敬的医生。

谁也没想到，小姨父美好的事业会中途夭折。

砖窑开工后的第三年，我考上了大学。那年的秋天，在遥远的兰州，我收到了父亲一封热情洋溢的信，他在信中教育我要脚踏实地，不要好高骛远，并拿我小姨父来做反面教材。字里行间，透露着一股隐隐的幸灾乐祸。我这才知道，小姨父的砖厂出了事故。小姨父也落下了残疾。

砖窑发生了坍塌。小姨父去抢救烧窑的工人，自己也被砸在里面。小姨父被送到我父亲的医院时，全身上下都是砖灰和血迹，也不知道到底哪儿伤着了。小姨哭得死去活来。

小姨父万幸没有大碍，只是砸在了右脚上，少了三个脚指头，脚踝变了形，他在医院里和家里躺了两个月，再下地走路时就成了一个瘸子。他改变命运的努力被踩了急刹车，烧窑的工人死了两个。他变卖了砖窑，把所有的钱都赔上了，还是不够，又借了亲戚一大笔钱。他丝毫没有那种绝望的表情，反而安慰我父亲母亲："你们尽管放心，我还会东山再起，你们的钱我会加倍给你们。比银行利息的两倍还要高。"我父亲不信他的话，父亲说："你只要踏踏实实地种好地就行了，我们不稀罕你的利息。"其实父亲真没打算他能还得起这笔账。

我利用国庆节假期去看望过小姨父，脚上缠满石膏和绷带的他一点没有灰心丧气，眉飞色舞地给我讲起当时事故现场的情况，好像说的是发生在别人身上的事儿似的。他说："我当时应该想点什么的，对吧？比如想想欧阳海拦惊马，黄继光堵枪眼，董存瑞炸碉堡，可是我没有啊，现在想想真是后悔啊。我真的应该想点什么呀。想点啥才是正常的，你说是不是？不过我觉得自己挺伟大的，虽然牺牲了两个工人，好歹我也救出一个工人呀。我恨不得给我自己发个奖状。”

虽然他的话有些自吹自擂的成分，但基本也是尊重事实。不光是他自己，在我的头脑里，他的形象也在改变。我觉得我得重新认识小姨父。他身体里流淌着一股让我肃然起敬的血液，让我刮目相看。

但在我父亲的眼里，小姨父的形象就从来没有改变过，他夸夸其谈，不切实际，是一个好逸恶劳的典型。父亲在信中这样给小姨父下定义：“他终究会一事无成。”

小姨父却从来不相信自己的命运会在田地间徘徊，他那么地厌恶土地，想要让自己的家人过上好日子。为此，他愿意做任何事情，包括向任何人低头。

他第二次向我父亲低头是在脚伤痊愈之后，在乡间他已经寻找不到失去的梦想和远大的抱负了，他只能回到城里，继续寻找着机遇。这次，他拎着两瓶泥坑酒送给我父亲。我父亲虽然时常对小姨父充满着抱怨，可是当看到小姨父落魄时，他又涌起了无尽的同情心。扶弱济贫的心理让他忘记了对小姨父的那些偏见。

重新回到城里，成了瘸子的小姨父无法干重活，他在交运局职工医院当门房，收收报纸信件，看看大门。我父亲叮嘱他，这可是他拉下脸来求院长办的唯一一件事，他可别把工作搞砸了，让父亲脸面无光。

从外面半开的窗户看进去，小姨父似乎是一个安于现状、无欲无求的看门人，他平静地坐在那里，微笑着面对每一个进出的医院职工，闲散时看看报纸。弟弟董路生有一次和别人打架在医院里躺了两天，小姨父坐在他旁边，劝他以后别到处去给父母惹事，小小年纪不学好。

路生反唇相讥：“你不也是寄人篱下，看别人脸色混饭吃吗？”

小姨父愣了愣：“你怎么能这样说呢？你别看我现在在这里过着庸庸碌碌的日子，可是这里，”他用手指着自己的脑袋，“我这里从来没有停止过思想，从来没停止过对未来的梦想。你有吗？”

弟弟撇着嘴说：“我没有，现在痛快就得了，想啥未来。”

小姨父与路生话不投机，他还是愿意与我聊天，他觉得和我在一个说话的频道上。

小姨父用行动证明了他从来没有停止过奋斗的目标，有一天早晨八点，他在医院大楼口拦住我父亲，他拖着个残疾的右腿把父亲拽到他门房里，悄悄地对父亲说：“姐夫，我发现一个秘密。”

父亲纳闷地问：“啥秘密？”

“你们医院香火不旺的秘密。”他故意压低声音，好像怕别人听到似的。

父亲觉得很好笑：“你开啥玩笑，这又不是和尚姑子庙，什么香火旺不旺的？”

“你别笑。我是认真给你反映这个事的。”他探头向窗外开始来上班的稀少的人流看了看，放心了才说，“这虽然不是和尚姑子庙，可性质是一样的。你们医院如果看病的病人少了，你们肯定就挣的钱少。这个道理是一样的。”

父亲想了想，他觉得小姨父说得也有道理。我父亲工作的职工医院，背靠着交运局这棵大树，长期以来吃大锅饭，人浮于事，得过且过，确实是这个情况。没想到小姨父来了时间这么短，一下子就看出了医院存在的症结。

“要致富先修路。要想让病人都来你们医院看病，你们首先得把环境搞好了吧，让病人一进门就像到家了一样，他心里安生了，就能塌下心在你们医院看病了。”他拖着腿把父亲拽到大厅里，指着大厅的墙和房顶，“你看看你看看，破破烂烂的，灯有的亮、有的不亮，大厅里暗得总像是阴天要下雨。墙好像是盖了楼之后就没刷过，墙皮子都快掉光了，像一块一块的癣，这哪像是个医院？”

每天在这里工作的父亲，还是第一次打量自己的工作场所，以前是习以为常了，从来没有留意到这座七十年代建起的三层门诊楼，竟然如此破败不堪。他说：“你想说啥？”

小姨父一只手叉着腰：“当然是替你们医院分忧解难，我虽然只是医院的一个临时工，可我也有主人翁的精神。我在替你们着想呢，得先把大厅粉刷粉刷，换换灯泡，门上刷刷漆，焕然一新了，才能吸引病人呀。”

我父亲这是头一次打心底里觉得小姨父的话靠谱，他由衷地拍了拍小姨父的肩膀，离开小姨父去了药房，在那里放下包便去了院长的办公室。院长在办公室，父亲一口气把自己想说的话说出来，大意是在重复小姨父的话，应该把门诊大厅修缮一新。医院皱了皱眉：“耀先，你是药房的主任啊，这事归后勤管，你就别操心了。你把药房的事管好就行了。”

父亲碰了一鼻子灰，心灰意冷，从此再不提修缮门诊大厅的事儿。令他意想不到的是，半个月之后，早晨去上班时，门诊大厅却开始粉刷墙壁了。父亲站在大厅里，看着几个穿着蓝色工装的工人正在忙碌，热火朝天地正在刮墙皮，一时间竟愣住了。回过神来，他看到门房里的小姨父正冲他招手。他走到门房窗户那儿，小姨父神秘地小声说："你别声张。下班我和你说。"

一整天，父亲都心神不宁，不知道到底发生了什么。

下班时间总算熬到了，小姨父站在医院外面的路旁等着他。那个春天的傍晚，日头还没有完全落下去，站在那里的小姨父，在夕阳的映照下，脸上挂着暖洋洋的幸福笑容。父亲说，那种笑容他在秦大贵开砖窑时见到过。

小姨父点着一支烟，像是等待自投罗网的鱼一样等着父亲疾速地靠近。父亲急急地说："怎么回事呀？感觉这里面有你什么事。"小姨父淡定地吐出一口烟："当然。这是我一手策划实施的。"

父亲大吃一惊。

"你别吃惊。这些人是我从老家找来的，他们干这种活轻车熟路，一点也不费劲。"小姨父得意地抽着烟。

"你找来的？"父亲还不大相信。

夕阳把小姨父的脸映得红灿灿的，他眨巴着眼睛："确实是。这是我头一次去见院长，我觉得他人挺好的，说话和气，对人友善，通情达理。"

"你去见院长了？"父亲觉得有点不可思议。

"是的。"小姨父得意扬扬地说，"我不像你，你是为了公家的事。我是想着自己的私事，所以我没有空着手去。我给他送了两瓶丛台酒，一条石林烟，还有装在信封里的五十块钱。他就把这事交给我了。"

这件事情对父亲的打击很大，后来他多次和我们提起他当时沮丧的心情。他不明白，为什么他通过正常的渠道去反映问题，却得不到答案，而小姨父搞点歪门邪道却得了势。他气愤地说：“这是什么世道，什么世道！”

在我父亲的郁闷、疑惑与惊讶之中，小姨父开始了他的第二次创业，他不仅粉刷了门诊大厅，还粉刷了医院整个三层楼的所有房间。他没有告诉我父亲他究竟挣了多少钱。但是活干完后他特地请我父亲母亲下了趟馆子。这是我母亲人生中头一次下馆子，还是在我们那一带赫赫有名的燎原饺子馆。小姨父豪气冲天，大方地说：“饺子随便吃，酒敞开喝。”

我父亲本来酒量就不行，可是那天，他喝得有点多。被母亲搀扶着走出燎原饺子馆时，身体飘飘悠悠。舌头也大了，他努力想拍拍小姨父的肩膀，却总是拍到空气中，他含糊着说：“你真行，你真行。”

据我母亲说，那天晚上，喝多了酒的父亲还头一次流下了眼泪。母亲向我和弟弟透露，父亲是伤心的。多年来，父亲一直想要改变自己的社会身份，可是不管他多么努力，迟迟无法达到。我父亲“以工代干”的身份让他多年来感到压抑与郁闷，让他觉得低人一等。他最大的梦想就是成为一个正式的国家干部，摆脱掉始终记载在他档案里的“工人”二字。

小姨父捞到了烧窑失败后的第一桶金。干完这趟活，小姨父尝到了甜头，立即辞掉了门房的工作，在邯郸城里租了间小房，干起了招揽工程的活。他不辞辛劳，手写了很多粗糙的小广告，每天一大早就骑着自行车到邯郸城的大街小巷去张贴。他神秘的身影经常出现在一些我们从来都没有去过的地方。父亲曾经在去医药公司的路上碰到过小姨父，他骑着自行车去医药公司进药，在中华大街与丛台路交叉口看到一个熟悉的背影，他喊了一句“秦大贵”，果然是小姨父秦大贵。

他背转身来，说了声："稍等我一会儿。"他把那张手写的广告用糨糊刷到电线杆上，才转过来和我父亲说话。

父亲问："你干啥呢？"

小姨父憨笑着说："贴广告呢。"他把手中的广告递到父亲眼前，"我自己写的，请多批评指正。"

小姨父秦大贵文化程度不高，却写一手好字。白纸上的字写得潇洒漂亮。父亲没工夫看他的广告，他有点担忧地说："你这样行吗？有多少人看你的广告。电视上的广告还看不完呢。"

小姨父自信地说："会有的，会有的。面包会有的，活也会有的。反正我就记得一点，只要付出了辛苦总会有所收获。"

小姨父的自信并不是空中楼阁，实际上他的小广告发挥了作用。一周之后的一天，正在单位工作的父亲接到了一个电话，点名要找我父亲董耀先。电话里是一个瓮声瓮气的男人的声音，问我父亲粉刷六十平方米的房屋要多少钱。

父亲气不打一处来："我不粉刷房屋。"

那瓮声瓮气的声音更加生气："你神经病呀，你不粉刷房屋，乱贴什么广告？"

父亲这才突然意识到是怎么回事，他说："啊，我想起来了，是有这么回事。对不住对不住，我忙晕了。"

原来，没有固定电话的小姨父秦大贵，在广告上留的是父亲单位的电话。而且，过几天就会有电话点名找我父亲，询问有关粉刷房屋的事情。父亲非常气愤，他直接去了小姨父租住的地方。

父亲皱着眉："我问你，你小广告上留的是谁的电话，谁的名字？"

小姨父义正词严："你的名字，你的电话。"

父亲指责他："你怎么能这样，也不和我打声招呼，天天有人给我打电话，问能不能给他们家刷房子。干扰了我正常工作不说，你让领导怎么看我，还以为我搞什么投机倒把呢。"

小姨父挠挠头："哪有那么多道道，我不留你的留谁的？这么大个城市，我就你和姐姐两个亲人。你家里连个电话都没有，我只能留你单位的。"

"这么说你还有理了，你倒埋怨上我了。"父亲也拿小姨父秦大贵没办法，他只能告诫小姨父，"赶快把我的电话和名字改了，要不我就不替你传话了。"

小姨父厚着脸皮说："好好好，一旦我有条件了，立马就装个电话。到时候你有啥业务联系，就让所有人打我的电话，我天天去给你汇报。我不嫌麻烦。"

父亲被他逗笑了，他故意板着脸："我能有啥业务，需要你给我转。总之你赶快想办法，天天接你那些电话，都烦死了。我都成了你的业务员了。"

就在小姨父秦大贵的事业从电线杆上的小广告起步时，我父亲正在收获他事业的高峰，他从药房的代理主任被提拔成了主任，身份得到了认可，档案里那"工人"两个字终于改成了"干部"。那时候我正好放暑假在家，作为干部的父亲心情大好，他提议全家去丛台公园游玩，并在丛台之上合影，照了个全家福。照片中的父亲笑得灿烂无比。谁也不知道，他幸福的感觉持续的时间太短，就在他一心想要向人生的顶端冲刺时，他被时代的巨浪裹挟着，慢慢地滑入了人生的低谷之中。

父亲最早预言了交运局职工医院的衰败。

父亲头一次对自己的前途产生了动摇，是在那年的春天。他每天唉声叹气，像是灵魂出了窍。那年我正好面临大学毕业，他一再地叮嘱我要分到机关，千万不要分到企业，他说他那个自收自支的企业单位，说不行就不行了。父亲一封封地给我写信，目的只有一个，就是不要重蹈他的覆辙。他在信中写道，医院的效益好不好，我最清楚，每天从药房走的药已经不能和以前相比，一月不如一月，今不如昔，药就是医院的命根子，连命根子都没有了，医院还有什么救？就是从那年的春天开始，从他意识到医院的命运开始，父亲患上了失眠症，他开始吃安定片。从此，失眠伴随了他的一生。他把那个褐色的小玻璃瓶放在床头，那是他的安慰，看到它，父亲就看到了熟睡的自己。每天睡觉前他倒出一片白色的药片，不用水就把它咽了下去。

父亲在焦虑中打发着无聊的时光。他仍然替小姨父接听电话，而且他非常乐意为小姨父接听电话。每接一个电话，小姨父秦大贵都付给他五块钱。他认真地把电话里所有的话都记下来，记到一个他专门准备的小本子上。每周，小姨父都会揣着钱到我家与我父亲碰一次面，然后两人严肃地进行交接，一手交钱，一手交货。我母亲笑话他们，像是两个接头的特务。不过，通过这种特殊的联系渠道，拖着一条瘸腿、含着甘草的小姨父时来运转，装修业务开始渐渐多起来，他从老家招呼的工人从两三个，固定到了十个。除了粉刷工，他还拥有了瓦工、油漆工、电工，他俨然找回了当年开砖窑时的感觉，找到了一个小老板的感觉。

父亲在焦虑中等到了我毕业分配。如他所愿，我分配回邯郸，进了政府机关，做一个小公务员。他如释重负，从我身上看到了人生的希望。我报到那天，父亲特意破费在燎原饺子馆请我们吃饭，小姨父姗姗来迟，被我父亲毫不客气地说了两句，说他当老板了架子大了。好在，是个大喜的日子，父亲的说辞也算硬中带软。小姨父打哈哈说:“没办法呀，我现在是身不由己。你都不知道，业务有多忙。我生意好了，这说明大家的生活都开始好了，我们国家开始慢慢富强了。这是多么可喜可贺的事儿啊。”饭桌上，父亲又在感叹和忧虑他们医院每况愈下的现状。小姨父喝了两杯酒，接着父亲的话茬开始对交运局职工医院评头论足，他说，父亲医院那些同事没有一点奋斗的精神，每天只盯着那些柴米油盐的小事，每天只想着那些蝇头小利，哪能有大的作为，只能天天浑浑噩噩地混日子，等着发工资。他说得兴起，越说越兴奋，把他在医院门房里看到的、想到的，通通都说了个遍，还说老江每天就往护士那屋里钻，和年轻的护士们打情骂俏。小姨父说，你们想想，都是这些人，医院能有什么好。父亲再也无法忍耐，他拍案而起，酒杯应声掉到地上，摔了个粉碎，他冲小姨父说:“我们医院好与不好，也轮不到你在这里说东道西！”说完，父亲拂袖而去，这顿饭吃得不咸不淡，不欢而散。

父亲在焦虑中开始思索自己的人生规划。一个四十多岁的男人，突然间失去了方向感。有时候他故意放慢了吃安定的节奏，他睡得很晚，我看到过他在深夜的街道上踽踽独行，他落寞的身影令人心疼。在母亲的示意下，我跟在他的身后，他走得很慢，像是在等待着谁，或者等待着什么。夜晚，那条叫陵西大街的街道显得更为空旷和宁静，脚步声清晰可闻。那声音犹豫而焦躁，徘徊而忧郁。我看了看表，是午夜12点10分。后来他停了下来，等着我靠近。他平静地说:“坐一会儿吧。”十字路口，东西方向是贸易街，白日里是热闹所在，如今，只能在夜色中重温一下数小时前的喧嚣了。我们坐在路口的马路牙子上，父子间难得地在此时交流一下。父亲问我："工作怎么样？能不能适应？"

我回答："还可以，马马虎虎。"

父亲说："这个态度不好。你还年轻，怎么能马马虎虎呢！干什么都得有想法，有目标，有规划。"

我说："知道了。"

路口的灯光昏暗，十字路口没有行人和车辆。仍然可以闻得到街道上残留的蔬菜和肉的味道。

停了片刻，父亲又问："你想成为一个啥样的人？"

我从来没有思考过如此高深的问题，结结巴巴地说："就是，就是，好好工作。"

路灯光把我们俩的身影投射到我们面前，很短的一团，看不出是个人形。父亲摇摇头："这还远远不够。要做一个让人瞧得起的人。"

父亲独自徘徊在午夜的街头，一直想的问题就是要做一个令人敬佩的人，让人瞧得起的人。这个朴素的追求其实一直没有磨灭他的意志，即使焦虑如潮水般汹涌，他都在规划着自己的人生。他已经不满足于一名医院行政干部的身份，他在努力成为一个医生。他对我们说："我想让这身白大褂名副其实。"

父亲的努力终于得到了回报，他如愿取得了医师资格。他兴冲冲地把在单位单身宿舍住的我叫回家，向全家人宣布了一个决定，他郑重地说："我要承包医院的中医科。"显然他是经过了深思熟虑的。父亲介绍说，江河日下的医院准备把医院的个别科室承包给个人，以应对眼前的危机。他不想再这么庸庸碌碌地混日子，他想去参加承包竞争。父亲跃跃欲试，势在必得。一旦他决定了要去参加承包的竞选，母亲说，他竟然改掉了数年来对安定的依赖，不用吃药，睡眠出奇的好，就冲这一点，母亲表达了百分百的支持。我想起那个夜晚父亲说过的话，想起什么才是一个让人瞧得起的人，我也暗自为父亲的冒险举动喝彩。那个时候弟弟董路生还在遥远的内蒙古当兵，他没有参与我们的投票。

父亲得到了家人的支持，像是加满了油的发动机开始运转起来。他每天晚上回家后就趴在桌子上开始撰写竞选承包的报告，不停地和我商量，和已经成为一个生意人的小姨父商量，他是不耻下问。经过一周的准备，竞选承包的报告基本完成，父亲志得意满，拿着手里的报告就像是站在自己承包的中医科室里一样。不过，小姨父冷眼旁观，给他提了个醒："报告好不好是一回事儿，但能不能承包成是另一回事。"

父亲不高兴了："你怎么老给我泼冷水？你啥事儿都能成，到我这儿就干啥啥不成。你就说我是个废物呗。"

小姨父摆摆手："我不是那个意思。我是说，承包这事不是靠把报告写好就能拿下的。"

"那你说，靠啥？"父亲咄咄逼人。

小姨父闪躲着："反正得有点其他的功夫。我上次在燎原饺子馆说，你还不爱听，给我拍桌子。其实你把这件事想得太简单，你想想，那年你们院长为啥没听你的话，却听了我的话，让我去粉刷你们医院门诊楼？"

父亲执拗地说："反正我不搞歪门邪道，而且我也不会搞。我是医院的老职工，我当然有权利和资格承包医院的科室。"

小姨父看说不动父亲，便放弃了："好吧好吧，我专门搞歪门邪道行了吧。”

真的让小姨父说准了，结果在一个月后出来了，父亲落选了。中医科被一个福建人承包了，福建人到医院来的第一天，到每个科室去送礼，一个包装得很漂亮的纸袋，每人一份。父亲没有打开，直接把那个有点分量的纸袋丢到了垃圾箱里。

挫折再一次拥抱了父亲。他重新到药物之中寻找睡眠的质量，再次恢复了吃安定片，而且加了倍，两片。

时间是从小姨父的身体上偷偷溜走的。他像是一夜之间就圆了起来，成了一个胖子。他早就解雇了我父亲，不需要父亲替他接电话了，开始是 BP 机，后来是大哥大，现在有了自己的爱立信黑色手机。他成立了自己的装修公司，忙得一塌糊涂。他比我们穿着都讲究，比我们更像是一个城市的成功者。唯一没有变的就是他的爱好，吸吮甘草的爱好。

我提了职，理论研究室的副科长。结了婚。巧合的是，我妻子肖燕是市第一人民医院的内科医生，她是正牌医科大学毕业的。父亲对我的婚事非常满意，经常和我妻子在饭后聊天，听她讲讲他们医院的事情，还是药房主任的父亲听得很耐心，而且会不住地赞叹：“还是大医院正规，还是大医院正规，好好好。”

1997 年的夏天，缺了三个脚趾且自感身份地位陡增的小姨父秦大贵，突然想到了他身体上的另一个重大缺陷。对于他来说，那个夏天并不太阳光明媚，而是有些忧郁。

最早捕捉到小姨父心理变化的是我的父亲董耀先。我跟随领导到上海开会，一周之后刚到家，父亲就急匆匆地把我拉到卧室里，小声问我：“你小姨父找过你没有？”

我说："没有啊，他找我有事呀？"

父亲先叹口气，然后才说："他是有钱烧的，开始往回倒腾了。"

"倒腾啥？"我问。

父亲的叙述满是对小姨父奇怪想法的鄙夷，他说："这就是历史，过去的事，你能改吗？改不了。"

父亲头脑中，小姨父的念头与太阳从西边出来一样不可靠。小姨父在那天下午出现在医院时，表情与父亲开始渐渐熟悉的那种趾高气扬的风格大不相同，显得郁郁寡欢，坐在药房里掏出烟就抽。父亲说："走走走，到外面去抽。这哪儿是抽烟的地儿。"

他们站在交运局职工医院的院子里。小姨父自顾自地说："那年我来你们医院做手术时，医院就是这个模样。"

父亲上上下下重新打量了一下自己的身家性命都寄托在上面的医院大楼，不得不承认："是的，已经快二十年了，楼旧了，人老了。"

小姨父说："我怎么觉得十几年前的事就像发生在昨天一样。"

父亲轻描淡写地说："不可能，我早就忘记了。"

"我忘不了。"小姨父提高了声音，甚至有点歇斯底里。

父亲看了看小姨父有点不自然的脸，他问："你咋想起十几年前的事？"

小姨父咬着牙："我忘不了。我每天都在想这件事，所以每天它都像是刚刚发生一样。"

父亲问："你还能感觉到疼？"

小姨父说："是的，疼。"

父亲努力回忆着："我记得你说不疼。就跟被蜜蜂叮了一口似的。"

"开始是那样，但疼的感觉越来越强烈。"小姨父说，"疼得我都睡不着觉了，我真想找你要点安定，每天都睡不醒。”

父亲嘲笑他：“你要是天天睡不着觉，也不至于现在这么胖。你看看你都胖成啥样了。”

小姨父并不在乎我父亲的讥笑，他沉浸在他描绘的痛苦中，他说：“姐夫你得帮帮我，你不能把我推入火坑就不管不顾了。”

父亲说：“帮啥呀？”

小姨父说：“十几年前，你让我失去了做男人的尊严。今天你得帮我把它找回来。”

父亲大吃一惊：“你胡说什么？第一，当年你做手术又不是我逼着你做的。第二，我没法帮你找回来。”

小姨父说：“能的。我打听清楚了，可以重新做手术把它恢复好。据说也是一个很小的手术，很简单的。”

父亲摇着头：“那不行，再小的手术也是违纪的。我不能帮你这个忙。再说，你恢复了又能怎样？你现在公司有了，钱也有了，姑娘也都大了，老大都上大学了。你还想要啥？”

“我想要个儿子。”小姨父脸色凝重，“要不，我这么大个产业，以后交给谁？”

父亲生气地说：“你闺女不是你生的？”

小姨父说：“理儿是那个理儿，但闺女和儿子是不一样的。你有俩儿子，当然站着说话不腰疼。”

不管小姨父怎么说，怎么哀求父亲，父亲都义正词严地给拒绝了，他说：“这是我做人的底线，坚决不能碰。”

在这个困扰了他十几年的问题上，小姨父看来是决心已定，他说：“你不给我面子，不帮我。我去找仙生，他媳妇也是医生，比你还正宗。”

父亲忧虑地对我说：“他找你，你说啥也不能答应，这是路线方针的事儿，是犯错误的事。你和肖燕都还年轻，可不能干这种毁前程的事儿。”

我说：“我以为多大的事。知道了，爸，我叮嘱肖燕，不帮小姨父这个忙就是了。”

父亲仍然放心不下，他还专门给肖燕打了电话，千叮咛万嘱咐，要她切记不要帮小姨父这个忙。肖燕对我说：“爸是不是有点岁数大了，这点事说了大半天。”

我说：“对他们来说，这是大事。”

不出父亲所料，小姨父果然找到了我。我说：“小姨父，你来找我是有事吧？要不你也不会浪费你挣钱的时间请我吃饭。”

“我说啥来着，还是大学生聪明，有道行，有知识，有文化。不像你爹，说半天不知道说啥，讲不明白。不知道是真不明白还是装不明白。”小姨父说。

我抢先说：“不行。”

小姨父说：“我还没说啥事呢，你咋知道不行？”

我说：“不行就是不行。小姨父，道理你比我们懂，不用我说了。我不想让肖燕以身试法，纸包不住火，万一真出了事，你让肖燕以后咋工作？”

小姨父苦口婆心：“你和你爹一个德行，都是死脑筋。这么多年，我经了多少事多少人，要是都像你爹和你这样的人，我啥事都干不了。我给你爹医院院长送了多少礼、多少钱，人家院长还不照样当着，还管着你爹，你爹倒是瞎清高，还底线啥的，还不是归人家管。”

小姨父秦大贵最后急了，他以情动人，他说：“你想想以前，你上大学时，都是半夜里上火车，哪次不是我骑着自行车送你到火车站，火车根本挤不上去，我还得想法把你从车窗户推进去。哪次送你我不累得臭死。你从兰州回来，到车站接你的不也是我，大包小包的，不都是我替你扛着？”

他说破了天，我也没有松口。我说：“小姨父，一码归一码。你对我的好，我永远记得。但这事没商量。不行。”

小姨父把车停在路边，让我下了车，他忘了他要请我吃饭的事，他气鼓鼓地说：“你真是你爹的儿子，又臭又硬。”

其实我和父亲心里都明白，在偌大的邯郸城里，已经深深地扎下根来的小姨父秦大贵，认识的远远不止我们一家人，他的人脉甚至比父亲还要广，他要干的事儿，还真不是我们能阻止的。

我们的担忧很快就变成了现实。

十几年后，他再次上了手术台，成功地恢复了他男人的尊严。他没有第一时间把这个消息告诉父亲，而是给我打了个电话，他的声音明显明亮高亢，可他故意说得轻描淡写，他说：“很简单的，就半个小时的事儿。你记着啊，你姨父还是二十年前的姨父，质量上乘，如假包换。可别搞混了。”

他没有说在哪家医院做的手术，他也没有叮嘱我不要把消息向外散播，他寥寥数语把事情讲明白后就挂断了电话，这不太像他的风格。我第一时间告诉了父亲。父亲沉默良久，然后说：“奇怪。”

我问他：“有啥奇怪的？”

“这不像他。”父亲说。

我说：“我也觉得。”

父亲又有了疑问，忧虑地说：“你说，他要干啥？”

“生孩子呗。”我不假思索，脱口而出。

父亲接着抛出了最尖锐的问题：“和谁呢？”

我想说我小姨，可我想想小姨的年龄，“小姨”两个字就没说出口。我说：“也许小姨父只是想做回男人。”

父亲摇摇头：“我了解他，不可能。他一定有啥鬼主意。”

小姨父悄悄地又挨了一刀，未做任何声张。父亲说：“越安静就越可怕。”

父亲的预言变成了现实。

秋天里，传出了小姨父有了儿子的消息。消息的来源是伤心欲绝的小姨，那天她突然从乡下跑到了城里，在我们家里一把鼻涕一把泪，哭得死去活来。我赶到父母家时，她的哭泣还在持续，她已经向我父母诉说了一番，又哭着向我复述着经过，她一边骂我小姨父一边讲。我大致明白了事情的原委。怪不得我父亲说我小姨父不靠谱，他偷偷与其他女人生了儿子，却怎么也抑制不住内心的狂喜，打电话给我小姨，向她报喜。小姨说，她一听到这个消息就气得昏死过去了，第二天就来了城里。她不住口地骂我小姨父是没良心的挨千刀的，她在家里替他照顾着一个瘫痪的父亲、一个生病的母亲，他却在城里拈花惹草，居然生了个野孩子。

我母亲问小姨：“孩子的事爷爷奶奶知道不？”

小姨突然停止了哭泣，眼泪挂在脸上：“知道。”

母亲又问：“那他们啥反应？”

小姨一拍大腿，又猛烈地哭起来。看她这反应，小姨父的父母肯定也是欣喜若狂。

我父亲面有怒色，说道："我就知道他肚子里憋着坏水，看吧，果然是。啥人干啥事。"

兴师问罪团的成员不包括我小姨，父亲怕到现场局面失控，也怕小姨情绪过激，会有什么不良的后果。所以，母亲在家里陪着悲伤过度的小姨，父亲、我和肖燕去见了小姨父。地点在机械局职工医院，在医院门口，父亲停下来看了看医院的招牌，上面写着"康美医院"。父亲皱了下眉，嘟囔了一句："这什么鬼名字。这不是机械局职工医院吗？"父亲不知道，那个时候，机械局医院已经提前改制成现在的医院。

小姨父在医院大厅里等着我们。他喜形于色，嘴里仍然含着甘草，咧着嘴一直笑，我们阴沉着脸，还没向他问罪，他却压抑不住自己的喜悦，说道："同喜同喜，谢谢你们来捧场，谢谢谢谢。"他还掏出喜糖往我们手里塞。我和肖燕尴尬地接过喜糖，而父亲吊着个脸，并没有接。父亲说："我们不是来道喜的。"

"都一样都一样。"小姨父说。

"那可不一样。"父亲正色道，"我们来是谴责你的，批判你的，审判你的。"

小姨父仍然笑得合不拢嘴："都一样都一样。"

不管父亲如何动怒，把事情说得如何严重，小姨父都用笑脸挡回来了。他说："大老远来了，总得去看看我儿子吧，你们看了准喜欢。太他妈的可爱了，一看就是我儿子。"

他硬拉着父亲向病房里走，父亲身体僵硬，被他拉着向前走。父亲说："你松开我，你先把你的问题说清楚。你怎么对得起他小姨，怎么对得起你那三个姑娘，你良心何安，你……"

父亲的话还没说完，我们已经来到了病房里，父亲突然中止了对小姨父的声讨，目瞪口呆地盯着病床上坐起来的那个年轻女人。

小姨父松开父亲的胳膊，走到病床前，笑着说：“也不用多介绍，你们认识比我早，以后都是一家人了，就不用太客气了，哈哈。”

我盯着那个女人，似乎感觉到在哪里见过似的。她比小姨年轻许多，也就三十岁左右。父亲好像一时间停止了思想，僵在那里，脸通红，不说一句话。

床上的年轻女人先开了口，叫了声：“董主任。”

小姨父说：“还叫啥董主任，叫啥董主任，叫姐夫，一家人不说两家话。是吧姐夫？”

父亲语无伦次地说：“啊，啊啊啊。”

女人羞涩地叫了声：“姐夫。”

父亲竟然也脸有羞色，他拽住小姨父向外走。我们跟着他们出了病房，不知道发生了什么。走到离刚才的病房远一点的地方，父亲停下来，怒气冲冲，指着小姨父：“你给我说清楚，到底咋回事呀？你说。”

小姨父镇定自若，吸着甘草，一脸的满不在乎：“啥咋回事呀？”

父亲说：“苏若瑜，苏若瑜咋回事？”

我这才明白，坐在病床上的年轻女子叫苏若瑜。记忆慢慢浮现出来，我认识她，她给我打过针，是交运局职工医院的护士，是交运局职工医院打针最好的护士。每次我去都找她打，很轻很温柔，不疼。

小姨父依然不恼：“你不都看到了吗？她现在是我儿子的妈，是你外甥的娘。”

父亲说：“我不是说这个，我是说，她怎么会和你，那个那个……”父亲有些说不出口。

小姨父说：“你不就是想说，她怎么会和我搞到一起。很简单。我在你们医院看门时就留意到她了，年轻漂亮，性情温和，脾气好。可我那时是个穷光蛋，不可能有别的杂念，就算我有什么想法，也不敢有啊。只是觉得你们医院里，除了姐夫你，就她最好。现在我不是有杂念了吗，敢想了吗？我也不是穷光蛋了。想有个儿子的想法又不是一天两天的事，是几十年的事，这你都知道。所以一旦找回了以前的身体，我就琢磨怎么实现我的梦想，我琢磨来琢磨去，就想到了她。所以我们就在一起了。”

父亲打了个寒战，这事发生得太突然，他一时接受不了。在父亲脑海中，苏若瑜是个没有什么心机、单纯善良的姑娘，就是婚姻大事迟迟无法解决。她这种角色的转变，短时间内不可能让父亲适应。他感叹道：“太离谱了，太离谱了。”

我们再没有返回病房。父亲带着我们，匆匆逃离了医院。在小姨父迎来他的生命第二春之时，父亲却拉开了他人生戏剧中灰暗的一幕。

我小姨在邯郸城里只待了三天，她没有见到苏若瑜，只见到了兴高采烈的小姨父秦大贵。小姨父拳不还手，骂不还口，虽然摇摇晃晃的身体承受着痛楚，却依然吸吮着甘草，一脸陶醉的样子。三天里，小姨哭够了，悲伤够了，痛苦够了，可她和我们一样，没有任何能够改变局势的办法。她身心俱疲，像个死人。老家里的两个不能自理的老人，却每天晚上出现在她的脑海中，让她无法入眠。第四天一早，放心不下的她还是背着沉重的悲伤，踏上了返乡的路程，临走，她对我父亲和母亲说，就是全天下的人都认了那个孩子，她也不认。

很长时间里，我小姨都无法从伤痛的阴影中走出来，她尽心尽力地照顾着小姨父的父母，即使当他们偶尔谈论到他们的孙子露出欣慰的笑容时，我小姨也没有生出对他们的怨恨，她只是把所有的恨都怪到钱上，她觉得一切都是钱多惹的祸。如果不是因为有了钱，小姨父不可能做这种事。可是这个想法又让她陷入了深深的困惑中，如果没有足够的钱，她的三个宝贝女儿怎么能上得起学，她家的房子怎么能成为全村最气派的房子？我小姨就是在这种悲伤与困惑互相交织的岁月里，慢慢地变得白发丛生，皱纹堆积，看上去比我母亲要老好几岁。

小姨既痛苦万分，又没有决心丢下老人不管不顾，她只能在谴责小姨父和自己承受痛苦中徘徊。

而小姨父再次成为父亲口诛笔伐的对象。他渐渐地冷漠了小姨父，也建议我们远离小姨父。他再次断言："我早就说过，别看他风光，他长不了。真正干大事业的人都是心胸宽阔、善良正直的人。你看看他，那么卑鄙无耻，那么肮脏下流，简直就是二流子的做派。"

父亲小心地处理着他与苏若瑜的关系，他心情很不爽，很复杂，把所有的罪责都怪到小姨父身上，他当着我们的面没少数落小姨父，他说："国家怎么就不管管他呢，我们犯个错误还背个处分，谁来处分他呢？"

当小姨父的儿子一岁半时，他又做出了一个令我父亲意外的决定，就是要入股我父亲工作的交运局职工医院。这对我父亲来说是一次致命的考验。

交运局职工医院就像是深秋的树叶一样，眼见着就一天天枯萎下去。早就预见了医院前途的父亲也依然无法接受它没落的结局。改制的文件一个月前便下发了，整个医院里人心惶惶，谁也不知道改制对他们每个人来说，意味着什么。那段时间是父亲最难的日子，父亲更加焦虑。他意识到，曾经预言过的人生灾难，终于降落下来了。他天天唉声叹气，像秋天里仅存的蝉。

父亲是较早知道医院最终命运的那些人之一。他在惶惶不可终日中等来了一个人，小姨父秦大贵。父亲并不知道，满面春风的小姨父是来宣告他的命运的。小姨父说："姐夫，告诉你个好消息。"

父亲阴沉着脸，郁郁寡欢地说："我能有啥好消息。混吃等死。"他看着小姨父嘴巴不停地嚅动着，那甘草的味道像是能从他嘴里溢出来，在屋里蔓延，父亲觉得那味道是苦的。

小姨父说："姐夫，你可得坐稳了。"他把我父亲按到沙发上，"你坐得稳稳当当的，我怕这么大喜事落到你头上，你受不了。"

父亲满脸的不屑："你的喜事都是你的，跟我有啥关系？"

小姨父这才搬把椅子，坐到我父亲对面，庄重地说："姐夫，我又做了人生中一件重大的决定，这事与你有关。"

父亲嗤之以鼻："你做的任何决定都跟你自己有关，关我屁事。"

小姨父不再卖乖，直截了当地说："我入股了交运局职工医院。"

这句话对我父亲来说，比晴天霹雳还要严重。他看了看小姨父一本正经的表情，意识到了小姨父不是在开玩笑。父亲后来对我说，他当时就觉得自己的血脉被一下子冻住了，冰凉冰凉的。他抓住小姨父的袖子，他能感觉到自己的手在颤抖："你说的是真的？"

"当然是真的。"小姨父自豪地说，"我还做出了另外一个决定，这就和姐夫有大关系了。我想让你当医院的院长。"

接下来，小姨父苦口婆心地说了一番大道理，他说，他干所有的事都是深思熟虑的，是要干好的。他动情地说：“姐夫，在我最困难最灰暗最需要帮助的时候，你总是能伸出援助的手，是你最先给了我勇气与决心。我来到了邯郸，虽然只是个烧锅炉的，但让我积累了最初的经验和信心。后来开砖窑，你给我提供了资金支持。开装修公司，也是姐夫你替我接电话，把一桩桩的生意送到我面前。这一次，无论如何，你得再帮我一把，姐夫。我是个门外汉，我之所以敢这么痛快地入股医院，就是因为有你在。有你在，我就觉得心里踏实牢靠，就觉得投入多少钱都能有所回报。”小姨父说得情真意切，他自己都被感动得要掉眼泪了。

那是父亲的多事之秋，那年父亲五十五岁，即将步入人生的最后一公里路程，却要面临着痛苦的抉择。

那天傍晚，父亲召集我们开了一个家庭会议。母亲兴高采烈，下午她给我们每个人打电话时都会补充一句：“你爸这回要扬眉吐气了。”可看父亲愁眉不展的样子，不像是一个要当院长的人、一个扬眉吐气的人。

大家一致支持父亲去当这个院长。

母亲说：“你干了一辈子想得到啥，不就是想让人家都看得起你，得到大家的认可？”

我说：“你在这个医院待了快一辈子了，你对医院最熟悉了，知道问题出在哪儿。医院要想重整旗鼓，怎么改，你是最合适的人。”

肖燕说：“这是最好的实现人生价值的机会。”

路生说：“爸，你常跟我说，机会来了，可别让它溜了。”

在家里人一致的支持声中，父亲保持着沉默。

其实，父亲要当医院院长的消息在不知不觉中已经扩散了。开始有父亲的老同事上门来请他喝酒，请他以后多多关照。

那些昔日的同事，此时此刻，都面临着人生的重大选择，要么领取一定的钱走人，要么留下来继续工作。两者选其一，没有任何其他的选项。内科主任老蒋比父亲还年长一岁，他说："这个岁数了，领点钱就回家养老，丢人。可单位性质完全变了，一个国家的人，怎么就成了一个私企老板的人了？真想不明白，想不明白呀。"像老蒋这样的大有人在。他们无法接受被彻底扫地出门的命运，只能委曲求全地继续在医院里工作。他们对我父亲说："你要当院长了，可得照顾一下老同事呀。"我父亲越否认，他们就越不高兴，以为父亲不念旧情，也变得和那个他们不懂的什么股份一样无情。到后来，父亲干脆谁请客吃饭都去，不承认也不否认。谁送礼都照单全收，只是父亲认真地把礼品清单记在一个小本子上。

有一天深夜，床头的电话突然响了。母亲打来的，她焦急地让我回去一趟，说是半夜里她惊醒，发现床上的父亲不见了，母亲急得哭泣道："这大半夜的，他到哪儿去了？"

我打了辆出租车，在寂寥的街道上寻找着父亲。我清晰地记得当年我跟在他身后，看着他落寞的身影缓缓移动的场景，那是多年前的陵西大街，当年的燎原饺子馆已经被一个高大的商场所代替。夜晚中，商场巨大的影子让街道显得并不那么空旷。父亲没有在此踯躅。我抱着试试看的心态，让司机把车开到交运局职工医院。果然，在无垠的夜色之中，父亲站在医院大院里，正仰头看着被黑暗紧紧包裹着的门诊大楼。"来了？"父亲听到了我的脚步声。

"嗯。"我轻声说，唯恐打搅了父亲。

我挨着他向空中观看，什么也看不到，连门诊楼的轮廓都看不清。但他一直就那么执着地仰着头。

出租车远远地等在那里，已经熄了车灯，连出租车都隐在了茫茫的黑暗之中。而父亲则向夜空坦露着他的心迹："我在这里工作了整整二十六年。我爱过它，恨过它，怨过它。这一阵想想，它就像是一个兄弟，我和它在一起成长，一起变老；一起高兴，一起烦恼；一起得到荣誉，一起受到处分。要真的做出离开的决定，还真舍不得。"

我没有说话，此时，说任何话都是多余的。看来，父亲已经做出了他最后一次人生决定。

"你学过辩证法吧？"父亲问。

我说："学过。"

借着暗淡的月光，我看到父亲的头发坚硬地向上竖着："任何事物都有辩证法。身体有疾病了，就有一套分析解决的办法，叫八纲辩证法。我们老祖宗把身体的疾病分为八纲，阴、阳、表、里、寒、热、虚、实。万变不离其宗，所有的病都离不了这八纲。一阴一阳，哪方面多了或者少了，都不行，得达到平衡，做到阴阳和谐、表里如一、寒热均匀、虚实统一。这个院子、这座楼已经存在了快三十年了，它还那么坚固，可是它已经跟不上社会的步伐了，阴阳不和谐了，表里不如一了，寒热也不均了，虚实也不统一了。你说它不出毛病才怪呢。"

我静静地听着父亲的八纲辩证法，我不大懂，但隐隐地感觉到其中的一些深意。他在用八纲法来比喻医院的命运和他的人生呢。

他继续说："就拿我和你小姨父来说。其实我们俩都不能算是阴阳和谐的人，不过，你想想，谁又能真正做到这一点呢。你小姨父是阳盛阴虚，虽然他年纪轻轻的就做了结扎手术，按说他应该阴气上升，阳气下降，可他正好相反，只知道一路向前猛攻猛冲，他的症状是精神亢奋，气粗面赤，脉数大有力，属阳证。我和他有些相反，典型的阴证特征，精神委顿，语音低微，面色灰暗，目光无神，动作迟缓，瞻前顾后。”

他停顿片刻，也许这个想法在他脑子里想得太久了，叹了口气：“每个人有每个人的命数。”

我在想我自己的命数，按照父亲对人的理解，我不知道我的阴阳辩证关系如何。

“你爱你现在的单位吗？”父亲仰视的姿势并没有变，他突然转换话题问我。

我想了想说：“不爱。”

“那你怨它吗？”父亲又问。

“不怨。”我老实回答。

父亲重重地叹了口气，说道：“走吧，你明天还要上班。”

父亲做出的决定令所有人大吃一惊。小姨父第一时间赶过来，疑惑地问父亲：“怎么会这样？”

已经打定主意的父亲反而很轻松，长时间以来的心理负担全部卸了下来，他红光满面，笑逐颜开：“就不麻烦你替我着想了，我的人生我自己做次主。”

小姨父说：“姐夫，你真行，给我当头一棒。你说说你，怎么想的，这么大一个医院，让你来当家做主，让你扬眉吐气一回，你不干，却非要自己去开个小诊所，你开过诊所吗？你当过医生吗？治好了万事大吉，皆大欢喜，如果给人家治坏了，治死了，你咋办？这些你都想过吗？”他急得把甘草都吐到手心里，扔到了垃圾桶里。

父亲说："你以为我这些天都在做美梦，当院长呢。我在想我自己的前程，我想得一清二楚。"

小姨父气鼓鼓地走时，撂下一句话："你早晚会后悔，吃回头草的。"

听到消息的老蒋拿着一瓶丛台酒找上门来，与父亲开怀畅饮。老蒋无限感慨地说："我怎么就没有你的胆量和勇气？"

父亲说："我觉得人生就是一个慢慢地从不明白到明白的过程，只要是想明白了，人生就没有白活。"

那天晚上，两人悲壮地共同回忆了在交运局职工医院工作的点点滴滴，两个不胜酒力的人喝下了那一瓶酒，都喝得东倒西歪。父亲非要送老蒋出门，两人在夜晚的大街上高声唱起了歌，一首又一首，直到把嗓子喊破。

母亲一直以为父亲的选择是一个最大的错误，她始终都无法从这个有些悲观的念头里抽身而出，整天闷闷不乐。我劝慰母亲："想开点吧。你没看到爸爸做出这个决定后有多快活。我觉得有几十年没有看到父亲这么无拘无束的快乐表情了，尤其是这几年，当他意识到医院不行后，很明显地，他的笑容减少了许多，他吃安定的剂量也增加了。我觉得爸爸都有些抑郁了，你没发现他焦虑、烦躁、发脾气的次数越来越多了吗？你是想让他快快乐乐地生活，还是想让他继续每天闷闷不乐的？"

母亲思忖良久，说："我以为，他当个院长会快乐起来。"

我想起暗夜之中父亲说的那八纲辩证："我觉得这才是我爸做出最终决定的关键因素。你觉得他愿意接受我小姨父施舍给他的权力吗？"

母亲陷入了沉思。

“在我爸心中，从来就没有觉得我小姨父做的每一件事是正确的，他也从来没有佩服过小姨父的做人做事原则。如果让我爸接受了小姨父的建议，就等于是让我爸认可了小姨父的做人做事原则。”我越说越觉得自己在慢慢地懂得父亲那套阴阳辩证的道理。

在所有人的质疑声中，父亲成为少数从医院里办理离职手续的人之一。他心怀坦荡地开始筹办属于自己的诊所。2000年的夏天，父亲拿到营业执照时，开心得像个孩子。他在他住的那栋楼的一楼，租了一个单元房，简单装修之后开业了，诊所的名字是他自己起的，叫“明阳”诊所。他把那个营业执照挂在房间墙壁的正中央，每天都仔细地擦拭一遍，站在那里认真端详。

小姨父的医院稍早一个月开业，老蒋当了院长。老蒋一扫当时与我父亲喝酒时的失落情绪，上任的第二天就请我父亲喝酒。父亲欣然应约前往，此时两人喝酒的心态与前次大不相同。他们都完全放松下来，喝酒的氛围就没有当时那么悲壮。老蒋容光焕发，拿了一瓶珍藏了二十年的丛台酒，笑着激我父亲：“我们俩还能不能像上次一样把它喝掉？”

父亲痛快地说：“能啊。谁怕谁啊。”

他们并没有像上次那样缅怀美好的过去，而是在畅想未来，并且像两个小伙子似的互相鼓励对方，要把自己的事业做好。两人果然喝掉了那瓶酒。令两人奇怪的是，他们居然没有像上次那样东倒西歪，一点也没有头重脚轻的感觉，意识很清醒。老蒋问父亲：“这是怎么回事？”

父亲说：“上次是阴阳失衡，这次我们找回来了。”

父亲在寻找他的阴阳平衡，他的小诊所慢慢地有了点起色，他专门用中医治疗一些疑难杂症，小诊所虽然不能说病人盈门，却能让父亲找到一个做医生的自豪与荣耀。小姨父却不管那一套，他的生意越做越大，他商业的版图横跨了装修、房地产、医院、贸易，什么挣钱他做什么，他成了邯郸城里有名的精英，当选了区政协、市政协委员，他的身影经常出现在电视上，做访谈，接受采访，他说话的腔调和那些当官的几乎一样。他的身体越来越胖，走起路来越发显出腿脚的毛病。有人私下里管他叫瘸腿大亨。

2010 年，小姨父的身体突然消瘦下来，两颊的皮都往下耷拉着，在自己医院检查的结果不好，小姨父不信，又跑到石家庄、北京检查了个够，结果都是一致的：他得了癌症。那之后小姨父踪影皆无，没有人知道他去了哪里，就连苏若瑜也不知道。一个月后他才露面，他出现在父亲的诊所。他戴着一顶大檐帽，一身休闲的打扮，非常低调。他坐下来，环顾明阳诊所那间并不宽敞的房间，他说："姐夫，这一个月来，我最想念的人是你。"

父亲说："不应该吧。你肚子里那点脓水，我还不知道？"

小姨父秦大贵就笑了："我们俩，风风雨雨，快一辈子了，你太了解我了。我就是不甘于自己的命运，所以得一直这么折腾着。现在，也折腾够了，该歇歇了。这一个月我找了个没人的地方猫着，我想通了，人不得不认命。这是老天爷告诉我，该停下来了。好吧，我停下来，我不相信那些大医院，我相信你。就跟当年我相信你一样，到城里来投奔你，让你领着我去做结扎手术。现在，你给我治吧。"

做结扎和治疗癌症是两回事，父亲劝他还是到大医院里去治："不行去北京、上海，或者去日本，你有这条件，为什么不去试试呢？"

不管我父亲怎么劝，小姨父是打定了主意："反正是一个死。人终有一死，不过是早一天晚一天的事。反正我这辈子认定你了，上两次，你给我结扎，你把我三个脚指头弄没了，我成了瘸子，后来我琢磨，我身体上少点什么，我的人生境界就向前奔一大截。没准，这回你再给我治治，再少点什么，我的人生又会迈向一个新的高度呢。”这个时候，他也不忘调侃一下。

面对已经走向人生尽头的小姨父，父亲懒得再和他理论，他说：“你要是相信我，就得抱着死马当成活马医的心态，我尽最大努力试试。”

小姨父爽快地说：“你就大胆地试吧。我这 180 斤就交给你了。”好像身体是旁人的。

父亲与小姨父达成了一个君子协定。小姨父放弃了手术与化疗，让父亲放手在他身上试验。父亲按照他的阴阳、表里、寒热、虚实理论，与小姨父一起，小心翼翼地踏上了冒险的旅程。

每隔一段时间，小姨父都会从父亲的诊所里钻出来，经过针灸之后，带着一提包中药回去喝。父亲劝他戒掉嚼甘草的习惯，他说：“这对你的病一点用处都没有。”

小姨父说：“戒不了了，就跟你天天得吃安定睡觉一样，我要是不含着甘草，就浑身没劲，打不起精神来。”

在吃了父亲大半年的中草药之后，小姨父的病情竟然神奇地得到了控制，不知道是父亲的药起到了作用，还是别的什么原因。又过了一个冬天，当春天来临的时候，小姨父独自一人踏上了周游世界的漫漫路途。他并没有从我们的视野中消失，他经常给我们寄来他在世界各地的照片，他在加勒比海游艇上喝着啤酒、在塔希提岛上与当地人跳舞、在东京人头攒动的人群中旁若无人地傻笑、在泰国的寺庙外虔诚地双手合十……他好像永远没有离开过我们，他甚至已经不再需要我父亲的中草药，他和父亲的冒险旅程已经悄然结束。我们很少再听到他提他的病，行走在世界上的小姨父秦大贵，看上去比我们任何人都健康。

小姨相继把两个老人送到了另外一个世界，她突然间感到了无比地孤寂和悲凉，她苍老的面容镌刻着对另外一个人的思念。有一天，她突然对我们说，她要去找小姨父，陪着他一直到死。小姨的举动让我们惊讶，但看着她历经风霜的面孔，我们还是满足了她的要求，含泪把她送上了通向世界的飞机。小姨从来没有坐过飞机，在经受了痛苦而漫长的呕吐之后，她和小姨父在巴黎相见了。在寄给我们的照片中，小姨的面容惨白，而小姨父则春风满面，他们像是两代人。过了半年之后，照片上的小姨就变了，变得年轻了，她的穿着、神态，都变了。那是一个我们完全陌生的小姨。

2015 年的夏天，我去美国访问交流，在纽约时代广场，突然有人拍拍我的肩膀，回头一看，是小姨和小姨父，他们满面笑容、非常健康地对我说："嗨。"

小姨足足年轻了二十岁。我们站在那里聊了几句，我问问他们的情况，他们也问问亲人们的情况。然后我突然问小姨父："从我小时候，就看到你嘴里一直在吸着甘草，都有大半辈子了，什么味啊？"

小姨父使劲吮了吮甘草，咂摸着，想了想说："啥味也没有。"

多重的声音　改革开放时代的故事

——评刘建东中篇小说《甘草之味》

疏延祥

刘建东近年来被评论界和读者锁定为工业题材作家，其实这是不准确的，它早年的《我们的爱》就是写大学同学或者说写诗人和诗人粉丝的，而广为人知的长篇小说《全家福》则以城市平民家庭为对象，写出了活法不一样的兄弟姐妹、性格不同的父母。小说是现实主义和先锋形式结合，亦真亦幻，曾受到著名作家王松的推崇。他还有写抗日题材的长篇小说《一座塔》，这些都表明这是一位对小说多种表达形式、对小说题材的多样性有探索的作家。他新作中篇小说《甘草之味》(《花城》2020 年第 3 期）则以几十年来的改革开放为背景，写了一个农民企业家秦大贵和通过自修成为医生的知识分子董耀先。小说写得生机盎然，张弛有度，人物活色生香，读来饶有兴味。

《甘草之味》主要人物秦大贵是“我”小姨夫，出生农村，也参加过农业生产，当过兵，再回到农村，对种田就提不起兴趣，生了三个女儿后，家境更加困难。迫不得已，只好做了结扎手术。小说在写他做这个手术时，哭得像个娘们，这是几千年来“不孝有三，无后为大”的观念的影响。这时的他不愿意种田，总觉得自己有更加广阔的舞台。于是在“我”父亲（董耀先）的介绍下，到城市当了一名锅炉工。有一天，秦大贵看《人民日报》，大概看到了国家允许私人雇工办厂的消息，他就筹资回乡下开了窑厂，果然掘得人生第一桶金。正当其事业欣欣向荣、人生得意的时刻，一场砖窑事故不仅让他倾家荡产，还使他失去三个脚趾。

秦大贵作为农民企业家，他有农民的韧性，因为做过军人，又在城市和各色人等打过交道，所以，他的眼界不仅超过农民，也超过城市许多人。这点风浪并不能使他停止改变自己的步伐，伤好后，在董耀先的帮助下，他在交运局职工医院谋得门房的临时工作，搞搞收发，看看大门。很快他就发现这个职工医院外观破旧，影响效益。他看到了商机，通过给院长送礼，他揽下了装修医院的活儿，得到了烧窑失败后的第一桶金。从此出发，他有了自己的装修队伍，一步一步地成了亿万富翁，直至入股了他曾经作为门房的职工医院。

“我”的父亲董耀先在小说中似乎是和秦大贵对立的人物，他们是连襟，“我”称秦大贵小姨夫，秦大贵孩子叫董耀先大姨夫。尽管出于亲戚关系，董耀先屡屡帮助秦大贵，比如为其介绍工作，借钱给他，帮他接电话，不过做这些事情的时候未免有些以尊对卑的优越感。他似乎从来就没有看好这个不按照他的人生秩序出牌的农村亲戚，他要院长粉刷医院，更换照明等一应设备，以便医院有个崭新的面貌。这样合理的要求，院长毫不理睬。可秦大贵轻轻巧巧地就办成了。得知秦大贵是送礼才达到目的，董耀先更是不屑。然而，从秦大贵有了自己的电话和装修队，他们的地位就翻转对调了。秦大贵一路高歌，企业越做越大，董耀先则在医院混日子，想承包医院中医科，信心满满，准备了充足的竞选报告，却马失前蹄，被一个给各科室送礼的福建人拿下，直至秦大贵这个瞧不起的人承包了他视之为生命的医院。小说可贵的是，本来秦大贵承包这个医院一是为第二任妻子苏若瑜，二是半施舍半感恩地为董耀先。但董耀先并没有接受这个不平等的赠予。在某种意义上，董耀先和秦大贵一样争强好胜，但秦大贵可以为了达到目的，放下身段，如给人送礼，甚至可以低声下气，没有什么知识分子所看重的人格、原则，利益是他的人生目标。孔夫子说君子喻于义，小人喻于利。董耀先似乎是传统社会的君子，秦大贵仿佛是小人。所以，董耀先在小说里从头至尾都是正派人物，唯一值得非议的是一段时间他在单位接电话，每接一次，便和秦大贵结算五块钱收入，这是以权谋私。除了这，董耀先的行为都可圈可点。作为一个工人，通过自己努力，摆脱了以工代干的尴尬身份成为国家干部，自学中医，获得执照。秦大贵要违反计划生育规定，解除原有的结扎手术造成的输精管切断，恢复生育能力，董耀先坚决反对，认为和国策过不去，是千万不能做的，还告诫儿子和儿媳肖燕不要帮这个忙。在能成为医院院长的巨大诱惑面前，董耀先不动声色地放弃。辞职开一个小小的诊所，最终成为能治疑难杂症的远近闻名的医生，还治好了秦大贵的癌症，实现了自己的人生理想。一个正派人走正派的路，实现了美好的愿望。这是一个作者赞美的人物。

但是《甘草之味》绝不是一个好坏二分法写人物的小说。秦大贵并不是这些年好多小说里写的农民企业家，通过违法乱纪，拉官员下水获得成功，就如李佩甫的《平原客》中的企业家。秦大贵在小说中，只停留在请客送礼的层次。更多的时候，他读报，了解国家大事。一旦国家政策变了，他就调整人生规划。其实，读者可以看到，这个自称，作为作者刘建东并不反感，很大程度上，似乎是同意的。作为一个农民，从土地里走出来，到城市开眼界，回乡办厂、进城搞装修，进入地产甚至医疗行业，成了一个瘸脚的亿万富翁，这种残缺既是一种事实，也有点象征味道。但是他的奋斗精神，他的履历，都不妨看成一部改革开放的正剧。至于他要生一个自己的儿子，那是农民习性。作者也没有否定计划生育，如果不是计划生育，秦大贵能将三个女儿送进大学？那时，他三个女儿只能穿破衣，饭都吃不饱，遑论其他！其实，董耀先未尝没有潜意识里学习了秦大贵，他的承包医院中医科的勇气，写竞选书，辞职，都可以看成是对秦大贵的学习。甚至他想当医生，学针灸，第一个试验对象就是秦大贵，秦大贵也给予了配合。小说结束时，他们也和解了。董耀先为秦大贵治疗癌症，秦大贵精心配合，并且有了成效。我觉得秦大贵和董耀先这两个人物有对照描写，但并不是雨果的美与丑的对照，即《巴黎圣母院》里用夸西莫多对照副主教弗洛罗。而董耀先和秦大贵大部分时间是一种互补的关系，他们在社会的规定下，沿着自己的人生轨迹，坚定不移地走下去，活出了个性，活出了风采。苏联的马克思文艺理论家弗里德连杰尔在分析《安娜·卡列尼娜》这部小说时说，与托尔斯泰其他小说比较，《安娜·卡列尼娜》中出现的巴赫金所说的“复调性”成分增加了。小说中不止有一两个人的声音，而是有很多人的声音，不是只存在一种“真理”，而是有几种“真理”。相互争论的不仅有安娜和卡列宁、安娜和渥伦斯基……甚至有外在气质相去甚远的人物，如安娜和列文、安娜和杜莉·奥布朗斯卡娅、列文和福卡内奇之间也发生争吵。弗里德连杰尔说：

小说的所有人物之间都进行着隐蔽的对话（这一对话并不是一直都暴露出来的，也不是一直都具有唇枪舌剑的性质），这往往是不同举止的、对生活抱不同态度的人们的争论，它不会成为不同意见的公开争论，而是表现为一种相互吸引和相互排斥，表现为主人公在单一意义的情况下的不同类型实际行为的矛盾和冲突。况且，尽管作者公开带着自己的“声音”和“独白性”，但主人公的争论并没有解决，也没有做出最后结论，就是说，他们的对话仍在继续，并将永远继续下去。（肖锦龙、唐建清等编《欧美文学》，南京大学出版社 2019 年 8 月第 1 版）

文艺理论大家的这段话不仅适用于《安娜·卡列尼娜》，也仿佛是为《甘草之味》定做的。这部小说不仅有董耀先和秦大贵的声音，还有秦大贵和前妻的声音，“父亲”和“母亲”的声音，“父亲”和“我”的声音，他们不仅互相之间对话、吸引、排斥，还交互对话、吸引排斥。比如秦大贵和前妻闹翻了，又在一起了；秦大贵有小三了，作为“母亲”，当然要维护妹妹。

弗里德连杰尔说，与巴赫金的意见相左，在《安娜·卡列尼娜》中，“独白性”和“复调性”既不互相否定，也不互相排斥。从总体上说，《甘草之味》中秦大贵和“父亲”何尝不是这样，刘建东将他们处理成亲戚关系，这个关系在小说结束时仍然存在。“父亲”和秦大贵显然也不是医生和患者的关系，这表明他们有分歧，正如我前面说也存在着互相学习、互相成全的关系。我们应该从这样的角度理解这个小说，这是一种高度。

小说细节处理得很好，如秦大贵衣服的变化。办砖窑厂初步成功后，他的服装也跟着时代潮流，穿起了西服，那是一件灰色的西服，不平整，像是揉搓过的。这样的西装非常适合窑厂老板的身份，未脱农民习性。到秦大贵有了自己的装修公司，不仅开始讲带乡音的普通话，西装也讲究了许多，这种装束非常切合市场经济条件下初步成功者的形象。

夜莺湖

【授奖词】

这是一部有关困境与救赎的北方寓言。班宇拥有天赋的语感以及杰出的叙事能力，在时空的纵深、轻盈和沉重、真实和虚幻、感伤和绮丽之间把握着微妙的平衡。小说于日常生活中营造空灵迷离的气氛，以璀璨的文字光照那些经受无常与磨难的普通人，探寻遥深岁月中的幽微闪现，通过个体情感和公共经验的碰撞达成与命运的和解。《夜莺湖》呈现出班宇独树一帜的美学追求，更彰显了其愈发开阔的写作气象。有鉴于此，特授予班宇的《夜莺湖》首届曹雪芹华语文学大奖·短篇小说奖。

作者简介

班宇，男，1986年生于沈阳，小说家。作品见于《收获》《当代》《十月》《上海文学》《作家》《山花》《小说界》等刊，曾被《小说选刊》《小说月报》《中华文学选刊》《思南文学选刊》《中篇小说选刊》等转载。有小说集《冬泳》出版。曾获第十届“茅台杯”《小说选刊》年度奖、华语文学传媒新人奖、GQ智族年度人物、“钟山之星”年度青年作家、花地文学榜短篇小说奖等。小说《逍遥游》入选“2018收获文学排行榜”并位列短篇小说类榜首。

吴小艺想约我见面，但不直说，发了两天信息，第一天问我，最近过得怎么样。我说，一般化。她半天没回，估计是想等我问，你过得如何，但我就是不说。分手一年半，少扯犊子为妙。第二天晚上，她发过来一段视频，熊猫给饲养员开门，四肢蜷在把手上，缩作一团，轻松后仰，铁门顺势而转，我看了好几遍，想回点什么，但也不知说啥。后来半宿没睡着，始终在分析这段视频，琢磨出来两层意思：第一，你的心门，我来打开。并非自我感觉良好，主要是从某个角度看去，吴小艺长得的确有点像熊猫，上下一般粗，加上最近的种种反常举动，让人不得不产生这样的想法。第二，运用潜意识，向我推销。吴小艺在防盗门公司上班，干销售，其企业形象就是一只熊猫，1990 年亚运会的吉祥物，名叫盼盼，手持金牌，眼神飘忽，向前冲刺，仿佛即将跌倒，很令人担忧。所以我觉得，她发这个视频，也有可能想让我买一樘门。这么长时间过去，我仍记得她曾无数次纠正，卖门论“樘”，而不是“扇”，一樘门可以有两扇，三扇，四扇。量词使用要严谨。针对这两种可能，我也想了一下相应策略，若是前者，那就算了，好马不吃回头草，好男不跟前任搞，不是不行，而是没有必要。但若是想卖门，那我就支持一下，这个条件还是有的，盼盼到家，安居乐业，口号喊了多少年了，也信得过。想清楚这两点，我心里就比较有底，睡到中午十二点，冲了个澡，把车开到卫工街，沿着路边停好，后挡风玻璃贴上“收车”二字，便去旁边饭店喝羊汤，一碗见底，又再填满，直至后背湿透，冒一身汗。买卖二手车这生意，我干了好几年，数今年行情最差，价格透明，普通轿车每台能赚一千五就不错，SUV 也就两千来块，而且一个月出不了两台，好几辆破车都压在手里，小半年了，来摸的人都少，说不急那是瞎话。

我吃完饭，回到车里，给我妈打了个电话，说晚上准备过去看她。结果她没在家，出门旅游了，报的夕阳红团，华东五市，加上扬州、镇江、宁波、绍兴、普陀山、乌镇双卧十日游，一路高歌猛进，全程自助早餐。不用问，肯定跟相好的一起去的。事先也没通知，可见我在她心里的位置。我妈这人，性情比较活泛，擅长分析事儿，总乱出主意，但就有人愿意信。一来二去，跟活动室认识的杨师傅走得就比较近。杨师傅以前是工程师，长得挺有派，常年披着风衣，退休金丰厚，一个人也花不完，我妈就帮着一起想办法。我挺支持他们的，明里暗里，提过好几次，但俩人也没在一起过日子，就是游山玩水，畅享自然风光，然后各回各家，不知道图啥。

其实我也不是想去看望我妈，主要是我家有个传统，每逢周五，必包饺子，夏天吃黄瓜馅儿的，冬天是羊肉，春天的韭菜嫩，就包三鲜的，里面还有虾仁，雷打不动。当年我跟吴小艺在一起时，我都怀疑她是奔着这个跟我好的。吴小艺特别爱吃我家的饺子，吃过一次，就上了瘾，个个礼拜都要来，不用筷子，煮好拎起来就往嘴里送，塞满三只，同时咀嚼。即便是我们吵架期间，赶上周五，她也一声不响地提着肚子来吃饭，饺子进了肚儿，关系就缓和一些。所以我俩处对象时，没大矛盾。我妈挺得意她，觉得会来事儿，说话好听。吴小艺有这个本领，跟谁都能唠到一起去，上天入地，无所不知。但我后来就有点烦她这点，觉得里外不分，没个亲疏远近，我说过几次，她也没太当回事儿，依旧我行我素，大大咧咧。分手之后，经人介绍，我又处一个对象，叫苏丽，小我几岁，在超市的调味品区负责理货，跟吴小艺的性格正好相反，内向，不爱说话，问啥答啥，多余的一句不讲。苏丽又瘦又矮，眼睛大，往外鼓着，像条小金鱼，性格温驯，一点脾气也没有。我俩头一次见面，约在超市里，她的头发焗成黄色，扎在后面，一摆一摆的，戴着永远洗不干净的棉线手套，拉一辆平板车，也不抬脑袋，怄气似的，车上摆着好几箱油盐酱醋，花里胡哨。我跟她打过招呼，不知说点啥好，就陪着整理货品，苏丽走路带风，干活细致，不仅讲究品牌摆位，还会注意不同的区域配色，方方面面，都照顾得到，是门学问。下班之后，我问苏丽，工作几年了。苏丽说，三年多。我说，累不。苏丽说，还行。我说，头发颜色挺时髦。苏丽说，白的多，挡一挡。我说，下班去哪。苏丽说，回家啊。我说，吃点饭去不，麻辣排骨串。苏丽说，也行。我们之间的交往差不多就是这样，任何要求她都没有拒绝过。有时好像也想说点什么，话到嘴边，又想了想，也没说出口。我性子急，遇到这种情况，就愿意多问几句，但这样一来，她反而更不讲了。

电台里播着情感栏目，一位女性在讲述自己的婚姻经历，语调悲切凄惨，一言蔽之，再婚家庭矛盾多，想方设法来耍我，好心当作驴肝肺，前妻招手就去睡。我听了都跟着上火，但还是没扛住困意，在车里眯了一觉，没几分钟，便被铃声吵醒，吴小艺的号码。我揉揉眼睛，接起电话，假装不知道对面是谁，客气地说，喂，您好。吴小艺说，像个人似的。我继续说，请问您是哪位。吴小艺说，猜。我说，抱歉，猜不到。吴小艺说，你爹。我说，我是你爹，操你妈的。然后就把电话挂了，来气。过了一会儿，她又打一次，我也没接，把收车的牌子取下来，调了个头，速度七十迈，开车去了浑河西峡谷。这半年来，不忙的时候，我经常去那边，一坐一下午，比较肃静，景儿也好，放眼望开，一片浩荡，河水平缓漫延，消失在远处的荒草里。岸边总有人放风筝，各式各样，有燕子、老鹰，还有长虫、恐龙和猪，被地上的人们遥相牵引，风将其吹得鼓胀，烈日穿过，更显苍白，近乎透明，整片天空像是一个巨大的墓园，各守其位。还有民间乐团演奏，成员都是老年人，满脸斑点，表情僵硬，肢体动作丰富，摇头尾巴晃，压着嗓子唱苏联歌曲，三句一停，气力不足，但歌儿还是好，冰雪覆盖着伏尔加河，冰河上跑着三套车。我坐在台阶上，点了根烟，想象着走在结冰的浑河上，浓云蔽日，老马只剩一把骨头，鬃毛覆雪，确实也有几分忧愁。中场休息时，乐团成员也坐过来抽烟，捧着保温杯，自说自话，边喝茶边吐碎末。有一次，其中一位跟我借了个火，对我说，家近吧，见你常来。我说，也不近，愿意过来歇会儿。他说，好听吗？我说，好听。他说，老了，年轻时可比这强。我说，专业搞音乐的？他说，不算，厂里文艺队的，我们这批总共九位，走了一位，还有两个在海南，一个在北京，带孙子呢，剩我们四个。我说，难得，还能聚在一起，但数目不对，差一位。他说，心思挺细。我说，做买卖的，对数字敏感。他说，确实还有一个，女的，以前主要负责演唱，没联系了，她那嗓子是一绝，长得也好，九四年，单位解散，我们跟工会恳求许久，在文化宫办了最后一场，十首歌，都带着家属过来听，她唱的压轴，俄语一遍，汉语一遍，麦克风不好使，基本是清唱，全场鸦雀无声，不敢喘大气，生怕错过一个音儿，演出结束了，还缓不过来，没人敢拍巴掌，我往下一看，底下无数个发亮的脑门，往外渗着汗水，什么原理。我说，不知道，人多，热。他说，兴许是，当天唱的是苏丽珂，格鲁吉亚民歌，第一句，为了寻找爱人的坟墓，天涯海角我都走遍，第二句，但我只有伤心地哭泣，我亲爱的你在哪里，问谁呢啊，没答案。电视上演过的，半导体里放过的，古今中外全算，没有一个唱得比她好，了不得，就因为这个，把自己名儿都改了，就叫苏丽珂。我说，本来叫啥。他说，苏丽，加了一个字儿。我说，我对象也叫这名儿。他说，不加还行，加上之后，越活越坎坷。我说，这我相信。他说，出了点意外，昏迷半个月，去北京做的手术，好几个月没说过话，再一出声，动静完全不一样了，精神有点受不住，就与世隔绝了。我敷衍着回了一句。过了半晌，他站起身来，我抬头向上望去，一只黑色的蝴蝶风筝飞过，正好将太阳挡住，光在减弱，周围泛起一层虚影。他继续说，但现在过得也行，安度晚年，不唱苏联的了，改唱耶稣。我前几天见过一次，就在十三路教堂，请我去拉琴，一天五十块钱，台上人唱一句，她学一句，都唱完了，她也不走，摇着轮椅过去，拦住领唱，问人家，我该往哪儿走，可笑不，大门朝西，你说往哪走，不回家还能干啥，耶稣也不供饭。但人家不这么回答，他说，你本来四十天就能走出去，由于常有怨言、不断犯错，神就罚你在旷野，来回逛荡，一直走了四十年，她点了点头。我听不下去，净扯犊子，没打招呼，收拾东西走了。出门后我就琢磨，四十年啊，神咋不整死我呢。我没回话。过了一会儿，他又说，你知不知道谁最爱听这首歌？我说，不知道。他说，斯大林，他有四句话，说得比神还好，人生最宝贵的是生命，人生最需要的是学习，人生最愉快的是工作，人生最重要的是友谊，慢慢品去吧。

吴小艺在小区里堵我，一袭花衣，十分显眼，像要登台唱大戏。她蹲坐在花坛上，旁边摆着一个布包，用手给自己来回扇风，腰间的肉直往下坠，看着心惊，好悬没掉地上。我想去麻将社避一会儿，还没来得及转身，就被她发现了，以前我俩处对象时，她就有这特征，眼睛尖，凡是干点啥坏事儿，当场就能发现，瞒不过去。吴小艺扯着嗓子喊我，像是准备要我命，接着又一路狂奔，周围空气化作一股热浪，扑袭而至，我吓得退后几步，稳一下精神，方才站定。她跑至近前，双脚急速并拢，摆出立正姿势，身体挺直，气喘吁吁，我误以为她要跟我敬礼，条件反射，提前先敬了一个回去，权当问候。她一脸不解，咽了口唾沫，跟我说，我打电话，你骂我干啥。我说，以为是黑社会要账。吴小艺皱紧眉头，稍加思索，问道，最近得罪人儿了？我说，是，正躲呢。吴小艺说，事儿大不？我说，说大就大，说小就小。吴小艺说，到底啥事儿，我看看我有朋友没。我说，宰了一只大熊猫，正逃案呢。吴小艺说，这牛逼让你吹的。

我买了两罐汽水，站在超市门口，一边喝一边听吴小艺讲，最近确实遇到一些麻烦，具体说来，具体就不说了，反正现在差十来万。我说，要不你还是说说？吴小艺没吱声。我说，借高利贷了？她摇摇头。我说，我姨生病了？她继续摇头。我说，又摇头儿去了？吴小艺说，多少年不去了都。我说，那到底因为啥呢？吴小艺说，离了，我想要房子，得给前夫找点儿平衡。我顿了一下，说道，吴小艺，你上我这儿来给前夫找平衡？吴小艺说，江湖告急，想来想去，就认识你一个做买卖的，很神秘，有实力。我说，给个车行不，水淹捷达，刚泡好没几天，开着跟喷泉似的。吴小艺说，能别闹不，哥，实在没办法了。我说，你是真敢张嘴。吴小艺说，跟你提怎么也比别人强，毕竟有感情在。我原地转了一圈，问她，哪呢啊，我咋没看见。吴小艺说，一句话，帮不帮吧。我说，对不起，真帮不上，我有对象了，她管钱。吴小艺说，超市那个啊？我听说了，你妈可老看不上她了，方方面面都不行，拿不出手儿。我一下子有点火大，叨逼半天，就为了说这个，纯他妈闲得。我捏扁易拉罐，抛到空中，飞起一脚，但没踢多远，落在路边的井盖上，发出一声空响。之后迈步离开。

我没走正路，钻进绿化丛里，绕着往家里走，柳树垂在面前，我薅了一枝叶片，团在手掌里，感受着它一点一点展开。吴小艺踮着脚尖，紧跟身后，不离不弃，游魂似的，行动飘忽，我总想往后偷瞄一眼，担心她要捅我，人一急了啥事儿都能干出来，防人之心不可无，况且有过教训。到了门口，我迅速掏出钥匙，本来想给她拦在外面，但没掰扯过，还是让她窜进来了。进屋之后，她也不脱鞋，假扮巡视员，背着手挨个屋视察，厕所也开灯看一遍。平白无故冲了一下马桶，水声阵阵，然后跟我说，没住一起啊你们。我没理她。她又说，关系还是不到位。我说，不是不帮你忙，实在无能为力，生意不好，要钱真没有。吴小艺说，你妈手里，是不是多少应该存了点儿。我说，操，你想啥呢，咋好意思的啊。吴小艺坐在沙发上，嘟着脸，一脸刚受完欺负的熊样，我懒得看，躺回卧室里，脸朝着窗外，一只灰鸟飞到窗台上，蹦了几下后停下来，与我对视。过了一会儿，忽然听见一声尖细的悲鸣，立体声环绕，开始还以为是防空警报，怕发生什么战争，内心有点慌，出来一看，原来是吴小艺在哭泣，声音从鼻腔里出来，还带着节奏，但就是不见眼泪，纯属干号，五官错位，满脑袋虚汗。我看着闹心，跟她说，打个借条，我给你拿。吴小艺立刻止住哭声，眨了眨眼睛，说道，还得是你，对我够意思。我说，卡号发我，这几天有空给你转，赶紧滚蛋。

送走吴小艺后，我盯着看那张借条。从桌上的新笔记本里撕下来的一页纸，字写得横平竖直：本人吴小艺，女，一九八三年生，沈阳市铁西区人，籍贯辽宁鞍山，现从事销售工作，因婚姻惨遭不幸，前夫纠缠不休，特借款十万整，处理未尽事宜。将来必定努力工作，争取早日归还，口说无凭，立此为据。底下是签名，还龙飞凤舞一下，像个领导似的。我将这张借条的边缘裁齐，认真折成一架纸飞机，打开窗户，使劲向外掷去。

夜里我做了一个梦，吴小艺过来找我，穿着工作服，胸前画着一只口歪眼斜的熊猫，面目狰狞，满脸是血和泥，黑红交错，好像刚摔过几跤，双臂抡着门板，虎虎生风，非要跟我拼命。我尽量保持镇定，跟她说，冤有头债有主，你来找我干啥。吴小艺说，不是你我能离婚？我说，跟我有啥关系，不该你不欠你的。吴小艺说，不跟你分手，我能遇到我前夫？我说，能不能讲点理，谁介绍的找谁去。吴小艺说，你妈介绍的，她有个相好，姓杨，我前夫就是他儿子。我说，我妈把我对象介绍给相好的儿子？吴小艺说，对。我说，你冷静一下，咱俩一起找她去，我问问到底咋回事，母子关系处到尽头了。吴小艺放下门板，坐在地上，两腿一伸，开始哭闹，这时，我才发现，我俩位于一座桥上，底下是深河，绿水涌动。天空下起雨来，我有点魂不守舍，因为忽然想起，在同一时刻，苏丽正在等我，我们之前有过约定，目前这个情况，我又脱不开身，心里很急。无计可施之时，水面上跃出一条金色怪鱼，体型极大，如四五个成年人叠加，长相奇特，头部是圆形，像小孩儿玩的布老虎，身躯和尾巴逐渐收缩，眼睛占据半张脸，龇着牙大笑，有点不怀好意。这条鱼跃起之后，在半空中翻腾数次，最后跳落在岸上，掀起几块砖瓦，尘雾弥漫，有人过去将其扑倒，死死压住，使其动弹不得。我看着非常惊讶，上前询问，那人说，这是龙舟开始的信号，大鱼既出，再无水鬼兴风作浪。话音刚落，河上有数只龙舟经过，头尾相接，秩序井然，与平日所见略有不同，所有划桨者均十分懈怠，没有口令，动作疲惫，没精打采。吴小艺也不哭了，起身探出桥栏，目光呆滞，观赏龙舟。我趁其不备，转身溜走，一路小跑，来到与苏丽相约的地点，但她却不在。我有些失魂落魄，掏出手机想要联系，说明一下情况，却收到她发来的一段视频，不知拍摄者是谁，时间应该是下午，苏丽顶着刚染过的头发，穿着一条松松垮垮的金色旗袍，对着镜头笑，斜阳散射，衣服上的亮片看起来近似鱼鳞，不断反光。她赤脚站在岸边的草丛里，又扎一遍头发，比了个手势，然后舒展身体，向前冲刺几步，跃入水中，消失不见，只荡开一圈波浪。一只灰鸟从远处飞来，速度极快，像弦上射出的箭矢，驶过湖水，最终栖于岸边。

醒来之后，我又将这个梦回味了一遍，心头发紧。饭也没吃，开车去银行取了个定期，把钱给吴小艺汇过去，又发信息告诉她，钱已转过去了，记得早点还，有用。我坐在大厅里等了半天，也没回复。出来之后，发现车又被贴了条。没办法，点子就是这么背。这十万块钱也不是我的，我妈前阵子刚给的存折，说留着以后结婚当彩礼用。我说，我跟苏丽还没到那步呢。我妈说，或早或晚，你俩有点缘分。我说，那是幻觉，我跟小沈阳还有缘分呢，走哪都能看见广告牌子，打开电视都是他演的小品。我妈说，苏丽比吴小艺合适，你俩能过长远，我看人很准。我说，苏丽有个妈，残疾，坐轮椅，家庭负担不小。我妈说，我都不在意这个，你还在意。我说，说得轻巧，反正以后也不是你伺候。

其实苏丽没妈，我也就这么一说，她父母很早离异，一直跟着爸过。有次喝多了酒，我俩去开房，鼓捣大半宿，完事之后，酒都醒了，也睡不着，就躺在床上说话。我问她，这些年来，见过你妈没？苏丽说，见过，但没敢认。我说，在哪？她说，超市里，她坐着轮椅，可能是骨折了，后面有人推，一个男孩，跟我弟差不多大。我说，没打招呼呢。苏丽说，她戴着口罩。我说，挺讲卫生。她说，挑挑拣拣，最后买了一瓶醋，搁在手里捂了半天，才去结的账。我说，还是应该走动走动，血浓于水。她说，后来又碰见过两次，我就想，别是奔着我来的，就一直躲在库房里。我说，不至于，娘俩儿有啥仇。苏丽说，没仇，也没感情。我说，你这人心硬。她说，对，我爸也这么说，你可想好。我说，没啥好想的。苏丽说，再想一想。我说，不用，我认准了，就不怕这个，前几天梦见你一回，伸胳膊蹬腿儿，非往湖水里跳，扎进去就没影儿，我也不会游泳，扯着嗓门去喊，但怎么都发不出声音，急得干瞪眼，醒过来时，心脏怦怦乱跳，半天缓不过来。苏丽挪了挪脑袋，顶在我的胳膊上，说，别想太多，我能下去，就还能上来。

给吴小艺汇完款的第三天，我头一次见到苏丽她爸，在超市门口，披着一件棕黄色外套，与季节不太相符，个子不低，驼背厉害，脸上很多皱纹，像用小刀刻过，嘴角往下耷。那天我等苏丽换衣服下班，准备一起去看场电影，票都买了。她爸站在门口抽烟，迎面看见我们，也没反应，只将烟头踩灭，双手插进裤兜里。苏丽拉了一下我的袖口，低声说，我爸。我有点措手不及，事先她没提，便问了声好，语气生硬。他点点头，又打量一下我，将苏丽拉去一旁说话，我不好打扰，独自走去停车场，发动好车子，拧开空调，过了一会儿，苏丽小跑过来，没拉车门，敲了敲窗户。我摇下玻璃，苏丽跟我说，今天不去了先，她弟出了点事儿，正在医院里，上班也没看手机，刚知道，得过去看看。我说，我陪你去，不然我也不放心。苏丽犹豫了一下，还是坐到车上，我绕到路边，看见她爸正在打车，冲着大街上招手，漫无目的，我停下来，将他一并接上，向着医院驶去。路上，车内温度有点低，苏丽打了好几个喷嚏，我想问问情况，但不知道要怎么开口，又觉得她也许不想回应，就先算了。后来开了窗户，风声很大，每过一个路口时，她爸都会跟我说一句，谢谢。语气相当局促。我听得隐隐约约，不太确定，刚开始还点头回应，后来苏丽开始啜泣，我也就没什么心情。虽然不是亲弟弟，跟她姨后来生的，但相处多年，总归有感情。她给我讲过几次，她弟从小体质弱，发烧感冒，总去医院报到，全家跟着操心。我给他们放在医院门口，又绕过天桥，找了半天停车位，才进到住院处，不好打电话问，只发了条信息，就在走廊里闲逛，差点撞了个老头儿。大半夜，他自己颤巍巍走出来，以为我是护工，先跟我要烟，我没敢给，又非要我搀着去上厕所，这不好拒绝，搀着他进去不说，还帮他解下裤子，仔细扶好，尿完又甩一甩，上下左右，心里倒也没多嫌弃。老实说，我伺候我爸都没这待遇，不怎么上手，但那天就想做点好事儿。方便过后，我又给他送回病房里，搁到床上，挺大的三人间，就住着他一位。我问他，啥病啊。他说，没病。我说，老干部？过来疗养？他说，王八犊子，给我拿棵烟。我说，你好好说话，我都给你把尿了，能不能有点涵养。他没吭声。我想了一会儿，没跟他一般见识，往床上甩了根烟，他拾起来，先用鼻子闻了两遍，又衔在嘴上，空吸几口，我转过来，凑到近前，给他上了火。他眯着眼睛，抽了半支，咳嗽数声，又跟我说道，快没了。我说，这儿还大半盒，够用。他说，不是烟，我说我快没了。我说，别想太多，我看你挺好，还能骂人呢。他说，我心里明白，就这几天的事儿。我说，家人没来？他说，撵走了，图个清静。我说，想开点儿，都得经历。他说，一辈子攒点儿钱，都看病了，最后给自己看没了，我图啥呢。

我没再回应，低头看一眼手机，还是没有消息。他叹了口气，也不再说话，闭着眼睛，又过了一会儿，开始哼唧，偶尔干呕。问他哪里疼，他摆摆手，问他需不需要找大夫，他也摆手。非亲非故，再多问不合适。我躺在旁边的床位上，闭目养神，那天半夜，温度骤降，屋里越来越冷，我忍不住拉起被了，盖在身上，一不小心就睡着了。直到凌晨，我感到有人往我身上拱，半睁开眼，发现是苏丽，正背对着我，脱了外衣，只剩白色胸罩，头发披散下来，身体缩得更紧，我顺势移开一点，从后面轻轻抱住，搂着她的身体，肋骨如柴，且有点往外翻，我像在抚摸一只营养不良的小狗。苏丽说了句什么，我没听清，就又睡着了。再醒来时，已是早上八点多，医生过来查房，房间里只有我们二人，衣衫不整，那个老头儿不知去向。一位医生用铁夹子敲着床栏，后面跟着一排实习学生，高声问我们，左卫武呢？我说，谁？医生说，三床的左卫武，不是你家人吗？我说，不是。医生说，那你是谁，在这干啥？我说，我来陪护别的病人。医生说，谁？哪个科的？我一下子答不上来。医生说，你们这号的我见多了，都不爱多说，跟动物没区别，俩眼一睁，干到熄灯，俩眼一闭，梦里继续，警告你们，以后别来了，挺大个岁数，也要点脸，干啥得分个场合。我说，不是，你误会了。医生没听我们解释，扭过头去，对着学生们说，过半个小时再来看看，左卫武要是还没在，联系家属。

一宿没睡好，我看苏丽也是灰头土脸，毫无精神，就让她跟我一起回家。我妈炒了俩菜，没吃几口，苏丽噎了一下，开始流泪，无声无息，完全止不住。我安排她在我的床上休息。睡了一个小时，醒来又洗了把脸，情绪缓过来一些。我问她，昨天到底咋回事？她说，弟弟没了，也不是昨天，前天的事儿，游泳池里过电死的，没在病房，太平间里看一眼，开始没敢告诉我。我说，游泳池里咋还能过电？她说，壁灯漏的，总闸没关，目前是这说法，具体还在调查。我说，多少能赔点钱，估计要打官司。苏丽说，人没了，要啥都没用。我说，在哪出的事儿，劳动公园的夜莺湖？苏丽说，是，你咋知道？我说，有过类似事故，许多年前，那次我正好路过，本来也想去游泳，但我爸没让，算是躲过一劫。苏丽说，听说这个事情，我就不信，做梦似的，看见我弟躺那儿，胖了一大圈，总觉得不是他，现在也这感觉。我说，接受现实，节哀顺变。苏丽说，接受不了。我说，人死不能复生，体面送好，风风光光，自己的日子还得过，谁都一样。

出殡那天，我闹表定的四点，头天晚上有点失眠，想了些别的事情，就没能按时起床。闹表也许响过，但让我给按灭了，再睁眼时，五点十三分，天放了大亮。我连忙穿衣下楼，闯了一路红灯，来到苏丽家楼下，当时所有流程已走完一遍，她家亲戚不多，就等着我来。我内心很愧疚，这么个事情还迟到，实在说不过去。我的车跟在灵车后面，从大润发往德胜殡仪馆开，这天早上特别堵，本来四十分钟的路程，硬是开了一个半小时，头一炉是烧不成了。苏丽坐在副驾驶座上，也不讲话，直勾勾地愣在那里，双目无神。我想放点歌曲，但切了几首，氛围都不太对，好不容易到了地方，往门里拐时，又跟一辆别克商务发生剐碰，右前脸蹭了几道痕迹，露出底漆，本来不是什么大问题，按理来说，责任一人一半，各修各车就好，在这种地方，谁也不是故意的。但对方不依不饶，大呼小叫，气势汹汹，我都回到车上了，又给我生拽下来，让当场赔付，我也不好发作。苏丽她爸先进入园内处理事情，我忍住脾气，给保险公司打电话，刚刚接通，便看见苏丽疾步走出，倒持一柄十字改锥，来到近前，谁也不看，反手握稳，干脆利索，将改锥斜着刺入别克商务引擎盖里。还没等我报完保险，对方便已一脚油门开走，连号码也没留。改锥还悬在车上，像一只刚长出来的小犄角，跃跃欲试，准备出门闯荡一番。我有点没反应过来，咬了几下嘴唇，苏丽扭头直奔隔间，去挑选骨灰盒。

我没跟进去，就在外面等，里面氛围太阴，我待不住，每次都起一层鸡皮疙瘩，很长时间回不过劲儿。殡仪馆的绿化搞得不错，四处葱郁，树枝明亮粗壮，早上刚下过一点小雨，地面湿润，味道很好闻。高炉已经废弃不用，但还没拆，铁质爬梯缠绕在外，像是一只庞大的多足纲昆虫，身子微微立起。我忽然想到，很多人的一生，最后都在这里度过，躯体化作灰尘与烟，跟汽车排出的尾气、植物吐出的氧气、所有的雾和霜，彼此交融，肆意流淌，沉积在旷野上。世上没有死者，但它却是由死者一点一点构成的。我又想起那个梦，也许是在说，既然人生的龙舟之赛中，金色大鱼已经现身，且被人按捺于岸，那么，所有的傀儡自然消失纷散了。

雨又下起来，我躲进展示栏的低檐下，读着玻璃窗里的文字，有历史概况，也有政策方针、服务口号，以及部分工作人员的个人介绍。图片泛白，字迹模糊。我在上面看到一张照片，有些眼熟，底下名字写的是左卫武，想了半天，才记起是在医院遇见的那个老头儿。他在照片里还很年轻，系着绶带，头部后仰，笑容质朴，颇有几分自信。实际上，现在的他也许并不老，应该没到退休年纪，但人一生病，很快就会垮下来，或者变得跟以前完全不同。这种情况我见过很多次，我爸当年就是这样，最后瘦得脱了相。刚认识吴小艺的时候，她也瘦，八十来斤，头发烫成大波浪，好几处文身，爱去夜场跳舞，一蹦半宿，水都不喝，活力四射，眼睛往外喷火光。后来生过一场大病，大概是基因问题，北京上海都去过，属于疑难杂症，没办法治，只能吃激素，价格不低，也不敢停，停药就犯病，还自杀过，被我拦了下来：骑在窗台上，晃着小腿唱歌，好容易劝住，又去厨房拿刀逼我，让我别管，我咋能不管，扑过去硬抢，被她划了好几下，胳膊上都是血道儿。我也难过，一点办法也没有。那阵子我们过得都很难，我刚上班，在4S店干后勤，一个月就两千来块钱，根本不够花，租了个旧房子住，冬天交不起采暖费，室内没办法待，脸盆里的水很快上冻。吴小艺实在太冷了，每天我上班后，她就去附近的超市里待着，至少能有个空调，晚上我再去接她。整个冬天就是这样过来的。有一次，我加班到很晚，超市关了门，吴小艺也没回家，就一直在外面坐着，缩进棉门帘里，那时她已经开始发胖，鼻尖冻得通红，呼吸紧促，眼睛也睁不开，迷迷糊糊，哑着嗓子跟我说，刚做了个梦，以为我不要她了呢，她也没地方可去，只能在这里等一等，也不知道我会不会来。我说，别乱想，梦都是反的。吴小艺抽了抽鼻子，站起身来，拉过我的手，放进她的袖管里取暖，笑着跟我说，哥，我俩快结束了，你知道的吧，我挺感激你的。我说，我不知道。吴小艺说，我知道，你会过得不错，我也许没那么好，但也还行。我说，纯扯淡。

吴小艺说，我早就知道。我说，你还知道点啥？吴小艺叹了口气，说，我将来可能会变成一只熊猫啊。

想到这里，我在雨中给吴小艺拨了个电话，响了数声，无人接听。我有些低落，一时间不知该做点什么，便去服务部买了个花圈，五百块钱，写好一副挽联，挂在两侧。我举着花圈出来时，苏丽正坐在池塘边上，四处张望，我挥一挥手，然后走过去，她没打伞，雨水漫在脸上，看上去像是在哭，但我不太确定。我挨着她坐下，说道，买了个花圈，送你弟走，都是鲜花现扎的。苏丽看也没看，说道，退了吧。我说，没多少钱，我的一份心意。苏丽低着头说，我弟没了。我说，我知道，别太难受，他往好地方去了。她说，不是这意思。我说，那是啥？她说，刚准备遗体告别，工作人员一直没找到他，现在还在找。我说，什么情况？她说，不知道，就是没了，原来记录的抽屉，刚一拉开，什么都没有，空的，旁边几个也都找了，都不是。我说，是不是还在医院里，做一些检验。苏丽说，打电话问过了，说也没有，那天半夜在医院的太平间，我看完一眼，就拉到这边来了。我说，这不合理。苏丽没有说话。我说，不行，得找他们领导去，怎么也要有个说法。苏丽还是没说话。我说，这样，我现在回医院，看看什么情况，实在不行喊几个人过来，今天必须弄明白。苏丽说，我知道，我都知道，我爸去医院了，你能不能先别说话，让我休息一会儿，我头疼。

我与苏丽并排而坐，心中充满疑惑，同时感到一阵眩晕，仿佛大地正在下沉，无休无止，我们跳入其中，要在茫茫无际之中，去寻找一个不存在的人，没有任何启示，更不会有答案。殡仪馆有钟声响起，也有鞭炮声、鸣笛声，迎来送往，一切按部就班。没人在意一具消失的遗体。

雨越下越大，落在身后的池塘里，响起一片沙沙的声音。这期间，我进去问过两次，没有任何消息。到了中午，殡仪馆的很多工作人员都已结束工作，换掉制服，相互道别。我的全身早就湿透，直打寒战，或许还有点发烧，偶尔能感受到心脏泵血，舒张与收缩，像伸开又握紧的拳头，蓄势待发，却不知要朝向何物。风将池塘里的水吹开，带来一片彻骨的阴凉，在我们身边积聚。苏丽捂住脸庞，茫然无措，仿佛沉入一场梦里，任人摆布，无法醒来。我始终在调整着呼吸，使其均匀，并向着她身体起伏的节奏靠拢。我们的周围到底是什么，我们所能掌控的又是什么呢。一个人在水中死去，最终会去向哪里。我想，如果我们能拥有一致的气息，也许一切就会清晰起来。

苏丽浑身无力，我替她接了电话，另一端是她爸，声音低沉无力，先问了苏丽这边的情况，然后跟我说，经人分析，目前有三种可能：第一，当天夜里，尸体并未送到殡仪馆，而是在医院或者路上被劫走，也许与公园那边有关；第二，殡仪馆方面，存在工作失职的概率，申请领取遗体时疏忽，以前也有过这种情况，还上了报纸，殡仪馆的回应是，烧错了，下不为例，目前正调查相关记录；第三，请了一位高人指路，他说，苏丽她弟没死，但也没不死，溺毙之人往往如此，睁不开眼，看着是往前游，其实没方向，在水里迷了路，久而久之，没有船来渡，变成水鬼，回头不是岸，只有汪洋一片。挂掉电话之后，苏丽什么也没问，我也没讲，只是想象着，在刚过去的那个夜晚，他会猛然苏醒，站起身来，像电影里演的那样，吐出全部的水，深呼吸数次，直至平静下来，也许还会走出铁柜，在树的搀扶之下，来到池塘边，坐在我们对面，面容安静，轻轻地喊起我们的名字，但却听不到自己的声音。雨停之时，我的手机震动了一下，我解开屏幕，是吴小艺发来的一张照片，她插着饲管，穿着病号服躺在床上，面色苍白，头发散乱，比着胜利的手势，像是刚做完一场手术。没有其他字。

劳动公园浸在暮色之中，我从侧门驶入，按了喇叭，栏杆自动抬开，无人问询。泳池就在眼前，但此刻，已被铁栅紧密围住，不得入内。池里的旧水尚未抽去，落叶、废伞与无数垃圾漂浮其上，塑料椅子东倒西歪，只停业几日，便呈现一片荒芜迹象。苏丽从后座上爬起来，头伸出窗外，望向这潭死水，开始呕吐不止。我绕着泳池开了一周，最终在售票处停了下来，其门窗被木板封死，没人看守，我踹开一道口子，进入其中，苏丽也下了车，步伐摇晃，紧跟在身后。泳池分为深浅两个区域，从中间通道行去，是两排低矮的平房，左边为洗浴间，右边为控制室，有只灰鸟落在池边，朝着天空啼鸣，声音剔透，清晰如哨。我对苏丽说，许多年前，我的一位朋友消失在这里。那天他约我一起游泳，但我在院里踢球，兜里没钱，就跟他说，你先游，在那边等着我，我爸下班回来，我管他要钱，然后过去找你。他跟我说，那你快点儿，我今天要早回家，感冒没好利索，得按时吃药。结果他自己来到这里，游了很长时间，我也没去。泳池关门时，他躲在水里，彩灯一闭，无所凭依，溺水身亡。没什么人知道这件事情，但我一直忘不了，这些年来，总能梦见他。他现在跟我一边大，有时在龙舟上划桨，有时在岸上擒鱼，他对我说，自己变成了水鬼，困在池中，永远上不了岸，除非有另一个人来接替。苏丽一脸困惑，并没听懂我的话。我也不再解释，只是对她说，我想去看看他们。之后转身进入控制室，拉开电闸，霓虹灯被点亮，红绿相间，时明时灭，拼成一条条泳道，我褪掉外衣，上身赤裸，扶着栏杆，一步一步，慢慢走入深水区。池水散发着温度，黏稠如油脂，死死裹住我的身体，我不会水，任由下降，双手向前扑去，奋力握向那些光线，却越沉越深，许多大鱼围聚在池底，窃窃私语，如同密谋。我觉得自己缓缓睡去，无数的梦纷沓而至，载着我向黑暗滑行过去。接着是落水的声音，灰鸟尖叫着割破水面，分开一道裂隙，暗流涌起，大鱼四散，我低头看见数道流动的影子，由远及近，我想那是我的朋友，苏丽，或者她的弟弟，我分不清楚，但他们正穿过光的深处，朝我游来。

我们倒在岸边的长椅上，筋疲力尽，苏丽埋在我身上，只是哭，一句话也不讲。在这样一个不恰当的时刻，我忽然很想跟她结婚，极其渴望。在此之前，我从未考虑过会跟她在一起生活，没有一秒这样想过，但现在，这个念头在脑海里奔涌不息，无法遏止。我的视线有些模糊，仿佛看见了一点点未来，并非多么美好，而是它的糟糕程度，我恰好可以完全忍耐。灯光射在她金色的头发上，炫人眼目。我有些激动，但不知从何说起。一条或者几条大鱼，在身后的池里持续跃起，争论不休，溅起无数水花，像一个调皮的孩子，藏在荷叶深处，一直朝着我们扬水。我不再回望，只将苏丽交织在一起的双手握住。我能感觉到，我的血液流向她的身体，畅通无阻，我们正融为一体。

晚风吹来更多的倦意，我擦去水滴，舒了口气，决定重讲一遍。一九九四年，有天傍晚，我爸浑身酒气，骑着自行车回来，我正在院儿里踢球。他将车停在一边，上前几步，给球断下来，卷起一层灰尘，问我说，作业写完没。我说，今天没作业。他说，吃饭没。我说，吃了，我奶炖的豆角。我爸扭过我的脑袋，指了一下自行车后座，跟我说，走吧。我很听话，拍拍裤子，转身上车。他一路骑得歪歪斜斜，总在咂嘴，原因不明。经过劳动公园，门口挂着一排彩灯，沥青路面上铺着一层细沙，游泳池正在营业，有小孩儿肩扛救生圈，光着脚走出来，步伐轻巧，像是行于水面。我说，爸，我想去游泳。我爸说，有水鬼，三上三下，连提带拽，能给你淹死。我说，他们都去了啊。我爸说，那你也别去。我说，咱们去哪。我爸没说话。到文化宫时，天已经黑下来，门口斜立着一座船锚石雕，环着生锈的锁链，从远处看去，整座楼像是一艘停泊在此的航船，搁浅数年，长眠不醒。路边是刚栽的矮树，未经修剪，我爸带着我从中间穿过，我的脸上总被刚结成的蛛网粘住，怎么也抓不掉。礼堂分为两层，前厅空荡，人影都没有，但进入室内，便是黑压压的一片，后排与过道挤满观众，密不透风，我们在入口处，什么也看不到。只听见琴声从头顶上传来，将静默的空气锯开，反反复复，时有时无。待了几分钟，我爸便拉着我离开，说要去楼上看。一般情况，二层不让进，演员休息区，我爸以前常在文化宫跳舞，一直是逃票，所以知道个办法。我们来到礼堂后面，爬上廊柱，从二楼的窗户钻进去，其中半扇没有玻璃，反手伸去，能把插销拔出来。我个子矮，骑在我爸的脖子上，撑上廊台，将窗打开，我爸找了几块砖头垫脚，翻身进入。走廊空旷，只能听到一些隐约的歌声。我们绕至侧方，俯身观看，舞台上空亮着几个高瓦数灯泡，紧挨着我，晃得头昏。我刚听了一会儿，便失去耐心，就问我爸，啥时候回去。我爸说，快了，快了。我望向舞台，乐队在底下演奏，一个女的站在新搭起来的楼阁上唱歌，与我高度接近，左手持麦克风，右手撑着木栏，穿一身金色长裙，袖口开阔摆动，如夜莺扑扇着翅膀。她唱的声音很小，即便我在二楼，也不能完全听清。一曲终了，没有任何掌声，她俯视左右，面无表情，又抬起头，有那么一个瞬间，我觉得她正望向我，我有点犹豫，不知是否应该藏在椅后。还没等我做出决定，她像是被什么提着，飞出栏杆，踏入半空，我伸出手去，想要隔空抓住，但距离太远，无济于事。她轻飘飘落在地上，悄无声息。如一张糖纸，缓缓展开。忽然间，我感受到一股莫名的力量，凭空而来，集成一束，拉紧我的手臂，极力要将我拖出，下面仿佛不是人群，而是深池，我不由自主向前跌去，眼看要坠入。此时，台下响起剧烈的掌声，仿佛浪潮一般，长久不息，将一切重新托起，我借势退后半步。一股带着腥味的热气，由下至上，逐渐抬升，很快又消散。我满头大汗，蜷起身体，不知所措，靠在我爸身上。虽隔着衣物，却依然听到他紧绷的心跳，强健而有力，像是来自古代的击鼓之音，唤醒所有湖底的长眠者。

讲完之后，地上的水渍不断扩张，仿佛有人从池中上岸，周身湿漉，立于面前。我低下头去，轻轻亲吻苏丽。她在怀里，闭着眼睛，始终沉默，分不清是睡是醒。而在身后，或者更远处，大幕正在收拢，光暗下来，灰鸟飞去，万物宁静，只有那动人的鼓声，一次又一次，垂直降落，荡开枯叶与池水，向我们环抱而来。

夜莺湖抑或夜莺·湖

——时空间性视域下的班宇小说《夜莺湖》

林　岳　　宋　扬

班宇的短篇小说《夜莺湖》发表于《收获》2020 年第 1 期，《小说选刊》2020 年第 3 期转载，收入春风文艺出版社 2020 年版班宇小说集《逍遥游》，被黄平评价为“班宇写得最好的一篇小说”[①]。是什么成就了《夜莺湖》如此佳绩呢？将《夜莺湖》置于班宇作为文学事件而存在的创作链条，我们可以发现《夜莺湖》呈现了班宇创作中相对稳定的因素，同时也包含着他的美学探索与新变。在时空间性视域下解读《夜莺湖》，或许可以更好地发现班宇创作的隐秘之处及其与空间转向时代的不谋而合。

一、时空转化：夜莺·苏丽珂

夜莺体色灰褐，小说中反复出现的“灰鸟”即是夜莺的暗示。“灰鸟”每一次出现都与时间有关，可以视为小说的时间意象。小说中有五处写到“灰鸟”：第一处出现在吴小艺来“我”家借钱，“我”“躺回卧室里，脸朝着窗外，一只灰鸟飞到窗台上，蹦了几下后停下来，与我对视”[②]。吴小艺是我的前任女友，“灰鸟”指向过去时间。第二处出现在吴小艺借钱那天夜里，“我”做了一个梦，梦的结尾，苏丽跃入水中，“一只灰鸟从远处飞来，速度极快，如弦上射出的箭矢，驶过湖水，最终栖于岸边”。[③]这个梦是吴小艺和苏丽的转换，“灰鸟”

指向过去时间与当下时间的过渡与接合。第三处出现在“我”夜入劳动公园，讲述我朋友的故事并沉入湖底与他获得连接之前，“有只灰鸟落在池边，朝着天空啼鸣，声音剔透，清晰如哨”[④]，这是文中夜莺第一次歌唱。我预备去水中寻找少年朋友，因而这也是暗示历史时间。第四处出现在我沉入湖中之后，“灰鸟尖叫着割破水面”[⑤]。夜莺在我沉入湖中的过程首尾呼应。我完成了水下的精神之旅，这里是指向现实时间。第五处出现在小说结尾，“而在身后，或者更远处，大幕正在收拢，光暗下来，灰鸟飞去，万物宁静”[⑥]，我完成湖里的时光穿越，卸下精神重负，与历史焦虑告别，“灰鸟”在这里指向未来。关于过去—现在—未来的线性时间，班宇曾在一次访谈中表达过自己的观念:“我觉得就是‘东北’这个词在一个核心概念上，它并不是过去，而是未来。我们在今天所能体会到的跟1990年代末人们所感受到、所要遭遇的是一样的，一代人在遥望另一代人的时候是可以感同身受的。我觉得一个作品在此刻能受到关注不仅仅因为它怀旧，而是它其中一定展现了某种未来性。”[⑦]“灰鸟”是在过去—现在—未来时间隧道中穿行的使者，是抽象时间概念的象征。

作为时间意象的“灰鸟”是小说嵌套故事中的人物苏丽珂对应的物象。雄夜莺以鸣声著称——鸣叫声高亢明亮、婉转动听，歌唱的关联性架设了夜莺对苏丽珂的隐喻。苏丽珂的形象和故事在历史的解构中犹如遍地碎片，小说借助辽河西峡谷和劳动公园夜莺湖两个空间序列构建起苏丽珂的形象。经过乐团老人和“我”在两个空间的讲述，我们大致构画出苏丽珂的形象与经历:苏丽，国营工厂女职工，歌唱得好，因成名曲《苏丽珂》而改名苏丽珂。1994年单位解散前夜，在文化宫举办谢幕演出，出现意外，从此身体残疾，精神恍惚。对于当天晚上的演出，“我”与老人处于不同的视角，“我”和老人的话语碎片拼接在一起，才还原出文本潜藏的苏丽珂叙事。从“灰鸟”到苏丽珂完成了时间向空间的转化。

二、时空一体：浑河西峡谷·文化宫

浑河西峡谷是连通父一代经验与子一代经验的空间。“我”作为子一代的代表与以乐队老人为代表的父一代在浑河西峡谷空间完成时间叠加，时空融为一体。“这半年来，不忙的时候，我经常去那边，一坐一下午”⑧。这是一个什么样的空间？能让“我”安于长久地静坐？“比较肃静，景也好，放眼望开，一片浩荡，河水平缓漫延，消失在远处的荒草里。岸边总有人放风筝，各式各样，有燕子、老鹰，还有长虫、恐龙和猪，被地上的人们遥相牵引，风将其吹得鼓胀，烈日穿过，更显苍白，近乎于透明，整片天空像是一个巨大的墓园，各守其位。还有民间乐团演奏，成员都是老年人”⑨。这个空间让“我”获得平静，在父一代巨大的时间距离中让“我”获得对时间、历史、死亡的思考，因而浑河西峡谷是包含了时间的空间。“我”在时间化的空间中凝视，既凝视空间本身，也在空间中凝视时间。这一场景正如班宇最为推重的作家奥康纳的名言“你花越长的时间凝视一样东西，你就可以从中看到更广大的世界”⑩。

文化宫是东北作为老工业基地时代高度一体化的产物，是作为物质形态保留人们对于高度集中的生活方式的历史想象空间。苏丽珂个人演唱的辉煌是与东北工业及其先进生活方式的辉煌和鼎盛相联系的。1994 年的傍晚，工厂解散，苏丽珂谢幕，从此命运坎坷，对应着东北工业转型后的一蹶不振。苏丽珂的命运既是那个时代千万东北下岗工人命运的缩影，也是东北命运的隐喻。苏丽珂的个人时间经验对应着东北工人的群体时间经验。工厂倒闭、工人下岗这样一个历史瞬间仿佛定格在文化宫这个充满象征意义的空间，时间与空间紧紧凝固为一体。

三、时空交错：劳动公园·湖

劳动公园的命名本身即带有工人阶级为主体的历史感，这个空间是东北工业时代体制内工人被规约的文化娱乐生活的象征。在这样一个东北计划工业文明空间，相继上演了1994年“我”的朋友溺亡和当下苏丽弟弟溺亡的惨剧。线性发展的时间分别与同一空间相交，人物、事件惊人地相似，给人一种历史的恍惚之感。所不同的是，我的朋友在象征着东北工业时代坍塌的1994年夜晚确实溺水身亡了，而苏丽的弟弟溺水之后在这个物质世界中肉身消失，既无法认定他活着，也无法认定他死了，故事呈现出一种开放性，生与死的边界被消解。“我”在夜莺湖空间的溺水经验重新建构了生死的意义，与朋友和苏丽弟弟的被动沉溺不同，“我”是主动、自觉地要进入湖里，去寻找他们，寻找历史，寻找在历史中沦陷的东北昔日的荣光和东北产业工人不公的命运，在水中与历史相遇，与历史和解，所以当“我”浮出水面，“我”的时间是指向未来的。过去—当下—未来时间同时交错在劳动公园夜莺湖空间，形成时空交错的审美感受。

小说主要借助回忆的手法来组织时间和空间，回忆与幻觉、遐想交织穿插，形成了时空交错的美学效果。第一次回忆是“我”在雨中回忆与吴小艺的恋情，吴小艺曾经的苗条、单纯与现在的臃肿、窘迫犹如蒙太奇般穿闪、拼接，形成了独特的艺术效果。第二次回忆是

“我”在湖边回忆少年朋友，同时交织着水下的幻觉和遐想。两次回忆都是在水的空间中进行，水本身就是具有时空间性的意象。水象征着我们生命的来路，既是时间性的，也是空间性的。水不仅具有文化隐喻的内涵，而且具有对光折射的物理属性。在空间转向时代，我们的审美也倾向于视觉转向。水的折射属性能够形成更具有视觉性的时空交错的眩晕感。

班宇的小说《夜莺湖》主要通过时空转化、时空一体、时空交错等形态，完成时空间性下的双重文本叙事，非常典型地体现了时间空间化、空间时间化的时空间性特征。小说中呈现了诸如生存与死亡、真实与幻觉等诸多貌似对立的命题，在时空间性视域下观照《夜莺湖》，有助于在一定意义上破除二元对立思维方式，从而在更具开放性、运动性、兼容性、居间性的时代文化语境中去理解班宇的文学创作。

注释：

①黄平:《寓言与忧郁——论作为悲剧的班宇小说》,《小说评论》2020 年第 5 期。

②③④⑤⑥⑧⑨班宇:《夜莺湖》,《小说选刊》2020 年第 3 期。

⑦班宇:《班宇：一代人遥望另一代人可以感同身受》http://www.zuojiawang.com/xinwenkuaibao/41838.html

⑩马晓丽:《班宇的萌与灵》,《作家》2020 年第 1 期

飞鸟和池鱼

【授奖词】

张惠雯用“飞鸟”和“池鱼”两个意象类比晚年的母亲和归来的儿子，一个举重若轻的生活截面却呈现出真实人性的日常风暴，浓缩、饱满，几近完美。张惠雯善于用充满密集情绪的语言节奏和细腻真切的细节书写人性的困境，从曾经的飞鸟到池鱼的变幻既充满了哲学性的思辨度，也颇具现实感的表现力，有始料不及的广远寓意。这恰好映照出张惠雯卓越的概括能力、知识构成、美学趣味以及她对生活和文学的热爱。有鉴于此，特授予张惠雯的《飞鸟和池鱼》首届曹雪芹华语文学大奖·短篇小说奖。

作者简介

张惠雯，女，1978年生，祖籍河南，现居美国。作品发表于《收获》《人民文学》《上海文学》等。曾出版短篇小说集《两次相遇》《一瞬的光线、色彩和阴影》《在南方》，散文集《惘然少年时》。小说曾获得“新加坡国家金笔奖”中文小说首奖、首届《人民文学》新人奖、《上海文学》中篇小说奖、《文学港》杂志“储吉旺文学奖”等。多次上榜“中国小说学会年度十大短篇小说排行榜”，被收入多种小说年选本。

1

那天，她终于愿意出门了。我们开车去我姑姑家吃饭。那天一早就刮起了风。我醒来、还未起床时，听到楼下树枝碰撞、树叶“簌簌”干落的声音，这种风声我很久没有听过，让我想起很多年前的初冬的光景。

她出门时穿着件大红色的毛衣，脸上还扑了一点儿粉。她看起来和突然而来的好天气一样，很鲜亮。这说明她确实想出去。上次她愿意让我带她出门是在三四周前。然后，在几周的时间里，她就待在这间不足八十平方的房子里，连楼也不愿下。她待在家里，摆弄她的旧东西，想她自己的事。我出门一趟回到家里，她仍然穿着睡衣睡裤，和我早上看见她的时候一样。有时候，我问她在家都想些什么样的事。她惊讶地看了我一眼，说：“什么事都有啊，太多事了，还有你出生以前的事……哎呀，我的脑子里塞得太满，想不清楚的地方我又喜欢一直想下去，弄得我头疼。”

我们出门，天空浅蓝，高远，前些天的阴霾、闷燥突然间消散了。我开着父亲留下的那辆白色海马小轿车。这辆车十年了，我父亲开了将近八年。以往我每次回家，他都会开着这辆车去火车站接我。然而他走了。他离世以后，我以为悲伤会慢慢弥合，生活会逐渐恢复平静，尽管对我母亲来说，它肯定更为孤独，而对我来说，它肯定更为无助……但另一件事发生了，生活完全变了样。

她坐在副驾驶座，看着车窗外。她因为要看什么东西而夸张地变换着坐姿，一会儿把头缩下去，一会儿使劲把头往外伸。如果不是头发几乎全白了，她那样子就像个幼稚的孩子。生活完全变样了，我指的就是这个：她变成了一个孩子。而我变成了她的什么呢？我得像对待孩子一样小心而耐心地对待她，密切留意她的一举一动。我们两个倒换了角色：前三十年，我是她的孩子；现在，她是我的孩子。

想到这一点，我就觉得生活很荒唐。从小学开始，我所有的努力似乎都指向一个目标：离开这个地方，到更好、更广阔的地方去。而我确实做到了。我在广州读书、生活了将近十年。即便我父亲离世，我的人生轨迹看起来也不会有什么改变。但某一天，姑姑突然给我打了个电话。于是，我不得不迅速辞掉我的工作，离开那个“更好更广阔的地方”，回到这个小地方，就像我不曾走出过，就像过去的那些年，我付出的努力、得到的一切不过是徒劳地转了一个圆圈，最后，起点和终点重叠在一起。不知道在我父亲去世后的一年多里发生了什么，她在电话里从没有提起她心理的那些变化。有天晚上，她突发奇想地爬到我们住的那栋楼的顶端，在靠近生与死边界的地方来回走动。下面，越来越多的人在围观。不是，她不是想自杀，她说她那天就是觉得会有很危险的事情发生，所以她躲到楼顶去了。

她生病了，一种奇怪的病。她需要持续接受精神治疗，他们说。她随时会做出无法控制的行为，她身边需要人全天陪护，他们说，除非……但我不可能把她丢进精神病院，我是唯一的儿子。不犯病的时候，她差不多是个正常人。她对我说，我回家后她觉得自己已经好了。她说过去她常常睡不着，总是有人在门外、窗外弄出动静，他们还想到屋里来。现在，他们消停了，很少再折腾。“他们是谁？”我问她。“不知道，”她烦恼地说，“说不定是你爸那个死鬼派来的。要命啊，我昨天还梦见你姥爷了。他在梦里还吓我，就像他刚去世那会儿。他刚去世那会儿，一直给我托梦，在梦里，他总是吓我，我吓得晚上不敢睡。”“那是你几岁的时候？”我问她。“十来岁的时候。他在梦里一会儿变一个脸……”

我把她的床和我的床挪到紧贴着墙壁的位置，夜里，我和她只有一墙之隔。我让她不要锁她的卧室门，留一盏台灯，如果害怕就立即叫我。睡意蒙眬中，我时而听到她在房间里来回走动的声音，还有她哼哼唧唧的含混的自语。我挣扎着让自己清醒过来，敲敲墙问她怎么了。她在墙那边回答：“没事儿，就是睡不着。”我自己的房间里也整夜留着一盏台灯。我渐渐习惯了在灯光里入睡，改掉一个人时裸睡的习惯，穿着整齐的睡衣睡裤，以便随时起床。我的房门也和她的一样不上锁，方便她随时走进来。我知道她仍然睡不好，她日益倦怠、不再出门。除了那些声音、梦、古怪的念头、久远的记忆，她似乎对什么都失去了兴趣。我不得不出去的时候，她反锁上门，在家里等我回来。其实，我和她一样不喜欢出门，在这个小地方，到处都是熟人，谁都没有秘密可言。那些殷勤的询问和廉价的同情令人生厌，他们脸上分明赤裸裸地写着：他妈妈是个疯子！

一切都停顿在这个点，一切陷入困局，她的心智、我的生活，全都卡在这里。但就现在的局面而言，静止、凝滞反倒是让人安心的，而一切的变化、前进可能都预示着危险。

2

我姑父身材高大、肥胖，因为过于庞大的身躯、浑浊的嗓音，以及脖子上厚厚的肉褶子，他显得有点儿凶狠。但他其实是个温厚、容易动感情的人。午饭是他做的，特别做了她喜欢的老鸭萝卜汤，但她吃得心不在焉，汤也只是喝了半碗。有时候，姑姑、姑父问她一句什么，她要过几秒钟才回过神，才明白他们是在对她说话。她的眼神说明她不情愿和人交流，她人已不在此地，正神游于另一个世界。我们和她说话，只是要把她从那个世界里唤回来的徒劳的努力。

午饭后，我姑姑在阳台封闭起来改造而成的厨房里洗碗。她到卧室的床上躺下休息（她虽然严重失眠却很容易疲倦），我和姑父坐在客厅的沙发上说话。姑父穿着一件起球起得厉害的旧毛衣，让他看起来像头毛茸茸的熊。他眉头紧锁地抽着烟，一圈圈烟雾聚拢、漾开，像空气里的青灰色涟漪，然后它们慢慢伸直、攀升，在接近天花板的地方消散。

"今天天气真好。"我说。

"嗯。"姑父应了一声，仿佛在想事情。

随后，我说起让姑父帮我留意一下有没有人想买旧车。

"你要卖车？你这辆车根本值不了几个钱儿。"姑父说。

"给钱就卖。其实也用不着，还得出保险费、养路费什么的。"我说。

"钱上有困难？"他问。

"暂时没有。"

姑父沉默了一会儿，随后站起来说他去拿点儿东西。他回来时塞给我一个信封。"5000 块钱，我早就取好放着呢。"我推脱不要，说不缺钱。他用不容置疑的口气说："你拿着，别说其他了。"

事实上，因为那些昂贵的药，我父母的存款、我自己工作这些年的积蓄都在飞速消减，我们处在坐吃山空的危险境地。她需要那些药，据说，它们能避免她坠入更深的抑郁、疯狂，同时，她也需要我，那么我需要一个使我尽量不必外出就能挣钱的方法。考虑了各种可能后，剩下的选择就是开一个微店。我在微店里卖这里的土特产：胡辣汤料、芝麻油、真空包装的卤牛肉、烧鸡……有时候，一天里我会接到几个单，有些还是朋友们出于同情下的单。有时候，几天里也没有一个单，而某个挑剔顾客的差评能立即毁了你努力很久建立起来的信誉。这东西根本无法维持我们的生活。后来，我又和朋友合伙投资了一家加盟奶茶店，说好我不参与管理，只是抽少量利润。有一天，我偶尔经过那家奶茶店，看到我们雇用的那个小姑娘趴在柜台上睡着了，她身后站着那个我们雇用的男孩子，他斜靠在放机器的台子上，正面带微笑地、沉迷地玩着手机。我默默地走出店里，竟然没觉得气恼。我只是羡慕他们。

我收下了那个信封，对姑父说以后有钱的时候再还给他。过后，我姑姑才走过来加入我们。她没有提钱的事，但我想，这是他们俩商量好的计划。只是为了保护我的自尊心，她扮演了那个什么都不知道的人，而我姑父则装作这件事根本没有发生。我从姑姑看我的眼神里感觉到她对我的怜悯，那是真正的、带着疼痛的怜悯，这种怜悯让她那双眼睛湿润。她那双在日常劳作里变得粗糙的、红通通的手放在她还没有解下来的围裙上，看起来有点儿不知所措。我想，她心里一定在叹息：可怜的孩子，命苦的孩子……她只是不敢再用她惯有的悲哀语调说出来，她怕说出来会惹得我不高兴，姑父会因此斥责她。我的痛苦、我的困境，这都是我的隐私，我并不希望从别人嘴里听到它。

大概过了四十分钟，她从卧室里走出来，脸上带着迷茫又有点儿惊恐的表情：“我刚才竟然睡着了。我一醒来，吓坏了，床啊、屋子里的东西啊，都不认识！我这是在哪儿啊？现在才缓过神。”

午后的光线透过窗帘中间拉开的缝隙，斜照在地板上，那光束在离她脚下不远的地方变细了、暗淡了、消失了。在窗玻璃的外面，贴着一只冻僵的、等待死亡的黑苍蝇。我看看她，什么都没有说。她真的病了，她看起来就像个午睡醒来、受了噩梦折磨的小孩子，懦弱、可怜。我感到一股剧烈的心酸，站起来去了厕所。我想，很久以前，我就是那个午睡醒来、做了噩梦的小孩儿啊，我心情恶劣，会哭着找到她，她会把我搂在怀里、安慰我，我就又觉得这世界温暖、安全了。现在，她却不能告诉我她做了什么样的梦，到底是什么在反复地折磨着她。当然，这不能怪她，这是疾病，她自己也理解不了。她的精神世界里住着一群失控的小恶魔，它们就像夜色中的蝙蝠一样诡异地、阴险地扑飞。

这是疾病——在绝望让我心情阴郁的时候，我每次都是这么安慰自己——那么，也许会有好的一天。我只需要一次次带她去看那个板着脸的、坚决不给出答案的医生，一次次去开那些药……我要从这些机械性的行为里找到一点儿希望，哪怕是微乎其微的希望。

3

“天真好啊，”回来的路上，她说，“你看见那一大片云了吗？看见了没有？像不像一只大鸟？”

我朝她看的地方看过去，惊讶于她的描述多么准确。那块云的确像一只大鸟，一只正在飞翔的鸟。它的翅膀展开，身体舒展，长长的脖颈向前伸着，絮絮的云就像它被风吹乱的柔软的羽毛。

我发现她把车窗打开了一条缝，她的额头和眼睛露在外面，下半部的脸贴在车窗玻璃上。干瘦、像孩子般失去女性性征的她看起来像极了一只鸟，一只白头、红身子的鸟。我想，如果我把她想象成一只飞鸟，一只我养护过的鸟，那么她想要飞走、随时可能飞走的念头或许不会那样折磨我。

我们可能很快就会失去这辆车，人们只需要给我一万块钱，我就打算把它卖掉。想到这个，我对车又心生眷恋。它是我父亲的遗物。我开着这辆车，就足以唤回父亲在世时那些生活的回忆，就足以制造某种瞬间的幻觉：生活还是像过去那样——一个无忧的生活世界，一个少年人的生活世界……至少，这辆车让我和那个看起来遥不可及、甚至和它相关的记忆也随时有消失危险的世界联系起来。但和车相关的一切费用对现在的我们来说都成了没有必要的沉重负担。想要卖车这件事，我从没有问过她的意见。不知道她会极力反对，还是对此根本就不关心。现在，无论是钱，还是冰箱里的食物，还是饭菜，这些东西仿佛都不在她的关注范围内。她似乎在思考更深邃、更邈远的事物，眼神里经常透出有所发现的惊异和极力保存秘密的闪避。

有意思的是，在她患病以后，她在偷偷地写日记，也许，不能说是日记，只是随便写点儿什么，记录在一个本子上。如果她觉得被我发现了，她就把“日记本”藏在某个地方。但她总是忘记她自己藏它的地方，为了寻找它而把整个卧室翻腾一遍，最后，通常是我帮她找到的。我偷偷翻看它，那些文字就是那些诡异、阴险的蝙蝠从她意识里群飞而过的痕迹。那里面充满了我听不到的声音、我所不知道的陌生来客以及我父亲这个鬼魂对她的秘密拜会、挤在窗户上面的朝她窥视的小脸儿、站在雨地里淋得精湿的透明人……我发现，好几次，她混淆了我和父亲的鬼魂。她把父亲也称作“小亮”。我很害怕她有一天会真的把我当成父亲。还好，到目前为止，在现实生活里，她还没有犯这样的错误。

我看着这些句子，它们来自失序的意识的深渊，却具有某种毒药般的诡秘。我不能看太久，否则我觉得自己也会被这股黑暗的旋涡或是潜流卷到另一个世界里去。我对医生提起这些，他说："这很好，对她来说是一种纾解。"他要我把我能记住的内容记下来，治疗时向他汇报。我受命去做这个我自己觉得其实是徒劳无益的工作，我必须不带感情地去做，抵制这些自深不可测的黑暗中飞来的句子、形象对我的侵蚀。

显然，她对她写的这些深信不疑，但她平常并不和我说起这些，大概她觉得我既不会相信也不想听她说。这也是好的征兆，说明她仍在极力控制自己，她对说话的对象还存有判断。总之，她爱"小亮"却不信任他。

"我们去公园吧。"她这时说。

我感到惊讶，但立即听从了。她愿意出去走走，对我来说这就是让人振奋的消息。

她说的"公园"其实只是一个有一点儿绿化的群众活动广场。广场中央有个很小很小的水池，水池中间竖着一块冒充假山的石头，这块石头上非常可笑地刻着三个字：鱼之乐。原因是池子里养着几条鱼。这些鱼总是反复被人弄死，或者自己在污秽的环境中死去，所以总是会有几天，池子是空的，接着又来了一批鱼，几条注定死去的、孤独的鱼。

她喜欢提起"公园"，总会说起她年轻的时候，这里是工会大院儿。那时候流行跳交谊舞，她经常在工会大院里跳舞，就是在跳舞场上遇到了我父亲。我父亲那时候刚刚当兵转业回来，是跳舞场上最高最帅的男人，每个女人都想和他跳舞。

我把车开到“公园”。心想，有一辆车能随时带她到她想去的地方也挺好的，如果她想去郊区呢？想去乡下呢？我可以带她去农家乐，让她呼吸更新鲜的空气，我应该强迫她出去，想更多可以调剂我们俩生活的计划……

公园里闲逛的人很少，因为今天不是周末，时间也不是下班后。只有几个老人，在池塘边坐着。有一个抽完了烟，就顺手把烟头丢进水里。她昂首挺胸地从那几个颓丧、邋遢的老人面前走过，和她在家里时有气无力的样子判若两人。我惊讶地看着她，心想，她大概正在心里重温跳舞场的往事。她看起来像在寻找着什么地方，不时停一下，然后又目标明确地走起来。我走到池塘边去。今天这里竟然有几条鱼，有一些沉在水底，就像死了一样，有两条木然地在漂浮着烟头和塑料袋的池子里游动。

“不要往池子里扔烟头，那边不是有垃圾桶吗？”我突然心烦起来，对刚才那个丢烟头的老人说。

他看了我一眼，我瞪视着他。他有点儿胆怯了，站起来走了。

看他笨拙地把三轮车推到街上，又笨拙地爬上车座，我有点儿后悔。我这算是得了胜利吗？我不知道。我肯定想和谁打一架，但对象绝不应该是这个衰颓的老人。我掉过头去看池子里那几条半死不活的新放进来的鱼。它们本来可以生活在河流里、海洋里。什么人把它们捞起来扔进了这个狭小、污秽的地方？没有人管它们的死活、它们的自由。之后，它们就会一直在这里，直到窒息死去。

我看见她朝我走过来，她的步态、身姿都仿佛是一个走在音乐里的随时准备跳舞的人。不知道为什么，我想起《女人香》里阿尔帕西诺饰演的盲眼上校和酒店大堂里遇见的那个女孩儿跳探戈的那一段。我想，我如果会跳她所说的那种“交谊舞”，在这里陪她跳一段，她一定会非常开心，过去那些快乐的时光会在她心里复苏……一个白发的、濒临疯狂的老年女人，一个即将步入中年的、茫然无措的年轻人，这样的画面里倒是有更多令人绝望的悲伤。可惜我完全不会跳舞，我跳起来会像个螃蟹一样。这样的想象让我想笑。无论如何，她昂然的步子、颜色鲜艳的衣服使她变成了一个有气质的小老太太，把那几个乡气的老人的目光吸引过去。我朝他们看过去，他们就都把目光转开了。

“池子里还有鱼啊？”她像个孩子一样大惊小怪地喊叫，她的嗓音也是那种女孩子一般的尖声尖气。大概有什么东西在她意识里苏醒过来，强烈地刺激着她，让她的脸颊也变红了。她忘了她是谁，孩子气地把两手一拍。

显然，看到鱼对她来说是惊喜。而我宁可池子永远是空的。

4

在我小时候，傍晚是一天里最好的时候，宁静、肃穆，天空中常常铺满霞光，那奇异的光色会映照在房舍的窗户上、街道的柏油路面上，还有路边那些大树的枝丫上。而现在的傍晚是一天中最嘈杂、混乱、污浊的时候，废气下沉，各种噪音在带臭味儿的空气里似乎都被放大了，所有的人和车拥堵成无数个死结。我们回家时，小城里的南北大道在大堵车，自行车、机动三轮车、电动车在车辆缝隙里钻来钻去，铃声、人声、喇叭声响成一片。天空变灰了，空中也没有了样子像飞鸟的云。

坐在车里，她默不作声。我看看她，她的身形仿佛变小了，仿佛外面这个嘈杂、混乱的黄昏景象碾压着她，令她畏缩。我试图和她聊天，而她只是敷衍地回答。后来，我什么也不想说了。我们俩就那样坐在无法向前行驶的车里，被窗外肮脏、嘈杂的一切围堵、阻碍，听天由命。她的身子在座位上往下滑得很厉害，人变得更小。她从刚才那副回光返照般的少女的怪模样变回了本来的样子：一个衰弱、神经质、惊惧的可怜老太太。那件她精心挑选的红毛衣，早上还令她很有光彩，现在看起来像一件极不相配的、可笑的戏服，而她像个头发凌乱的侏儒被罩在其中。每天的这个时候，我的无力感、绝望都比其他时候更强烈，我对我父亲的想念也比其他时候都强烈。我的生活被他的离去分割成了两半，就像黎明或是黄昏时候的街道两边，一边是阳光，一边是阴影。只是，发光的那面如今像是虚幻的，阴影却是浓重的、实实在在的，能顷刻把人吞噬掉。

我们终于挨到了家。我去厨房里做晚饭。她跟过来，说她要帮忙，但我像平时一样严厉地拒绝了，让她去房间歇着，等我做好叫她。她离开以后，我找到那把钥匙，打开橱柜上那个抽屉，拿出平时锁在里面的刀具……我实在太累了，决定只煮一些冷冻水饺，切一点儿葱花、香菜做个水饺汤。在我叫她吃饭之前，我把刀洗干净、擦干，再锁进那个抽屉里。

她的胃口好像不错，吃了十二个饺子，往汤里加了更多醋。

“酸汤水饺。”她对我说，冲我笑了一下，“你小时候发烧，吃什么都吃不下，就是爱吃酸汤面叶，要放很多番茄，很多醋，面叶要吃我手擀的。”

“我记得。”我说，“吃别的都会吐，只有这个开胃。”

过一会儿，她有点儿讨好地看着我，问：“吃完饭可以去阳台上看看吗？”

“不行。”我说。

临睡时，我确认大门和通往阳台上的门都锁好了。阳台上的门是我回家以后新装上的，本来，厨房是直通到阳台的。我躺在床上看了一会儿书，察觉到她房间里已经没有动静，不知道她睡着了，还是躺在那里耽于她那奇特的幻想中。我合上书，起来关掉房间里的顶灯，只留着床对面矮柜上那盏黄光的小台灯。我躺在昏暗的光线中，有种没入黑暗之水的困倦和休憩感。小台灯的光经由灯罩在天花板上打出一个圆圆的、柔和的光圈。突然，我回想起一张纸，那张纸的样子那样清晰、生动地跃入我的脑海里，带着它上面蓝色的圆珠笔笔迹，以及它特有的边角处的折痕。那是她写给我的第一封信，也不算信，就是一张留言条。因为她出差了，她临走时给我留下这张纸，上面写着：“小亮，妈妈要出门几天，但是妈妈在外面，心里也会一直想着你。妈妈回来的时候，会给你带你想要的火车模型。”……我那时候还不到六岁。每一天放学回来，我都会先看看钉在墙上的这封信——是的，它是用两个图钉钉在墙壁上的。后来，妈妈回来了，她说这封信也没有用了，但我不让她扔掉。她问我为什么，我说，这样我长大了还可以看到这封信，就不会忘掉。我的回答显然让她大吃一惊，她说她会一直保存着这封信。我最后一次看到这封信，是在我上大学以前。那时我无意中翻看一个相册，发现它被对折起来，卡在相册里嵌照片的透明薄膜里。当然，它那时并没有怎么让我感动，不过是一件寻常旧物。但现在想起它，它还是当初被妈妈钉在墙上的样子。我似乎还能看到它的下半部分被从门缝、窗口透进来的风吹得轻轻卷起来，发出轻微的“沙沙”声，因为那两个图钉仅仅固定住了它的左右上角。记忆是奇怪的东西，有些细微的并不那么重要的东西会莫名地清晰如昨，譬如这张纸，但有些东西却在你记忆里完全褪去了形迹，譬如她过去的样子。这就像一个人在长途跋涉中失去了所有贵重的大物件，最后，一张经年的、毫无用处的小纸团儿却还留在他褴褛的衣服口袋里。

有时候，我努力回想她年轻时的样子，或者至少是中年时的样子，我想，这样也许能让我多爱她一点儿，多一点儿耐心。我反复翻看那些相册，但旧相片根本帮不了我，它们只是存在于过去某个时空中的孤零零的影像，和现在、未来全然割裂了关联。在我脑海里，她的样子固定不变，无法和照片里那个年轻些的女人相互映照、融合，她的样子始终就是她老了以后的样子、现在的样子。

我睡着了，但和平时一样，半夜无缘无故地醒来。矮柜上那盏小灯仍旧孤寂地亮着。我听了一会儿：隔壁一片沉寂，连她翻身时引起的床的轻微响动、睡梦中的咳嗽声以及叹息声都没有。她或许睡得很沉，我想。但慢慢地，我感觉到这静寂里的异样，一股彻骨的凉意爬到我后背。我跳下床，径直走进她的房间。她的床上是推成一团的被褥，她不在那儿。

我又来到客厅、厨房、洗澡间，在这狭小的空间里，她并没有可以藏身的地方。我盯着门——门纹丝不动地反锁着。冷静，冷静，我对自己说。我又转回去她的房间。青色的布窗帘拉得严严实实，我走过去拉开窗帘——背后的窗扇都好好地反锁着。我站在窗边眺望，对面楼房里的大部分窗扇都黑沉沉的，只有楼下街道上的路灯孤寂地亮着，一辆车无声无息地驶过去，仿佛在梦中滑行，车灯光游移般扫过昏沉的街道和楼壁。我已经想到她在哪儿了，但我却在她床上坐了下来。我觉得我累极了，身躯沉重得几乎没法动弹。难得有这样巨大的、黑暗的安宁！我感到这巨大、黑暗的安宁笼罩着我。我想：她这次可能真的像鸟儿一样飞走了。

窗户紧闭，但不知从哪里透进来一丝风，窗帘里面那层白色镂纱在微微拂动。那是陈旧得发黄的白纱窗帘，吸满了岁月的尘埃，灰突突的已经裂开的边缘垂落在地板上，“沙沙”拂动。我伸手摸了摸她的被褥，大部分凉了，中间还余留着一点儿她的体温……我猛然惊醒过来，奔出房间、穿过厨房。果然，从厨房里侧一角通往阳台的那扇小门关着，但锁开了，我藏在大衣柜一套被褥里面的黄铜色小钥匙就挂在锁上。

拉开门的那一瞬间，我感觉到心狂跳着快要冲出胸腔，我预见到那空荡荡的阳台，觉得我的世界下一秒就会轰然倒塌，什么都不剩。然而，如同令人惊奇的幻象一样，她双手扶着栏杆，稳稳地站在阳台上，朝我转过身来。她穿着肥大的印花棉睡衣，像个憨憨的、面相老成的孩子。她脸上还残留着一些轻松、愉快的神情，但又有点儿困惑、负气，仿佛我打扰了她正专注于其中的游戏。

“你怎么不睡觉？”她问我，好像我是那个捣乱的半夜不睡的小孩儿。

“你怎么不睡？”我反问她，走过去站在她身边。

她看着我的眼睛，慢慢地，她胆怯了。

“我睡不着……出来透透风。”她嗫嚅着说，“我就想到阳台上站一站、看一看，你不让我来，我自己拿了钥匙……”

“没事儿，没事儿。我也睡不着，陪你透透风。”我说着，拉住她的手——一双干燥、皱巴巴但很温热的手。

我感到心脏重新在我的胸腔中平稳地跳动。现在她再也飞不走了，我抓住了她，抓得很紧、很结实。我和她又连在了一起，无论是身体还是命运……这比什么都好。

羁鸟与故渊

——浅谈《飞鸟和池鱼》中的自我捆缚

冯祉艾

《飞鸟和池鱼》是张惠雯在特殊困境下对当前亲子关系所提出的思考。她巧妙地将这种困局式的观照外化为母子之间的情感挫伤，又将精神上的凝滞加以直观地描述。不仅于两代人之间的亲情反思，更将视角归于生死解读乃至于社会层面的宏观问题，表达了一个作家在当前的社会责任感与无上使命。

看到小说题目很容易让人想起陶渊明的诗句:“羁鸟恋旧林，池鱼思故渊。”只是陶公所表达的更多是关于误入尘网以至于思乡迫切的慨叹，然而张惠雯的新作《飞鸟和池鱼》则更多地在探讨年轻人在家庭危局之下艰难的自我捆缚。

作为特殊的一代人——独生子女，这一代初长成的年轻人在年少时承受着更多的关爱和照顾，但同样也在成年之后面临着诸多难题。无论是宏观视角下人口老龄化带来的不堪重负，还是微观视角下年轻人在家庭中遭遇的困局，实际上都值得写作者在当下提出思考。

当飞鸟脱离巢穴温暖终于得以窥见天光，却被“孝顺”所捆缚着，只能在无奈中自愿跌落进困顿的琐碎之中，成为故渊中难以逃离的“池鱼”。

一、凝滞状态下的亲情反思

作为一部描写年轻的“飞鸟”被折断翅膀的小说，《飞鸟和池鱼》十分巧妙地将精神困境的凝滞转移到了母亲的身上予以外化。小说从开头就将母亲的“不正常”进行了直观描绘，她的游移、她的不愿出门，乃至她接连不断的噩梦和阴霾。

在这种状况之下的“我”只能尽其所能地去承受这种无端的诡秘，母亲的疾病在很大程度上将“我”推倒拉扯在生活的泥泞之中，而“我”连反抗的余地都没有。小说并没有对“我”的心理状况进行过多的描述，在读者的观感中，“我”几乎是平静、黯然地接受了这样一种生活轨迹的拐点。

“于是，我不得不迅速辞掉我的工作，离开那个‘更好更广阔的地方’，回到这个小地方，就像我不曾走过，就像过去的那些年，我付出的努力、得到的一切不过是徒劳地转了一个圆圈，最后，起点和终点重叠在一起。不知道在我父亲去世后的一年多里发生了什么，她在电话里从没有提起她心理的那些变化。”

小说只寥寥数语就将这些前情后果交代明确，仿佛“我”的人生轨迹只是微微偏移，但事实上，对于在广州生活了近十年的“我”来说，这一小小的拐点绝不仅仅是偏移，更是一个完全的转折。然而生活的苦难并不止于此，母亲的精神困境显然是更让“我”感到崩溃折磨的状况。当“我”已然在经历着与原有生活脱节、经济窘困乃至心理创伤的精神困顿之时，母亲也在因为父亲的骤然去世，遭受着难以想象的失控折磨。

正是在这种互相折磨的恐惧中，“我”表露出了一种奇异的精神反思乃至对亲情的重新思考。小说并未对“我”与母亲的深厚感情做出多么细致的描绘与注解，而是以一种反哺的姿态，让“我”对这种情感的认知直观传达：当母亲又一次从噩梦中醒来，而“我”飞快地去抱紧她时——

“我想，很久以前，我就是那个午睡醒来、做了噩梦的小孩儿啊，我心情恶劣，会哭着找到她，她会把我搂在怀里、安慰我，我就又觉得这世界温暖、安全了。现在，她却不能告诉我她做了什么样的梦，到底是什么在反复地折磨着她。当然，这不能怪她，这是疾病，她自己也理解不了。她的精神世界里住着一群失控的小恶魔，它们就像夜色中的蝙蝠一样诡异、阴险地扑飞。”

年幼的噩梦是单纯的梦境，但对于如今的母亲来说，她经历的是一种无法逃脱的症候，这种疾病和恐惧像恶魔一般吞噬着她，能够保护她的人只剩下“我”。

在认清了这一层面上的回转之后，“我”终于能够从内心深处同母亲和解，或者说，同“我”不可知的、被陡然颠覆的命运和解。

“‘没事儿，没事儿。我也睡不着，陪你透透风。’我说着，拉住她的手——一只干燥、皱巴巴但很温热的手。

“我感到心脏重新在我的胸腔中平稳地跳动。现在她再也飞不走了，我抓住了她，抓得很紧很结实。我和她又连在了一起，无论是身体还是命运……这比什么都好。”

在小说的最后，“我”在阳台上抓紧了恐惧的母亲，即便这一刻的平静只是暂时的，即便“我”的生活依然走向了一个被逆转而无法改变的未来，“我”仍然能够平稳地抓住母亲，将家的囚笼转化为真正的依托向往。

二、精神困境层面的生死解读

当作者将年轻人的困境转移到母亲身上作为精神困境层面进行书写之后，小说不可避免地上升到了对生命的解读，也就是对死亡的思考之中。

从一开始，“我”的被迫辞职回来就是为了保证母亲的安全，让母亲能够持续性地接受精神治疗。母亲在生与死的边界中徘徊不前，而“我”能够做的，就是将母亲从这种边界中拉回到现实的生活之中。因此，小说也显露了诸多在精神层面的生死解读。

“有天晚上，她突发奇想地爬到我们住的那栋楼的顶端，在靠近生与死边界的地方来回走动。下面，越来越多的人在围观。不是，她不是想自杀，她说她那天就是觉得会有很危险的事情发生，所以她躲到楼顶去了。”

于普通人而言，生与死都是极其遥远的命题，即便死亡恐惧会深藏在每个人的内心深处，但在大部分时间里，人们会忽略这种到来的必然性。而对于《飞鸟和池鱼》中的“我”和母亲而言，这种死亡的阴霾从始至终都包裹着二人的生活。

“我”在父亲陡然去世之后不可避免地接过了家庭的重任，在经济和精神的双重压迫下不断寻找着喘息的可能；而母亲面临丈夫的去世和自我精神世界的全面崩塌，陷进了死亡的困顿阴影之中。

“一切都停顿在这个点，一切陷入困局，她的心智、我的生活，全都卡在这里。但就现在的局面而言，静止、凝滞反倒是让人安心的，而一切的变化、前进可能都预示着危险。”

事实上，从这个凝滞状态看来，又何尝不令人想起死亡的可怖。“我”的生活停滞了，母亲的精神世界陷入一片荒芜，在某种层面来说，母子二人都进入了诡异的尴尬之中。事实上，这种崩溃的尴尬几乎体现在了生活的方方面面，一辆车、一朵云、一篇日记……或者说只是母亲的一个恐惧的噩梦，都足以让母女二人的精神世界出现巨大的震动。

当“我”最终选择卖掉父亲的车子时，“我”所选择的其实就是同过往的生活彻底道别。这种道别既关乎父亲在世时的“我”的无忧无虑，同时也在警醒着“我”在当下的生活是怎样地混乱和难堪：

“我开着这辆车，就足以唤回父亲在世时那些生活的回忆，就足以制造某种瞬间的幻觉：生活还是像过去那样——一个无忧的生活世界，一个少年人的生活世界……至少，这辆车让我和那个看起来遥不可及、甚至和它相关的记忆也随时有消失危险的世界联系起来。”

显然，在母亲陷入完全的生活混沌和意识上的失序之后，“我”的生活也进入了这样一种失序的深渊，一方面，“我”在母亲的阴影下无处可逃，然而另一方面，也正是母亲的所在，让“我”得以穿越生命的迷宫，在通道的指引间不断寻找打开的门。

人皆渺小，人生短促，但人正是在这一扇接一扇的封闭又打开的门中，寻求爱的可能，也寻找关于生命的真正奥义。

三、衰颓状况下的社会迷惘

除却前面所谈到的家庭层面的自我捆缚、生命层面的死亡解读，作为一个极其关注社会的作家，张惠雯也在小说中展露了一定的使命感乃至社会思考。当生命的衰颓成为必然，当一切关于生死的读解都进入普遍意义的无序，当年轻人需要自己折断翅膀来换取老人安顿的晚年，这种时刻之下的社会迷惘，已然成为人们所需要思考的命题。

小说只用一个场景就表达了这种衰颓之下的人物困境：

"'不要往池子里扔烟头，那边不是有垃圾桶吗？'我突然心烦起来，对刚才那个老人说。

"他看了我一眼，我瞪视着他。他有点儿胆怯了，站起来走了。

"看他笨拙地把三轮车推到街上，又笨拙地爬上车座，我有点儿后悔。我这算是得了胜利吗？我不知道。我肯定想和谁打一架，但对象绝不应该是这个衰颓的老人。我掉过头去看池子里那几条半死不活的新放进来的鱼。它们本来可以生活在河流里、海洋里。什么人把它们捞起来扔进了这个狭小、污秽的地方。没有人管它们的死活、它们的自由。之后，它们就会一直在这里，直到窒息死去。"

显然，在大城市生活的"我"是一个具备当代一切高素养要求的年轻人，这一代年轻人在大城市都习惯了自尊乃至善良，"仓廪实而知礼节"在这一代人的身上显露出了最为明确的特征。然而，即便是这样始终保持温润的人，当"我"回归到了小城市的隔绝的甚至可以说是民智未开的生活时，不可避免地在这种生活中感受到粗俗、崩溃，然而可悲的是，"我"也悄然在这种精英化的自我认知中被不知不觉地同化了。

在"我"同老人的对话中，"我"固然是站在了道德的制高点上，指责着与社会要求所格格不入的老人，但在"我"的训斥过后，老人所显露出的笨拙和衰颓，又令"我"感到无限的心酸和茫然。在这一情境下，作为读者也开始思考这个老人所经历的境况。

所谓"飞鸟和池鱼"，在第一层面上固然指的是年轻的脱离了原本家庭捆缚的青年人和在故乡中安于现状的老人，但另一层面上，又何尝不是在为失去了生活能力，同时又无法选择生死自由的老人叹息呢？这个被“我”训斥的老人所经历着怎样的一生我们无从得知，他的子女又是如何平衡家乡与梦想的关系我们亦不知道。但可以了解到的是，在这一层面上的社会迷惘是值得人们进行反思的，年岁的倾颓让原本的家成了老人的囚笼，他们在日复一日的安逸之中与自己的孩子渐行渐远，而对于那些或远行或被迫回归的孩子而言，这样的囚笼，也同样改变了他们的人生轨迹。

张惠雯显然是意识到了这种家庭在当下所展现出的囚笼性，才写出了这部作品来试图探讨羽翼被折的痛感和对社会的反思。正如她在创作谈中所言:“让可独立的老人独立，在其患病或因衰老无法自理时，依靠福利制度由整个社会把他们养护起来，从而使下一代人可以不受牵绊地发展，并有足够精力来养育自己的下一代。一个健康的社会理应做到给年长者尊严，给年轻者自由。”

所谓飞鸟与池鱼，在这一层面上来说，既是年轻人所不断奔赴的自由，也是老年人在故乡中的尊严。

仙境

【授奖词】

哲贵的《仙境》出手不凡，“莲步水上漂”，信河街出了位似妖似仙、疯魔迷狂的白素贞。在皮鞋大王余展飞身上，我们看到了日常生活与艺术追求的无缝衔接、现实与梦想的两厢成全。疯癫与酒神时刻背后，作为个体的人的复杂幽深显现，继承家业、闯荡商海，同时又痴迷越剧、献身梦想，余展飞既属于人间，也飘在天上。小说于克制内敛的文字中勾画出浓墨重彩的艺术形象、艺术人格和艺术世界，仙境般的舞台升腾着人性的盛大繁复和曲折自由。有鉴于此，特授予哲贵的《仙境》首届曹雪芹华语文学大奖·短篇小说奖。

作者简介

哲贵，男，1973年生，浙江温州人，一级作家，浙江省作家协会副主席。已发表小说《猛虎图》《金属心》《信河街传奇》《某某人》《我对这个时代有话要说》，非虚构作品《金乡》等。曾获《十月》文学奖、《作家》金短篇奖、郁达夫短篇小说奖等。

1

从家开车到越剧团，大约需要二十分钟。车子一发动，余展飞身体有感觉了，兴奋了，柔软了。不是柔软无力，是柔韧，充满力量，跃跃欲试。同时，身体里好像有股水在流淌，可比水要绵柔，几乎要将身体溶化。很轻又很重，很淡又很浓。他很享受。

越剧团有两个排练厅，一大一小。他直接去小排练厅。不用事先联系，更不用打招呼，他知道，团长舒晓夏已经在小排练厅了。一打开车门，一阵音乐涌进耳朵，那是锣鼓声，是密集如万马奔腾的行板。一听那声音，身体立即又起了不同反应。这次是热烈的，是滚烫的，是奔放的，他几乎要摩拳擦掌了。他听见身体里有开水沸腾的咕噜声，那是身体被点燃的声音，他要绽放了。他知道，那是《盗仙草》选段，是越剧里难得的武戏，特别有挑战性，让他神往，令他痴迷。他都快恍恍惚惚了。

他进了排练厅，果然，舒晓夏已经化好装，正在厅里踱来踱去。她看见余展飞进来，朝他看一眼，那眼神是急不可耐的。两人直奔化妆室。

这是余展飞的习惯，也是他的态度，即使是排练，即使排练厅里只有他们两个人，他也要化装，也要穿上戏服。他不允许马虎，一点也不行。

舒晓夏给他化装，他们都没有开口说话。他们不需要。几十年了，只要一个眼神，一个微小动作，便可以领会对方的意思。什么叫心意相通？这就是。什么叫心有灵犀？这就是。而且，余展飞听了进来之前的伴奏音乐，已经知道晚上排练的内容，没错，还是《盗仙草》

选段。

他和舒晓夏第几次排这个戏了？起码有几千次吧，甚至更多。

装化完了，舒晓夏帮他穿上戏服。他晚上扮演守护灵芝仙草的仙童，是短打扮，头上扎着一条红头巾。在正式演出的戏文里，守护仙草的仙童是四个，两个先出场，跟白素贞对打。被白素贞打败后，去后山请两个师兄出来。白素贞最后不敌，口衔仙草，被四个仙童架住。这时，仙翁出场，放她下山救许仙。

他们晚上练双枪。这是《盗仙草》里很重要的一场武打戏。当然，双枪几乎是所有中国戏曲里的重要武戏，也是最基础的武戏。正因为基础，要练得出彩不容易，太不容易了，几乎所有武生都会的动作和技术，大家都很熟练，都想做得出彩，怎么办？办法只有一个：创新。没错，只有做出别人不会做的高难度动作，只有做出别人不会也没想过的精彩又优美的动作，只有做出惊险又与白素贞冒死精神相协调的动作。难，太难了。但可能性也正在于此，吸引力也正在于此，激发创新的动力也正在于此。一般情况，白素贞和仙童都是先拿拂尘出场，然后是剑，再是双枪，最后是空手搏斗。空手搏斗的难点在翻跟斗，每个仙童翻跟斗都是不同的，都有讲究，第一个是前空翻，第二个是侧空翻，第三个是后空翻，第四个是前空翻加后空翻。空翻都是连续性的，有连翻三个，也有连翻六个，身体是否挺直，动作是否干净，很考验人的。双枪是《盗仙草》里的重头戏，是重中之重。一般的演出，白素贞和四个仙童各拿双枪，打斗到激烈处，四个仙童围着白素贞，将手中双枪抛向中间的白素贞，白素贞要用脚板、膝盖、双肩和手中的双枪，将来自四面八方的枪，准确又利索地反挑回四个仙童手里。这里面有连续性，又有准确性，还要控制好力量和弧度，差一点点都不行。而且，八杆枪要连贯，要让观众眼花缭乱，要行云流水。既要武术性又要艺术性，要升华到美的高度。这太难了。

舒晓夏将伴奏音乐调整一下，跳过前面舞拂尘和舞剑的段落，直接到了耍枪花。那枪是老刺藤做的，一米来长，两头都有枪尖，中间涂得红白相间，枪尖绑着红缨，行话叫花枪。他们每人两根花枪，先是象征性地比画几下。戏曲的灵魂之一就是象征。

随着锣鼓声密集起来，他们站到排练厅中间，耍起枪花。看不出他们身体在动，其实他们全身在动，他们身体很快被手中的枪花覆盖。他们的枪先是在身体左右画着圈，手臂不动，手腕随着身体扭动，锣鼓声越来越密集，枪转动的速度越来越快，红白相间的花纹这时变成红白两道光芒，两道光芒最后连在一起，形成一道彩色屏障。从远处看，排练厅中间的余展飞和舒晓夏不见了，只有两个彩色球体，纹丝不动，却又风起云涌。

耍完枪花之后，他们练挑枪。余展飞投，舒晓夏挑。这是余展飞和舒晓夏的创造，他们不是一根一根来，而是八根。余展飞将八根枪一起投过去，舒晓夏用脚尖、用膝盖、用肩膀、用枪将八根枪反挑回来。考验功力的是，余展飞八根枪是同时投过去的，而舒晓夏却要将八根枪连续挑回来，八根枪要形成一排，在空中划出一个优美弧度，像一道彩虹。练了一段时间后，反过来，舒晓夏投，余展飞挑。这种挑枪，整个信河街越剧团只有他们两个会，估计全天下也只有他们两个会。

2

父亲余全权是信河街著名的皮鞋师傅，绰号皮鞋权。他在信河街铁井栏开一家店，做皮鞋，也修皮鞋。他长期与皮鞋打交道，皮肤又黑又亮，连脸形也像皮鞋，长脸，上头大，下巴尖，张开的嘴巴像鞋嘴。对于余展飞来讲，父亲最像皮鞋的地方是脾气。皮鞋有脾气吗？当然有。皮鞋最突出的脾气就是吃软不吃硬，它不会迁就穿鞋的人，不能跟它“来硬的”，必须顺着它的性子来，要尊重它，要呵护它。但它又是感恩的，懂得回报。谁对它好，怎么好，对它不好，怎么不好，它是爱憎分明的，也是锱铢必较的。擦一擦，亲一口，它会闪亮。不管不顾，风雨践踏，它就自暴自弃了。它对人的要求是严格的，甚至是严厉的。它不会主动选择人，但会主动选择对谁好。不是一般的好，而是全心全意，甚至是合二为一，它会将自己融进人的身体里，成为身体的一部分。

父亲就是这样的脾气。每一双经过他修补的皮鞋，都有新生命，是一双新皮鞋，却又看不出新在哪里。他做的每一双皮鞋，看起来是崭新的，穿在脚上却像是旧的，亲切，合脚，就像冬夜滑进了被窝。

从皮鞋店到皮鞋厂，是父亲的一个改变，也是皮鞋对父亲的回馈。那一年，余展飞已经当了三年学徒，理论上说，可以出师单干了。实际情况也是如此，余展飞觉得技术已经超过父亲。

也就是这一年，余展飞“认识”了舒晓夏。农历十月二十五，信河街举办物资交流会，越剧团接到演出任务，将临时舞台搭在铁井栏，就在皮鞋店对面。那天下午演出的剧目是《盗仙草》，舒晓夏演白素贞。

余展飞不是第一次看越剧，也不是第一次看白素贞《盗仙草》，他以前看过的。也觉得好，咿咿呀呀的，热闹又悠闲，真实又虚幻。但那种好是模糊不清的，是不具体的。说得直白一点，就是舞台上的白素贞跟他没关系，没有产生任何联想和作用。但这一次不同，他被白素贞“击中”，迷住了。她一身白色打扮，头上戴着一个银色蛇形头箍。她的脸是粉红的，眼睛是黑的，眼线画得特别长，几乎连着鬓角。美得不真实，惊心动魄。余展飞突然自卑起来，粗俗了，寒酸了。他无端地忧伤起来，无端地觉得自己完蛋了，这辈子没希望了。当他看到白素贞和四个仙童挑枪时，整个心提了起来，挑枪结束后，他发现手心和脚心都是汗，浑身都是汗。这是他第一次发现自己的手心和脚心会出汗。当看到白素贞下腰，将地上的灵芝仙草衔在口中时，他哭了，差不多泣不成声了。他觉得魂魄被白素贞摄走了。

散场了。对余展飞来讲没有散，他依然和白素贞在一起，如痴如醉，亦真亦幻。他不知不觉来到戏台边，来到后台。他看见了白素贞，不对，是正在卸装的白素贞。有那么一瞬间，他有失真感觉，却又觉得无比真实。卸装之后，舞台上的白素贞不见了，他见到一个长相普通的姑娘，身体单薄，面色蜡黄，眼睛细小，鼻梁两边还有几颗明显的雀斑。

舞台上下的反差让余展飞措手不及，让他惊慌失措。但恰恰是这种反差拯救了他，唤醒身体里另一个自己，他感到震撼，感到力量，更主要的是，他看到了可能——既然她能演白素贞，我为什么不能演？他突然萌生出一个念头：我要去越剧团，我要唱《盗仙草》，我要演白素贞。

这个念头来得凶猛，令他猝不及防。用父亲的话说是，丢了魂了。

但余展飞知道，他的魂没丢。是被舞台上的白素贞“迷住了”，也是被现实中的白素贞“唤醒了”。他回到店里，对父亲说：

“我要去学戏，我要唱越剧。”

莫名其妙了，突如其来了。父亲没有放在心上，小孩子嘛，心血来潮是正常的，异想天开也是正常的，怎么可能去学越剧呢？怎么可能不做皮鞋呢？说说而已。不过，父亲觉得不正常的是，这个下午，余展飞什么也没有做，鞋没有做，也没有修。他还是那句话：

“我要去学戏，我要唱越剧。”

父亲明白了，这孩子鬼迷心窍了。

问题的严重性在于，接下来，余展飞还是什么事也不做，见到他就说：

“我要去学戏，我要唱越剧。”

那就是疯了，走火入魔了。父亲不可能让他去学戏，不可能让他去唱越剧。父亲的人生只有皮鞋，当然，他还做了一件事，就是生下余展飞。对于父亲来讲，两件事也是一件事，可以这么说，他也是父亲的一双皮鞋，甚至可以这么说，他从出生那天起，便注定这一生要和皮鞋捆绑在一起，逃不掉的。这一点余展飞知道不知道？他当然知道。实事求是地讲，余展飞不排斥父亲，也不排斥皮鞋。恰恰相反，他喜欢父亲，因为他喜欢皮鞋，也喜欢修皮鞋和做皮鞋。他喜欢父亲，是因为父亲对待皮鞋的态度，父亲没有将皮鞋当作商品，商品是没有感情的，而父亲对待每一双皮鞋，无论是来修补还是来定做，都像对待儿子。也就是说，在父亲眼中，余展飞和那些修补和定做的皮鞋几乎没有区别。余展飞委屈了。确实有一点。但他内心却是骄傲的，他觉得这正是父亲与人不同的地方，他没有将皮鞋当作鞋来看，而是当作人来对待。这是余展飞喜欢的。余展飞也是将皮鞋当作人来对待的，他跟父亲不同之处在于，对他来讲，皮鞋是有性别的，是分男女的。这跟男鞋女鞋无关，而是跟皮料有关，跟使用的胶有关，跟使用的线有关，跟针脚的细密有关，最主要的是，跟皮鞋的气质有关。但是，无论是哪种性别的皮鞋，余展飞都是喜欢的，无论是他做的，还是别人拿来修补的，只要到他手里，他都会让它们发出独特的光芒，他会给它们全新生命。

3

那一个月里，余展飞只说一句话，其他什么事也不干。皮鞋权先是惊讶，再是愤怒，然后是恐惧，最后是无奈。他懂儿子，就像他了解皮鞋和各道制作工序一样，不能“来硬的”。他做出了让步，但也是有条件的，他答应让余展飞学越剧，但只是业余，主业还是做皮鞋。这就是“以退为进”了。

余展飞答应了。只要能学越剧，让他不吃饭不睡觉都行。

父亲找到一个长期在店里定做皮鞋的人，也是父亲的酒友，他是信河街越剧团的鼓手。余展飞后来才知道，在剧团里，鼓手地位很高，类似于轮船上的舵手，起掌握方向作用，起控制节奏作用。父亲将那个鼓手请到家里喝酒，喝得脸色由白转红，又由红转白。最后，鼓手捏着酒杯，问他想学什么。余展飞说他想学《盗仙草》，想当白素贞。鼓手一听就笑了，说：

“要学《盗仙草》，想当白素贞，在信河街只能找俞小茹老师。俞老师是第一代白素贞，她的学生舒晓夏是第二代白素贞。这事非找俞老师不可。”

余展飞是从这一刻开始，才知道那天演白素贞的演员叫舒晓夏，因为那天演出就是鼓手敲的鼓，他告诉余展飞：

“舒晓夏现在是越剧团的台柱子，俞老师已经退居二线，但要学戏，还得找俞老师，姜还是老的辣。再说，舒晓夏不收学生。”

一个礼拜后的一个下午，鼓手带他去越剧团见俞小茹老师。余展飞记得是直接去排练厅的，一大堆人，有化装的，更多是没化装的。穿什么的都有，穿短打扮的，腰间都用一条红腰带扎起来；穿戏服的，比画着动作，沉浸在各自的情境中。排练厅一片混乱，却又秩序井然。他第一眼就找到正在排练厅一角的舒晓夏，她穿着白素贞的戏服，脸上没有化装。她的装扮让余展飞有不真实的感觉，既是白素贞，又不完全是白素贞。他发现，自己特别迷恋这种感觉，似真似假，如梦如幻，虚中有实，实中有虚，脚踏实地，却又飞在半空。余展飞很羡慕这些演员，他们哪里是在排练？哪里是在演戏？他们就是生活在天宫中的一群神仙，饥食仙果，渴饮琼浆，生活在各自的想象中，悲欢离合，逍遥自在。这样的日子才是有意义的，不用考虑柴米油盐，更不用考虑生意来往，只需要考虑自己和角色的内心。他们就是神仙，是漫无边际的神仙。他多么希望成为其中一员。

俞小茹老师穿一件黑色旗袍，烫一个波浪头，在排练厅走来走去，有时停下来，对某个演员说几句，或者用手纠正某个动作，偶尔也示范一下。鼓手将俞小茹老师叫到一边，俞老师显然已经知道他，笑眯眯地问：

“你为什么要学《盗仙草》？”

“我要演白素贞。”

“你为什么要演白素贞？”

“我要学《盗仙草》。”

“你为什么要学《盗仙草》？”

“我要演白素贞。”

俞小茹老师一听就咧嘴笑了，确实是个外行哪。俞老师告诉他，《盗仙草》是《白蛇传》一个选段，以武戏为主。《游湖》《断桥》《合钵》也是《白蛇传》的选段，以文戏见长。俞小茹老师当年最拿手的是《断桥》，其次才是《盗仙草》。余展飞说：

“我只学《盗仙草》。”

紧接着，他又补充一句：

“其他戏都不学。”

俞老师没有觉得余展飞这种思维有什么问题，她觉得蛮正常，而且蛮正确。余展飞不是专业演员，他学戏只是好玩，也可能只是一种寄托。再说了，如果能把一段戏学好，学到精髓，很了不起了。俞老师问他：

“以前学过没？”

“没。”

“会一点吗？”

“我会下腰，就是白素贞用嘴去叼灵芝仙草的动作。”

这一个多月来，余展飞做了一件事，用脑子回忆那天看到的演出，模仿戏里白素贞的每一个动作，他比较满意的是下腰。

俞老师说：

“下一个看看。”

余展飞二话没说，扎个马步，一下就将腰“下”去了，而且是以口触地。他知道自己做得不错，下腰下得轻松，起腰起得利索，脸不改色，心不跳。站起来后，拿眼睛看着俞老师。俞老师咦了一声：

“腰蛮软的。”

越剧团是不收业余学员的，再说，余展飞已经十五岁，这个年龄才学戏，显然迟了。余展飞见俞老师面有难色，他说：

“俞老师，我只想学戏，只想演白素贞。”

俞老师想了一下，说：

“我给你化个简装看看。”

俞老师带着鼓手和余展飞进了化妆室，让余展飞在一面镜子前坐下。俞老师先在他脸上打一层底粉，然后在脸蛋上涂点胭脂红，最后是描眉眼。描完眉后，俞老师往后退两步，看了看余展飞的脸，又咦了一声。这时，站在边上的鼓手拍起了巴掌：

“好俊的一张脸。好一个白素贞。”

俞小茹老师最后收下余展飞，当然是看在鼓手的面子上。鼓手说了，俞老师这次“破例了”，以前没有收过“这样的”徒弟。

余展飞后来才知道，俞老师当初答应收下他，一方面是出于鼓手的面子，另一方面也是可怜他，顺口允了而已。在她呢，也没有太放在心上。这些年来，她见过多少学戏的孩子最终还是选择离去。何况余展飞还有店要照看，家里还有一家皮鞋工厂刚开业。因为余展飞跟父亲有约定，皮鞋工厂开业后，父亲负责工厂，铁井栏皮鞋店由余展飞坐镇，他学戏时间只能在晚上。俞老师心想，这孩子也就是一时心热，正在兴头儿上呢，来几次，吃些苦头，自然知难而退。她也算做完人情了。

让她没想到的是，余展飞是真下了狠心学戏，什么苦都吃。学戏最难的是练基本功，单调、枯燥却费劲，譬如压腿、劈叉、踢腿、下腰、扳朝天蹬，哪一项不需要下死功？就拿最简单的压腿来说，一般人压个九十度试试？压不起来的，即使压起来，用不了五秒钟，保准抽筋，是那种不由自主的抽筋，身体就散了。再譬如劈叉，压腿也可以说是为劈叉做准备的，要将两条腿劈成一字形。对于一个十五岁的孩子来讲，要将腿劈下去，等于将他腿上已经生长出来的筋砍断，那得多疼？得下多大功夫？但余展飞一句疼没说，甚至没有发出任何声音。俞老师让他练拿大顶，让他拿三分钟，他一定拿十分钟。俞老师让他拿十五分钟，他一定拿半个钟头。他在店里练，做皮鞋时练，吃饭时练，睡觉也练。这就让俞老师刮目相看了：这孩子不是一时兴起，而是着了魔了。看得出来，他是真喜欢学戏。这个时候，俞老师的想法发生改变了，将余展飞"放在心上了"，对余展飞有了"新的希望"。当然，俞老师没有将这个想法告诉余展飞，不需要说，也不能说，这是她个人的事，是她和舒晓夏的事，跟余展飞无关。现在，跟余展飞有关了，但他还是不需要知道，俞老师不想让他知道。

练完一年基本功后，俞小茹老师才教他真正学戏。余展飞的嗓音又让俞老师咦了一声。余展飞平时说话属于偏柔和的男低音，很男性化的。他居然能变音，最主要的是，发出的声音不生硬，是很温和的女低音。太难得了。男生扮旦角，第一是扮相，第二是声音，他居然能唱出这么真实的女声。俞小茹老师心里想：是个旦角的料哇。

4

拜在俞小茹老师门下，余展飞最开心的事，是能见到舒晓夏，能向她学戏。

舒晓夏是他师姐，在内心里，余展飞却是将她当作师傅。拜入俞老师门下前，余展飞在家"瞎练"《盗仙草》中白素贞的动作，模仿对象就是舒晓夏。他脑子里既有舞台上的白素贞，也有卸装后的舒晓夏，两个形象既分离又合一。他记得白素贞的每一个动作、每一句唱词，甚至每一个眼神。如果要认第一个师傅，那就是白素贞，就是舒晓夏。

舒晓夏是在排练厅看到余展飞的，知道是俞老师新收的徒弟。她只用眼睛余光瞟了余展飞一眼，立即感觉到威胁：这人不简单。她感觉到余展飞身上有种“仙气”，也可以称为“妖气”，她能感受到他身上的“执拗”“一根筋”和“不可理喻”。他是个“疯子”，是个什么事都干得出来的“疯子”。艺术需要的正是“一根筋”和“不可理喻”，特别需要“疯子”的精神和行为。她就是个“疯子”，为了演戏，她可以什么也不管，可以什么也不要，包括自尊，包括身体，包括生命。她只想成为站在舞台中央的那个人，只想成为戏中的那个角色。

舒晓夏对这种威胁不陌生。她曾经给过俞老师这种威胁。当她第一次正式登上舞台，正式成为白素贞后。她从俞老师眼神看得出来，她是多么哀伤，多么无奈，那是一种被对方逼到悬崖尽头的怨恨，是走投无路的绝望。这种感觉不是长驱直入的，而是混沌的，是弥漫的，是眼睁睁看着自己枯萎的悲凉。眼睁睁看着自己消亡，却无能为力。

她现在感受到来自余展飞的威胁，她觉得，这是俞老师刻意安排的，是专门针对她的。她当然不甘心。她不是俞小茹老师，她不会束手就擒的，为了舞台，为了舞台上的角色，她会拼命的。

必须主动出击，但不能盲目。一个月之后，排练结束后，她在越剧团门口“无意中”遇到余展飞，她主动打招呼，主动自我介绍，主动约余展飞：

“有空的话，咱们一起排练《盗仙草》。”

这是余展飞做梦都想的事，只是没胆子提出来：

“真的？”

“当然是真的。”她停了一下，接着说，“这事不能让俞老师知道。”

她知道，俞老师是不会让她接近余展飞的，他是俞老师用来对付她的秘密武器。而她从余展飞的眼神看得出来，他是愿意接近她的。

那以后，舒晓夏经常去余展飞的鞋店，打烊之后，余展飞反锁了店门，一起排练《盗仙草》。

舒晓夏原来的打算，是想让余展飞放弃白素贞，那么多越剧剧本，他演什么不可以？扮演哪个角色不行？为什么偏偏要演白素贞？他可以演青蛇，可以演梁山伯，可以演祝英台，可以演贾宝玉，可以演崔莺莺，可以演杜十娘，也可以演穆桂英。想演什么，自己教什么，可是，余展飞说：

“不，我只学《盗仙草》，我只演白素贞。别的都不学，都不演。”

死心眼了。舒晓夏也是个死心眼，她清楚，跟死心眼的人是没有道理可说的，讲不通的。那么好吧，就学《盗仙草》吧，就演白素贞吧。“教鞭”在她手里，“方向盘”在她手中，她指哪个方向，余展飞只能跟到哪个方向。也就是说，余展飞始终在她掌控之中，余展飞是孙悟空，她是如来佛，逃不出她手掌心的。

一接触，舒晓夏就知道，遇到劲敌了，跟自己相比，余展飞或许算不上戏痴，他不会为了演戏，生命也可以不要，但他绝对是有魔性的，他心里住着一个白素贞，身体里也住着一个白素贞，一遇到白素贞，他就“魔怔”了，不能自拔了，意乱情迷，差不多是神志不清了。他怎么演都是白素贞，白素贞就是他。作为一个演员，舒晓夏明白，这有多么可怕，那等于说，这个演员进入一个特殊空间，这个空间里只有他，只有白素贞，他想怎么演就怎么演，他想演成什么样就是什么样，没人能够阻止得了。这样的演员，不是“疯了”是什么？一个“疯了”的演员，是什么都可以做得出来的，是无法估量和比较的。有时候，这样的演员就是个“神”，演什么角色都是“神灵附体”，都是“灵魂出窍”。这一点，舒晓夏是有体会的。

既然如此，教还是不教？当然教，而且要更认真教。她要做的事情其实也很简单，就是不让余展飞“疯了”，让他清醒，让他知道，他是在演戏，他不是白素贞，白素贞也不是他。

但是，舒晓夏发现，她做不到，只要一接触到《盗仙草》，只要一接触到白素贞，余展飞什么也不管了，余展飞不见了，只剩下白素贞，而这个白素贞也不是她通常理解和演绎的白素贞，而是一个陌生的白素贞，一个带着余展飞浓烈气息和情绪的白素贞。那还怎么教？

让舒晓夏意想不到的变化是，在与余展飞接触的过程中，她的心理和身体发生了微妙改变。只有舒晓夏知道，于她来说，这个变化是翻天覆地的，是史无前例的。她居然对余展飞“动了心”，居然有跟他身体发生关系的念头和欲望。在此之前，她只对戏里的人物有过这种感觉，对戏里的白素贞，包括对戏里的许仙，她可以以身相许，可以合二为一，她没想到对余展飞会有这种感觉。但她没有慌乱，出乎意料的淡定。她对余展飞最初的“敌意”来自他的威胁，当她接触余展飞之后，和他排练《盗仙草》之后，威胁升级了，变成了压迫，她发现，一旦成为白素贞，余展飞的白素贞比她更疯狂，比她更迷离，比她更决绝，也比她更柔情。这种感受很不好，是被压挤和束缚却没能力挣脱的感觉。这让她丧气。在演戏方面，她从来没有丧气过，也从来没有服过谁。她是最好的。她演的白素贞，是真正的白素贞，天下第一。可是，跟余展飞的白素贞一比较，她自卑了，无论是扮相、神态、动作、眼神、氛围还是唱腔，余展飞的白素贞似人似妖似仙，却又非人非妖非仙，那是真正的妖孽，光芒四射，摄人心魄。她达不到这个境界。

她对余展飞“动了心”，还有一个只有她才能体会的原因，这种体会或许只有她这样的演员才有，她愿意与余展飞合二为一，因为他们都是白素贞，他们本来就是一体的。

有这个心思后，她才让余展飞来她宿舍排练。舒晓夏心思不在穿衣打扮上，不讲究，但干净。宿舍却是“垃圾场”，眼睛看得见的地方，都跟越剧有关：脸谱、盔头、戏服、拂尘、刀、剑、枪、剧本等等等等。随意堆放，杂乱无章。有一面墙壁是镜子，镜子让宿舍显得双倍凌乱。不过，杂乱无章却产生出特殊氛围，即使是兵器，在这里也变得柔和，变得温暖，变得含情脉脉，变得情深意长，变得真实又梦幻。这里每一件东西都可能幻化成白素贞，至少与白素贞有关。

他们是在排练中亲吻起来的，就在那面镜子前，他们穿着戏服练下腰，练白素贞口衔灵芝仙草。他们背对背，在镜子前做成m形，两张嘴便“衔”在一起了。是舒晓夏主动的，余展飞有过短暂迟疑，很快就热烈起来。脱下戏服后，又急切地抱在一起，继续“排练”。

亲吻是什么？舒晓夏理解，亲吻是正式演出前的“头通”，是热场子，是酝酿，是发酵，是含苞待放，是必不可少的过渡。可是，“头通”打了一个月，就是喧宾夺主了，正戏还唱不唱？舒晓夏有意见了，觉得余展飞在这方面的勇气和能力完全不像白素贞，更像懵懂迟钝的许仙。只能依靠自己了，因为她是白素贞，是完整的白素贞。

那天晚上，排练结束后，他们跟平常一样，戏服还没有脱就抱成一团。在亲吻过程中，舒晓夏增加了一个动作，主动探索余展飞的身体。慢慢地，余展飞反应过来了，将手伸进她身体。戏服在不知不觉中被脱掉，身上所有衣服不见了，最后时刻来了，当舒晓夏要将身体交出去时，余展飞突然停住了：

“不能。”

舒晓夏心里一冷，问：

“为什么？你不喜欢我？”

余展飞回答说：

“不是，你知道我喜欢你，但我不能。”

“为什么不能？”

“我也不知道为什么不能。”

余展飞的回答让舒晓夏不满意，很不满意。但没再问下去，她觉得冷，嘴巴都僵住了。

5

俞小茹老师告诉余展飞，以他的天赋，如果一门心思将功夫花在学戏上，将来成就一定超过她，说不定能走出信河街，走上全国舞台，成为一代名角。但是，她没有要求余展飞这么做，她说余展飞的任务不仅仅是唱戏，他还有家族责任。最主要的是，她认为戏曲环境变恶劣，看戏人减少，社会关注点转移到赚钱，能赚到钱才是英雄，才是当家花旦，才是台柱子，才是“名角”。她感到戏曲行业在走下坡路，而且是一条看不见尽头的下坡路。这种时候，她怎么可能让余展飞来做专业演员？她甚至觉得，余展飞根本不应该来学习，他应该跟父亲做生意，帮父亲把皮鞋厂办好，赚更多钱。但她也没有要求余展飞这么做。在这个问题上，她蛮自私的，她觉得遇上一个好苗子了。唱戏是她的事业，她这辈子只做这件事，当然希望这个行业能够兴旺，希望得到更多年轻人关注，更希望有潜质的年轻人投身这个行业，只有这样，这个行业才有希望，才有未来。

她用一年时间给余展飞“打基础”，又花一年时间，将《盗仙草》教给他。是一句唱词一句唱词教，一个动作一个动作教。两年之内，俞老师一直“捂着”他，没让他“亮相”。其实也不是完全“捂着”，俞老师每周会带他去一次剧团排练，跟他配戏的演员，都是俞老师特意叫来的。他演白素贞，不能总是一个人对着空气比画，要考虑和四个仙童配合，要有默契，特别是挑枪那一段，差一分一毫都是不行的。

他第一次在剧团正式登台，是两年后的汇报演出，听说信河街文化局局长也来“观摩”。俞老师安排他演《盗仙草》。他在排练厅和四个年轻演员对戏也很正式，都有化装和穿戏服，毕竟只是排练。汇报演出不一样，虽是内部观摩，但所有观众都是内行，都带着挑毛病的眼光，还有领导坐镇。其实是考试，是大阅兵。

余展飞没有紧张，恰恰相反，他内心是迫不及待的兴奋。他不是剧团的人，没有考试压力。更主要的是，他知道自己演白素贞时，舒晓夏就在台下。他一直想让舒晓夏看看自己在舞台上演的白素贞，他想让舒晓夏知道，自己演的白素贞是从她那里来的，她演的白素贞，改变了他的人生，他原来的生活除了皮鞋之外还是皮鞋，他看到的和想到的都没有离开皮鞋。是她演的白素贞帮他打开一扇大门，让他看到，除了皮鞋，他的生活还有梦想，而且是一个只有他看得见摸得着的梦想。或者可以换一句话，她演的白素贞让他突然从现实生活中飞起来，让他看到原来没有看到的东西，那些东西是他以前没有想过的。

在他演出之前，是舒晓夏，她演的也是《盗仙草》。舒晓夏上台时，余展飞在候台。他站在舞台右侧，一直盯着舞台上的白素贞。这是完全不同的体验。他上一次是站在台下看台上的白素贞，那时的白素贞是遥远的，是虚幻的，是可望而不可即的。这次不同了，他在舞台上，他能感觉到，自己就是白素贞，他和舞台上的白素贞是相通的。他能感受到白素贞每一个动作、每一句唱词，更能感受到白素贞内心的愧疚、悲伤和决绝。

确实是不同了。他离白素贞更近了，甚至就是白素贞。他也觉得离舒晓夏更近了，因为舒晓夏已经和白素贞合为一体。

轮到余展飞上台了，他依然停留在刚才的情绪里，他已经盗到仙草，飘飘荡荡回去救许仙。是锣鼓声提醒了他，让他重新回到舞台，哦，他又回到峨眉山，再盗一回仙草。余展飞不见了，舒晓夏不见了，舞台不见了，舞台下所有人，包括俞老师也不见了。他现在就是白素贞，白素贞现在只有一个目的——盗了仙草回去救许仙。白素贞更哀伤了，也更决绝了。白素贞一边担心许仙的生命安危，一边担心能否盗到仙草。但她内心是坚定的，是没有回旋余地的，必须盗回仙草，必须救活许仙。这事没得商量。

随着锣鼓声，白素贞使用了“莲步水上漂”。她确实是“漂”上去，腾云驾雾，晃晃悠悠，却又风驰电掣。在舞台上转了小半圈，又回到右侧，她一抬头，开口唱道：峨眉山。她能感觉到，这声音是一支射向峨眉山的利箭，穿破云雾，不达目的绝不回头。

一上台，余展飞就忘记了音乐，他不需要音乐，他要的是仙草。音乐似乎又是存在的，变成一种提醒，让他不断向前、不断飞翔的提醒。

回到台下，余展飞依然沉浸在那种情绪和情节之中，白素贞口衔仙草，飞向家中的许仙。他似乎听到舞台下巨大的掌声，看到俞老师跑到后台，激动得抱住他，不停地跺脚。

6

那次“汇报演出”后，俞老师对他说，文化局同意招他进越剧团，局长特批一个名额。

进越剧团演戏，是他这两年来的梦想。可是，当真正要成为专业演员时，当他即将成为真正的白素贞时，他又犹豫了。这意味着，他将抛弃皮鞋店和皮鞋厂。在没有直接面对这个问题时，余展飞一直认为自己更愿意当一名演员，那是他的梦想。可是，当机会摆在面前，他却犹豫了，但他不好意思直接回绝俞老师，只好说：

“我没问题，我回去问问我爸。”

余展飞记得，听他这么说，俞老师突然很夸张地笑了两声。但是，俞小茹老师那么骄傲的人，后来还是托鼓手去做父亲的工作，鼓手和父亲喝了一顿酒，回去问了俞老师一句话：

“你说做生意和唱戏哪个有前途？”

俞小茹老师再没说什么。或许，她已经想通了，或者，是绝望了。她在那一年提前办理了退休手续，与人合伙成立了一家演出公司。

也是那一年，余展飞进入父亲的皮鞋厂，父亲抓生产和管理，他负责采购和销售，父亲主内，他主外。他向父亲提出要求，在工厂顶楼要了一个房间，装修成排练厅。下班后，他会去排练厅待一两个小时，有时更长。

也就是那一年，余展飞和舒晓夏开始每周一次排练，他们只排《盗仙草》。

他们两人演的白素贞是同一个白素贞，却又是不同的白素贞。舒晓夏的白素贞显得坚毅，甚至刚毅，眼神、动作和唱腔都显示出坚硬的力量，这种力量是掷地有声的。余展飞的白素贞是柔软的，甚至是哀怨和哀伤的。他的白素贞显示出另一种力量，是冰下流水的力量，看不见，但能够感受，那种感受让人忧伤，忧伤是一种无法言说的力量，特别“摧残”人。说不清两个白素贞谁更出彩，坚毅和柔软都能打动人。

皮鞋厂发展是飞跃式的，从刚开始的三十个工人，增加到三百个，然后又增加到三千个。余展飞的职务也在发生变化，从科长升到副厂长。皮鞋权不管生产管理了，只抓技术。

舒晓夏凭《盗仙草》参加省文化厅戏曲比赛，她挑枪的动作设计打动了所有评委，拿到一等奖。这是信河街越剧团几十年来第一次拿大奖，半年之后，舒晓夏被提拔为副团长，成了“有级别”的人。

两个人都到了谈婚论嫁的年龄。这几乎是顺理成章的事，一个搞经济，一个搞艺术，还有比这更般配的结合吗？不可能了嘛。

余展飞也是这么想的，他觉得这是理所当然的。他知道舒晓夏喜欢自己，而且，他也知道，舒晓夏没有别的人选。以前没提出来，是因为他没想过结婚的事，他想舒晓夏也是。结婚看起来是人生大事，但在决定婚姻上，往往是一刹那，甚至是草率的。

余展飞想结婚，是因为父亲想他结婚，父亲对他说：

“我老了，这个摊子要交给你，希望你早点成家。”

余展飞没有当面答应父亲，但也没有反对。那就是可以商量的意思了。他找谁商量？当然是舒晓夏。

周一晚上，他们在皮鞋厂顶楼结束排练后。初秋的晚上，天气还没有凉下来，即使开着空调，两个小时排练下来，也内衣湿透。他们脱了戏服，坐在镜前卸妆，余展飞突然对舒晓夏说：

“嫁给我吧。”

舒晓夏手里拿着卸妆湿巾，转头看着余展飞，一脸惊讶：

“为什么？”

她这么问，轮到余展飞惊讶了：

“你不爱我吗？”

舒晓夏停顿了一下，点头说：

“我爱你。”

余展飞松一口气：

“那就对了，你爱我，我也爱你，我们结婚。”

舒晓夏这时眼睛一动不动地看着他，然后，缓缓地摇摇头：

“不，你不爱我。你爱的不是我。”

余展飞从镜子前跳了起来：

“怎么可能？我还不知道自己爱的是谁？”

舒晓夏很镇定，面无表情地说：

“你爱的是白素贞，是舞台上的白素贞，而不是现实中的我。”

余展飞俯视着舒晓夏的眼睛，很肯定地说：

“我当然爱舞台上的白素贞，同时也爱现实中的你。”

“骗人。”舒晓夏仰视着他，“如果你爱现实中的我，为什么不能和我上床？如果你爱现实中的我，为什么要和我争演白素贞？你爱的是白素贞，一直是白素贞。白素贞就是横亘在我们之间的峨眉山，无法逾越的峨眉山。”

余展飞突然打了个哆嗦，一股冷气从头顶倾泻下来，立即覆盖全身。他想否认，可是，一屁股跌坐在椅子上，什么话也说不出来。

7

皮鞋权退居二线了。他这么做，当然是对余展飞放心，除了唱戏，他对余展飞确实放心。他是满意的。一切按照他的设计推进，唱戏只是小插曲，开次小差而已，他最后不是选择回皮鞋厂了吗？谁还没有个开小差的时候呢？同时，他又对余展飞不放心，除了皮鞋厂，只剩下唱戏，连婚姻都耽误了，这让他焦急，也让他伤心。但他能下命令让余展飞娶妻生子吗？这不是工厂赶订单，他没办法亲自“上马”，只能商量，只能提议，只能干着急。他提议多次，余展飞表面上答应“好的好的”，却没有实际行动。他知道余展飞和越剧团的舒晓夏关系密切，也委婉地对余展飞说过：

“我看小舒这人还行。”

余展飞点头说：

“是的是的。”

表明态度了，方向也指明了，余展飞还是按兵不动。他按捺不住了：

“你和越剧团的舒晓夏到底在搞什么鬼？这样不明不白拖着算什么？”

余展飞装傻：

“我们关系很好啊，她是我师姐啊。”

心力交瘁了。皮鞋权决定将皮鞋厂交给余展飞，不管了，没个尽头。迟早要跨出这一步的。

父亲退休后，余展飞觉得最大好处是可以无拘无束排练。但余展飞是不会“乱来”的，所有排戏都在工作之余。他觉得很好，每天充满期待，精神和身体都是饱满的。一想到晚上可以和舒晓夏排练，他就觉得这一天是美好的。

舒晓夏当上越剧团团长后，余展飞想出资装修越剧团排练场所，舒晓夏不肯。她知道余展飞有钱，也是真心实意，但她不愿。她打报告给文化局，局里拨专款让她装修。

装修之后，多了一个小排练厅，余展飞和舒晓夏有时将排练移到小排练厅。

余展飞“主政”皮鞋厂后，做了几个“大动作”：第一是改厂名，将原来的“皮鞋佬”，改成“灵芝草”；第二是将工厂改成集团公司，工厂名字带有计划经济痕迹，而公司是市场经济产物；第三是花十年时间，在全国各地开出五千家专卖店，他让“灵芝草”开遍各地；第四是“灵芝草集团公司”上市，敲锣当天，他个人市值三十三亿。

在“上交所”敲锣当天，余展飞特别邀请俞小茹老师、鼓手和舒晓夏作为嘉宾。他亲自上门送请帖，鼓手看到请帖里注明“正装出席”，一脸诚恳地问：

“中山装算不算正装？我只有一套中山装。”

余展飞一听就笑了：

“你穿法海的袈裟也是正装。”

俞老师现在在老年大学教越剧。余展飞约好去她家送请帖，她问余展飞都邀请了谁。余展飞说邀请了越剧团的鼓手和舒晓夏。俞老师沉默一会儿，说老年大学教学蛮忙的，每天都有课呢。余展飞说舒晓夏有演出任务，去不了。她听了之后，改口说：

“我去请假试试，学校领导蛮尊重我的。”

舒晓夏确实因为演出没有参加，但余展飞认为，即使没有演出，她也不会去。这些年，除了演出，除了越剧团的事，舒晓夏很少抛头露面。她也很少提俞老师，余展飞倒是提过几次，她没有任何回应。余展飞后来就不提了。

舒晓夏没结婚。余展飞没问她原因。他动过再次向舒晓夏求婚的念头，但没提出来。余展飞没再提，还有一个原因，他确实很享受和舒晓夏排练《盗仙草》，不但精神满足，身体也得到满足。他每天会去公司排练室坐坐。这个排练室是在原来基础上改建的，规模、设备和越剧团的小排练厅差不多，他有时会独自唱一段，或者练一阵枪花。有时只是坐坐，什么也没做。也就够了。

父亲走得突然，也不算突然。父亲身体一直很好，就像他做的皮鞋，经久耐用。可能是平时坐多了的缘故，有高血压，也不是很高，低压一百，高压一百四十，按时吃“络活喜”，血压就“标准”了。他的死跟高血压没关系。余展飞觉得父亲是“闲死”的，他做一辈子皮鞋，突然不做了，空了。他原来喜欢喝点酒，喜欢喝信河街五十六度老酒汗。他喜欢老酒汗直扑脑门的冲劲，喜欢酒后不断升腾的幻觉。退休之后，喝酒的念头也没有了，他大概觉得“任务”完成了，再活下去没意思了，也没意义了。

父亲走时，虚岁才七十，很叫人惋惜。事发突然，更叫人痛惜。

按照信河街风俗，父亲葬礼之后，有场宴请酒席，余展飞想请越剧团来演一段《盗仙草》，他想用这种方式，送父亲最后一程。余展飞觉得舒晓夏可能不会同意，越剧团是艺术团体，怎么会在葬礼宴席上唱戏？太低贱了。出人意料的是，舒晓夏居然一口答应。宴请那天，她带来越剧团全班人马。

《盗仙草》安排在宴请尾声，也是酒至酣处，差不多人仰马翻了。这个时候，临时搭建的舞台上，锣鼓声响起来了。很多人知道余展飞喜欢唱戏，喜欢演白素贞，但从来没见过，大家起哄，让余展飞来演。一个人带头后，几乎所有人跟着喊余展飞的名字，一边喊，一边用手掌或者拳头拍打桌面。场面“不可收拾”了。余展飞去“后台”找舒晓夏，舒晓夏化好装，戏服也穿好了，她看着余展飞：

“你演不演？”

其实，听到锣鼓声后，余展飞身上肌肉已经抑制不住地兴奋，他感觉肌肉在跳动，在喊叫，在翻腾，发出吱吱声。舒晓夏这么一问，似乎身体已飞翔在半空，哪有不演之理？

他坐下来，舒晓夏给他化装。锣鼓声中，他看着镜子里的自己变幻成白素贞。镜子里还有一个白素贞，那是舒晓夏扮演的白素贞，两个白素贞时而分开，时而重合。他听见演出开始了，两个守护仙草的仙童上场，几句念白之后，手持拂尘做着练武动作。他还听见喊叫他名字和拍打桌面的声音。又是一阵锣鼓过后，两个守护仙草的仙童退场，轮到白素贞上场了。他看了眼扮成白素贞的舒晓夏，她表情穆然，并不看自己。锣鼓声催得更急，他不由自主、恍恍惚惚地被舞台吸引过去。他一身白色打扮，手执拂尘，上身纹丝不动，脚板挪移，飘上了舞台。舞台下立即安静下来，叫喊声和拍打桌面的声音戛然而止：哪里还有余展飞的影子？分明就是千年蛇妖白素贞嘛。分明是舍身救夫的白娘娘嘛。太妖怪了。

余展飞一踏上舞台，舞台便成了峨眉山，云雾缭绕，群山巍峨。他现在是她，是白素贞，是上峨眉山盗仙草救夫的白素贞。眼里只有千难万阻，眼里只有刀山火海，眼里只有灵芝仙草，眼里只有悲伤的希望。

她先是用拂尘与两个仙童对打。两个仙童不敌，向后山退去。

第二场，手持双剑与两个手持双剑的仙童对打，仙童败。

第三场是手持双枪与四个手持双枪的仙童对打。她突然感到双腿发软，双手发酸，沉重得抬不起来。客观原因是：为了父亲的葬礼，连续三天，余展飞每天只睡四小时。主观原因是：白素贞身心俱疲，她长途奔波，又挂念家中许仙性命，筋疲力尽了，她明知打不过四个仙童，却不甘心就此罢休。她知道，困难还在后头，还没到挑枪环节呢，她第一次怀疑自己能否顺利完成那套动作。此时，四个仙童将双枪从她头顶压下来，她使双枪往上一顶，感觉八杆花枪像八座山从头顶轰然而下，胸中有一口滚烫热流奔涌而上，被她硬生生咽下去后，这股热流更加凶猛往上涌，她眼前一黑，几乎一屁股坐下去。就在此刻，意外发生了，舞台上突然多出一个白素贞，手持双枪，飞奔过来，和她并肩而立。

四个仙童这时围成一圈，轮番朝她们投枪。两个白素贞背对着背，将枪尽数反挑回去。舞台上彩虹飞舞，霞光闪烁，舞台下的观众伸长了脖子，仿佛忘记自己的存在。当四个仙童第四轮将双枪投向两个白素贞时，她们做出一个令所有人意外的动作——将枪悉数“没收”了。四个仙童见丢了兵器，慌了手脚，一哄而下。

舞台上只剩两个白素贞。她们舞出的枪花将身体团团包围住，成了两个既统一又独立的球体，发射出一道道让人睁不开眼睛的金光，既真实又虚幻。

“隐秘通道”或临界

——评哲贵小说《仙境》

金　理

> 多么勇敢啊，第一位颠簸着、惊叫着穿过变幻莫测的海洋的人，当他看着家乡的土地在身后消失，他就将自己的生命托付给轻柔的风：他将海洋辟出一条前途莫测的路，却只能信任一块薄板，在生与死之间划出一道淡淡的线。

这是塞涅卡《美狄亚》中对人类发明航海术的歌咏。那勇敢的“第一个人”，在风与海洋的召唤下，置生死于度外，他将告别的，不仅是“家乡的土地”，还包括世俗成规、稳定的事物与一成不变的生活方式，以及所有这一切叠加起来对于人的角色规定。

而海上是一片混沌未知的“仙境”，既意味着冒险，也敞开所有可能……现在，余展飞也将“启航”——

> 从家开车到越剧团，大约需要二十分钟。车子一发动，余展飞身体有感觉了，兴奋了，柔软了。不是柔软无力，是柔韧，充满力量，跃跃欲试。同时，身体里好像有股水在流淌，可比水要绵柔，几乎要将身体溶化……他听见身体里有开水沸腾的咕噜声，那是身体被点燃的声音，他要绽放了。

也是从一个世界到另一个世界的越界，余展飞托付生命的“一块薄板”（借用哲贵创作谈中的用词“隐秘通道”）是越剧——准确地说——《盗仙草》。戏里有白素贞和舒晓夏，“美得不真实，惊心动魄”，他被“击中”。但为什么是这一出？与文戏中一往情深、含辛茹苦的形象相比，作为武戏的《盗仙草》淋漓尽致地释放了白娘子的血性、刚烈与叛逆，人妖相恋，异类交合，白娘子原也是由爱越界、因情犯禁的美狄亚。在肉身、理性、生死法度与社会规范之外，魅惑异端的白娘子，顽强为自己打开了一条“隐秘通道”，朝向蓬勃而不可遏抑的爱欲绽放，那何尝不是一重欲仙欲死的“仙境”？

这么说来，《仙境》讲述的也是从一个世界偏离、穿行到另一个世界的故事。一个世界由秩序、规范和按部就班的现世组成，另一个世界则是由“隐秘通道”所打开的“仙境”。对于余展飞而言，一个世界意味着胶、线、针脚、皮料、采购、销售、公司上市……另一个世界意味着脸谱、盔头、戏服、剧本、唱腔……

与哲贵的其他作品一样，《仙境》以信河街为舞台，以这条街周边的人为主人公。信河街是一个民营企业特别发达的地方，据说百分之九十以上的人都在做生意。哲贵倾心描绘的就是这一特殊人群，在飞速的经济发展中积聚起财富，他们被称作新富阶层或成功人士。经济发展在今天已然成为整个社会的中心，然而在一般广告、影视剧与文学书写中，我们看到的只是由饮食生活、休闲方式、商务应酬等所构成的新富商人们的“半张脸”，成为公众既艳羡又仇视的符号。与此同时，他们另外的“半张脸”则被悄然隐去。余展飞在父亲安排下，从采购和销售做起，然后独立经营，将工厂改为集团公司，在全国各地开出五千家专卖店，公司上市当天其个人市值达33亿。无疑这是一个成功的商人。说哲贵偏好写商人，这没错；但可能需要追加一条补注：哲贵笔下的商人，大多是改革开放初期的第一批“试水者”，凭借着手艺、胆识与勤奋，由作坊、工厂到公司、集团，一手打拼出自己的事业，他们几乎没有脱离过第一线的生产制造。这么说吧，这些商人不是马克思意义上完全脱离生产劳动的资本家，而是生意人和手艺人的混合体，其身后拖曳着长长的传统手艺人的背影，甚至影响到后代。余展飞“自出生那天起，便注定这一生要和皮鞋捆绑在一起”，“在父亲眼中，和那些修补和定做的皮鞋几乎没有区别”，委屈的同时，余展飞也感到骄傲，因为习得了父亲的态度：父亲没有将皮鞋当作商品，而是当作人，对父亲来讲，皮鞋竟是有性别的，分男鞋女鞋，任何一双鞋一上手，都会让它们发出独特的光芒，会给它们全新生命……这不是资本家，而接近阿伦特笔下的儿童与收藏家：“对于儿童，物品还远不是商品，还没据其用途来估价……只要收藏活动专注于一类物品（不仅是艺术品，艺术品反正已脱离日常日用世界，因为它们不能“用”于什么），将其只作为物本身来赎救，不再是达到目的的手段而有了内在的价值……收藏家‘梦萦一个悠远或消逝的世界，同时幻入一个更美好的世界。在这个世界中，人们不再像日常世界中那样各取所需，物品也从需求使用的劳役中被解放出来’。”（汉娜·阿伦特：《瓦尔特·本雅明：1892—1940》）余展飞在商业市场上蒸蒸日上，必然也在“需求使用的劳役”与资本游戏中载浮载沉，由此不免愈发怀念父亲对于皮鞋的感情，“梦萦一个悠远或消逝的世界，同时幻入一个更美好的世界”，于是《盗仙草》和白素贞从天而降，那是由“隐秘通道”指示的“仙境”。

《仙境》中父亲对于皮鞋的寄托，与哲贵的写作旨趣相同：把物从市场中分离出来，不再只是使用价值、交换价值而禀有了“内在的价值”；将人从分类秩序（职业、身份、社会地位等等）中解放出来，不再只是“半张脸”，而恢复其完整、自由与尊严。由此我们应当追加第二条补注：哲贵的文学由特殊抵达普通，以商人为镜像，实则观照的是芸芸众生。我们每个人都需要这条“隐秘通道”，给日常生活打开一个出口。而且这个出口并不是外部“仙境”赐予的，而来自我们的反身自省，来自我们对人的丰富性的承诺。据哲贵说，中国社会从农耕走来，民间对手艺人有崇拜心理，认为手艺人是介于人与神之间的“妖怪”（哲贵:《现实与理想之间应该有条隐秘通道》,《小说选刊》2020 年第 7 期）。白娘子是人神合体的妖怪，其实我们每个人都是。借用黑格尔的论述，人的意义正在于“有限”和“无限”的辩证统一：“人格的要义在于，我作为这个人，在一切方面（在内部任性、冲动和情欲方面，以及在直接外部的定在方面）都完全是被规定了的和有限的”；但是，人的意义并不只在上述“人格”的向度上被穷尽，“人实质上不同于主体，因为主体只是人格的可能性，所有的生物一般说来都是主体……人既是高贵的东西同时又是完全低微的东西。它包含着无限的东西和完全有限的东西的统一、一定界限和完全无界限的统一。人的高贵处就在于能保持这种矛盾，而这种矛盾是任何自然的东西在自身中所没有的也不是它所能忍受的。”（黑格尔:《法哲学原理》）人之为人，在于其拥有一种能够从一切肉身性、社会现实规定性中抽象出来和超越出来的可能，这是人的“无限性”，人的“高贵处”。这并不是拔高，而是对人“实质”的趋近与认领。《仙境》中有一段点题性的描绘：“白素贞让他突然从现实生活中飞起来，让他看到原来没有看到的东西，那些东西是他以前没有想过的。”

故而，《仙境》的旨向并不是“生活在他处”，而是不断擦洗内心的镜面，“唤醒”（这是《仙境》中的用词）人本有的可能性。父亲的形象在这篇小说中是不可或缺的，他长年在皮鞋店里修修补补，让我联想到日复一日编织、拆解毛衣的佩涅洛普，素来被视作日常秩序、现世维度的象征。“幻入一个更美好的世界”的越界冲动，绝不意味着放弃世俗社会和我们每个人签署的契约、放弃在契约状态中妥善安放自身的位格。与其说越界，毋宁说是“临界”，即不断地将常态生活相对化；与其将“隐秘通道”实指为通达“仙境”的捷径，毋宁理解为在远行与复归间营造出紧张的力学关系，“人的高贵处就在于能保持这种矛盾”。这么说来，当越剧团特批名额的机会摆在面前，余展飞的婉拒就不难理解，因为如果成为剧团演员，在本职与业余间的那层原有的张力就消失殆尽了。照应本文开篇，第一位勇者辞家冒险，变幻莫测的海面上，也许即将与归家的奥德赛相逢……

图书在版编目（CIP）数据

仙境 / 《小说选刊》杂志社，辽宁省作家协会编. -- 北京：作家出版社，2021. 1

ISBN 978-7-5212-1243-3

Ⅰ. ①仙… Ⅱ. ①小… ②辽… Ⅲ. ①小说集 - 中国 - 当代 Ⅳ. ①I247

中国版本图书馆CIP数据核字（2020）第252925号

仙　境

主　　编：《小说选刊》杂志社　辽宁省作家协会
责任编辑：宋辰辰
营销编辑：商晓艺
封面设计：意匠文化 · 丁奔亮
出版发行：作家出版社有限公司
社　　址：北京农展馆南里10号　　**邮　　编：**100125
电话传真：86-10-65067186（发行中心及邮购部）
86-10-65004079（总编室）
E-mail:zuojia@zuojia.net.cn
http://www.zuojiachubanshe.com
印　　刷：中煤（北京）印务有限公司
成品尺寸：152×230
字　　数：205千
印　　张：17.75
版　　次：2021年1月第1版
印　　次：2021年1月第1次印刷
ISBN　978-7-5212-1243-3
定　　价：42.00元